平安

萧迹 著

作家出版社

在祖国的版图上，铁路修到这里，总得有人来养护，我不来别人就要来。既然来了，在一天，就要干好一天……

——摘自中国铁路总公司西安铁路局巴山工务车间一位老工长的手记

引　子

巍峨的秦岭横亘于中华大地，成为共和国南北分界线，又被人们尊为华夏文明的龙脉。

秦岭的名字大约起于秦汉时期，由于这里曾是秦国的属地，这座山又是秦国的主要山脉，所以人们称之为秦岭。他厚重坚实，淳朴刚毅被称之为父亲山。他和母亲河黄河依依相伴，默默地孕育了周秦汉唐……

有一年，有一天，有一群人来到了这里，听从毛主席的号令建设一条在当时中国地图上不作标记的秘密国防铁路。

线路建成后，沿铁路线镶嵌着一个又一个小站，这些小站隐匿于深山峡谷之中。一群人，有男人有女人，他们默默地年复一年日复一日地为了这条铁路的安全畅通而工作。秦巴山车站就是其中的一个……

车站旁边有一个山坡，坡上长满了一年四季郁郁葱葱的松树，将整个山坡染成了一片绿色，所以，当地人称之为松树坡。就在这一片松树林的边上独独地生长着一棵白果树，每当秋天来临的时候，这一片绿色山坡上便拥有了一簇金黄色，金黄色中飘满了红色的祈福带。

传说，这棵白果树历尽沧桑，静立了上千年，却一直没有生出一粒白果。它就那么冷冷地凝视着世间的星移斗转，沧海巨变。直到武新权埋在了这棵白果树下，这棵老白果树竟然结果了……

一

那天，十六岁的平大伟和他的同学们以学兵的身份来到了秦巴山，跟随铁道兵一起修建铁路。平大伟隐约记得那是一个晴朗的早晨，他们怀揣着一种雾里看花般的憧憬和听毛主席的话，备战备荒干革命的激情上了火车。在经过了他已说不清走了多长时间，来到了一个叫金州的地方，接着又换乘了大卡车，最后是一段狭窄的布满荆棘的羊肠小道，又经过几天几夜的艰难行程后，他们最后来到了一座座绵延相连的看不到头的大山前。

到目的地的时候天已经快黑了。五月底的秦巴山的傍晚，清新、爽朗。天空就像是用水刷洗过一般，没有一丝云雾，蓝晶晶的，又高又远。一轮圆圆的月亮，从远处的山梁上露出半个圆脸来。接着轻轻地一跃，一面银镜便把个崇山峻岭照得如同夏日的清晨，山间的树枝花草，还有潺潺细流构成了一幅水墨画。宿鸟在枝头上轻鸣，还有各种各样的小虫子在草棵子里嬉闹，寂静的山林里，生命在歌唱。

但这时的平大伟没有心思去欣赏这一景象，他首先在为自己的住处发愁，四周全是山坡，有一两处平缓的地方也早被人挤满了。没有地方睡的平大伟只好和同学们三四个人一挤，在山坡上坐了一夜。即使这样，他们坐下去的时候手也不能闲着，因为四处全是山，没有平地，双手一定要抓扯着屁股下面的草才能坐得稳。

唯有炸炮才能炸出一片平地。说起炸炮，平大伟的心再没有平静过，因为炸炮打洞比架桥危险多了。石洞打炮，开始他们不懂，就由铁道兵来指导他们炸炮技术。掌握了后，他们连队两百多人一起打洞，那时，他们这些年轻学生凭着热情一上来就打一个大洞，洞打大了，稍不注意就塌方，危险不说，干了半天白干了。一个工班一个排，一天才能掘进一米多。进洞六小时一班，出来后要吹一两个小时的风，因为有瓦斯，气味难闻，工程进度非常的缓慢。那个时候，平大伟和他的同学们每天就做两件大事，一是进洞打洞，二是出洞吃饭、睡觉。

挖洞的时候经常有塌方的危险，石头一松动，垮下来就要伤人。而洞内漆黑，只有三十六伏的灯光在乌黑的洞中隐隐约约，昏暗不明，致使危险来临，都很难发现。

平大伟的第一次遇险，就在那个上午。早晨一起床，他的右眼就一个劲地跳，以前常听妈妈说，左眼跳财，右眼跳挨，这让他心里很不舒服。但每天受的教育又是打破一切迷信思想，革命者首先必须是唯物主义者，这让他又不知道该给谁说，心里很瞀乱。进洞的时候，他便格外的小心了，正干得起劲，他突然发现洞壁上的灰不断地往下撒，还时不时掉一些颗粒状的岩石碎块。与往日不同，这让他预感不好，便大声叫喊起来："排长，排长。"

排长宋合营闻声赶了过来，连声问道："大伟，咋了，咋了，你喊啥哩?"

平大伟一指墙壁，大声说道："排长，你看，这是不是要塌方啊?"

铁道兵出身的宋排长一见，脸色顿时大变，扭身就叫大家赶紧撤，嘴里喊着："快走，快走，不要急，不要挤，挤了都走不了了。"

听了排长的话，同学们转身就往外跑，可是，还没有全跑出去，洞壁就开始塌陷了。最里面的平大伟跑在最后头，眼看着就要被活埋在洞里了，平大伟都闻到了死神的味道。就在这千钧一发、命系一线的时候，紧跟在他身边的宋排长伸手把他抓过来一甩，直接甩在了推土的车里，再使劲一推，排长和载着平大伟的推土车一起在洞塌的瞬间冲了出来。如果那天没有宋排长，如果那时平大伟长得不是瘦小而是肥胖，当即就成了烈士。

可是，遇险事件没过去几天，平大伟就把那天的恐惧忘记了。因为，这样的危险次数太多了。更主要的是在这个时期里，平大伟他们感受最强烈的不是累，不是苦，不是险，而是饿。那种饥饿是刻骨铭心的，十六七岁正是长身体的年龄，本身就需要营养，更何况还要做那么大强度的劳动，“饿”就成了每一个人难以抵挡的诱惑。因为肚子里油水少，清汤寡水总也吃不饱，再多的馍也能瞬间干掉，干掉了，没有多久又饿了。

休息的时间就是找食的时间，平大伟他们平时什么都可以不带，但一把弹弓却是随时随刻必带的，且人人都藏有一把，个个都是“神枪手”，只要发现目标，弹弓拉开，石子飞出去那绝对是弹无虚发。天上飞的，地上跑的，不管是蛇还是鸟，见了就打，打得小鸟们都把这一块视为飞行禁区。

只要能下肚的都下肚了，可就是这样依然饿。一次，平大伟给工地送馍，那几天正逢雨季，山路崎岖泥滑，刚到工地，平大伟人没有走稳，一不小心，他和携带的馒头一起滑进了江水。好在平大伟上学时就喜欢游泳，水性极强。尽管江水湍急，但平大伟扑腾几下，就游到了岸边。

抬头一看，岸边站满了同学。时至今日，平大伟都感慨万千的是，他还在江水中挣扎的时候，他耳边听到的全是：“大伟，馍在不？”

“大伟，馍别丢了啊！”

等他连滚带爬地上了岸，同学们看见他的手里还紧紧地抱着那一包馍的时候，大家才如释重负地长出一口气。那一瞬间，平大伟在同学们的心里就是一个凯旋的英雄了。后来，平大伟每当想起这个情景的时候，他都不无恐惧地念叨：如果，那天他自己爬上来了，却把馍丢了，那他绝对是人民的公敌了。

一次，他和同帐篷的同学魏鑫说起这事，当他问道："魏鑫，说句实话，如果那天我真把馍丢了，你会怎么做啊？"

魏鑫眼睛都不眨地回答道："我就把你扔回江里！"

看着魏鑫那冷峻的眼神听着他斩钉截铁的回答，平大伟感觉自己的后脊梁骨悄悄地蹿过一股凉气，他知道在那个时刻，魏鑫肯定会的。

好在那个时候的他们，是不怕死的。那种荣誉感让他们视死如归，当然荣誉感不是从天而降的，而是来自平大伟所在的这支部队。当年，平大伟他们来到铁路建设工地后，他们被编入了铁一师。铁一师是一支久经疆场的精锐部队，曾经参加过孟良崮和淮海战役。一九五二年，他们被改编为铁道兵并随即参加了中朝铁路的抢修工作，赢得了"打不断、炸不烂的钢铁运输线"的殊荣。

这些荣誉和英雄战史，都是一个叫武新权的军人告诉他们的。这位姓武的军人，就是平大伟的连长。

武连长经常给他们说的就是：人必须要活得有尊严，什么是尊严，就是你在人们心中的位置，是敬重、敬佩、敬仰，还是鄙视、轻视、蔑视？这绝不是取决于别人，而是自己的行为。人死不可怕，不是永寂就是轮回。但是，一个人的人格死了，你就是活着，比死都痛苦。

再就是武连长天天给他们讲铁一师的战斗史，什么打孟良崮，与国民党精锐部队整编七十四师的浴血鏖战。说："最后，清理战场时真是血流成河。什么是血流成河，你们知道不知道？就是血多的都成河了，马渴了就站在血里大口地喝血水。”武连长的话很具体也很形象，听武连长说到这时，在平大伟的脑海里便出现了遍沟的血水，人马共饮血水的残酷景象，甚至于他都闻到了血腥味。讲到淮海战役时，武连长告诉他们，一次在进攻途中，一位战士的脚负伤了，班长让他下去。战士说，轻伤不下火线。话音未落，一颗炮弹打了过来，瞬间，战士被炸得无影无踪。但就是这样，也没有阻止他们铁一师将黄维的第十二兵团包围于双堆集，活捉黄维。

这些如讲评书、演电影似的天天给他们讲，听得平大伟他们个个只恨自己生得晚。虽然，武连长有一些是自己亲历，更多的是听班长们给他们讲述的老班长的故事。但是，当曾经的故事一次次地在他们的心中咀嚼，直至熟透烂透后，那些英雄经历也就成了他们自己的体验，再加上每一个人的想象力，比发生的真实历史事件更加的丰富多彩了。在武连长那如临实境的精彩讲演下，把平大伟他们熏陶得也跟刚从孟良崮战场上下来时的那种“大风起兮云飞扬，威加海内兮归故乡，安得猛士兮守四方”的天下第一的唯我独尊、踌躇满志了。

精神的力量是无穷的，这种精神能让每一个平凡的人变得无畏而勇敢。这天，平大伟正休班在帐篷里睡觉，突然一阵“塌方了，塌方了！”的喊叫声把他惊醒，他一骨碌从地铺上爬了起来，连滚带爬地向隧道跑去。

平大伟刚跑到隧道跟前，就见人们正在疯狂地往外跑，而他则迎着人们往里面跑。这时，他被一个人一把拉住了，大声喊道：“混蛋，人家都往外跑，你跑个锤子，找死吗？”

低头狂奔的平大伟也没看清来人，反手就是一推，大声回道：“我的同学还在里面哩。”

“都出来了，你快滚，滚！”

随着一声断喝，他被人一把拽了过来。由于惯性太大，他一个趔趄摔到了地上，脸一下埋在了沙土中。不等他反应过来，就被人一把抓住了胳膊，连拖带拉向外跑。这时的平大伟完全是一种下意识的动作，也不知道跑了多远，突然，拉着他的手松了，他一个跟头又摔在了地上。等恼羞成怒的平大伟从地上爬起来定睛再仔细看时，原来是他的连长武新权，这让他紧攥着的拳头不得不放下了。武连长黑着脸，也不说什么了，上来就给他一脚，大骂道："你这个操蛋货，是不是电影看多了，还想充个英雄。滚一边去！"

武连长在骂他的时候，绝不会想到，平大伟不是电影看多了，而是从他这里听来的故事太多了。

不幸中的万幸，这次塌方除了两个受轻伤的，没有重伤和死亡的。这让武连长还是心有余悸，最近随着工程的推进，塌方越来越多了，自己带的这群娃娃们又没有经验，但还有一股的猛劲儿，一个个跟武二郎似的，这让他越发地感到担子重了。

这天，从工地刚回来的武连长坐在连部的办公桌前，揉了揉发红的眼睛，还是感到眼睛发涩，便拿起大瓷缸子给左手指上倒了点水，往眼睛上拍了拍。这时，一排排长宋合营推门快步走了进来，大声说道："武连长，平大伟那小子又跑了。"

"又跑了？"武连长一下站了起来，接着说道，"这，这个平大伟到底怎么了，这是跑第几次了？"

"第四次了。"宋合营朝地上狠狠地吐了一口唾沫，一个字一个字地说道。宋排长个子不高，但非常结实。此时，他的国字脸上写满了愤怒。

"这……这次还是那个理由？"武连长眉头一皱，问道。

"应该是吧！我让高树峰他们去追了。"

听了宋合营的话，武连长苦笑一声，说道："明明知道跑不了，还一个劲地瞎跑。这孩子啊！”

“思想觉悟太低！这次抓回来，咱们再不能心软了，好好地给他开个批斗会。”宋合营生气地说道。

“你说他思想觉悟低吧，咋看都不像，前几天那次塌方，这小子休班了还往洞里跑，说要去救人。”武新权若有所思地说道。

“那还不是想当英雄，瞎逞能！”宋合营嘴一撇说道。

“难说——你说咱们会不会真的看错他了，冤枉他了？”武新权轻声问道。

“不会，绝对不会。这小子就是一个滑头。”宋合营断言说道。

“先别急，等追回来再说吧。”

平大伟这次偷跑和上三次可是不一样了，他做了充分的准备。前三次，他没有准备好就上路了，所以，每次没有跑多远，就被人家抓回去了。虽然，他面对的是同学、战友对他更加的不信任，甚至是鄙视。但越是这样，他知道他越是要讨个说法。给人家一个解释一个证明，否则，这个黑锅他背得太委屈太沉重。

他顺着山路跑了没有多久，按他的猜测和以往的经验教训，这时连队已经知道他跑了。因为每次走之前，他都要在宿舍里留一个纸条，告诉他们，他走了。免得让大家以为他被野猪吃了长虫咬了，四处满山找他的门牙，还有臭鞋烂袜子。平大伟有这种想法也不是没有根据的胡思乱想，第一次偷跑时，就是因迷了路，中途遇到了一头黑熊。如果不是他发现得早，再加上正巧工地那边开山放炮，吓跑了黑熊，否则，他平大伟现在早已消化在了黑熊的肚子里了。

所以，即使是偷跑也要跑得光明正大。现在，他寻思着连队已经知道并派人快追上来了。于是，他不再跑了，而是在他早已准备好的地方悄悄地埋伏下来。果然，没多久，他就听见了从远到近的脚步声和一些人的说话声，这些声音由远到近，又从近到远。

从这几个同学的对话中，他知道了大家对他的看法，他没有想到他竟然在同学们的心中已经从逃兵上升到叛徒，甚至汉奸了。几个同学骂骂咧咧地走远了，平大伟的心拧在了一起，他几次想站起来，大声驳斥说自己不是他们说的那样。可是，他知道他必须忍住，必须！否则，一切又回到了原点。

其实，这件事由来已久。几个月前，他就发现了自己身体的一个变化。每次和同学抬石头时，在身体一使劲的那个瞬间，他的肋骨特别的痛，痛得快要站不起来了。所以，在每次抬石块的时候，他只能将绳子往同学那边移一点。几次下来，就被同学们发现了，说他不好好干活，工作尽偷懒，思想觉悟低，越说越上纲上线。说他别的他都可以接受，但是说他偷懒耍滑、思想觉悟低，这是他万万不能接受的。可是，他在工地保健站大夫那里总是检查不出来原因，于是，同学们又给他加了一条罪状——装病。这让平大伟再也忍受不了啦，他决定到唐京找一家大医院，彻底地检查一下，给组织也是给自己一个答复。

问题是他已经给人家留下了这样的一个印象，不管他咋说，连队就是不准假。况且，他也不像个病人，能吃能喝能玩的，唯有在抬重物时才表现出来，这让他很苦恼。再说，连队也派人陪他去金州医院做了检查，也没检查出个一二三来，这让他在无奈之下，为了荣誉，为了给自己讨得一个说法，他选择了偷跑。

然而，前几次均没有准备好就行动了，没跑多远，就被同学们追上了。再说，天天饿得难受，跑一会儿就饿得跑不动了。

这次，他做了充分的准备，每次吃饭时，他都悄悄地藏一块馍。日积月累，干粮准备得差不多了，他心里算计了无数次，这些干粮完全能保证他赶到唐京时，他开始了寻找再一次脱身的机会。

毕竟，他们不是职业军人，仅是学兵连的一个学生，没有那么严格的管理，机会总是很多的。刚好，连队上上下下正全都聚精会神地处理隧道塌方事故。他便抓住这个时机，悄悄地背上干粮匆匆踏上了去唐京的路。

这段距离今天看来无论是乘汽车还是火车，也就是短短的四五个小时而已，可那个时候却是几天几夜，一个十六七岁的孩子行走在深山密林几天几夜，这怎么能让武连长他们放心呢？

武连长随即又安排了两拨人马前去寻找，最后，下了死命令，就是追到唐京也一定要把人追上。他给宋合营说："这些孩子的父母把他们交给了咱们，咱们没有办法给他们提供好的生活工作条件，但是，保证安全则是咱们必须守住的底线。"

密林沟壑中，平大伟看大家走远了，他悄悄地从隐藏的地方爬出来，顺着山路快步地走着。此时，在平大伟的心里，唯有一个目标和一个信念，那就是必须证明自己绝没有给同学们撒谎。在平大伟朴素的世界观里，他认为撒谎是可耻的。

二

这一次，平大伟终于尝到了偷跑的代价了，他没有想到路途会是那么的遥远。来时，他虽然也感觉到了一路的艰难，又是火车又是汽车又是步行的，但毕竟还享受到了现代化交通工具。现在呢，除了步行还是步行。他想尽快走出大山，到了公路上他就可以搭乘一辆车，有车坐了他就可以赶到火车站。等上了火车，那就万事大吉，他闭着眼睛都能赶到唐京。只要到了唐京市，他哪儿都不去，立刻找个大医院。他一定要有一个检查结果，有了那个诊断结果，他就可以返回去义正词严地告诉他们，他不是偷奸耍滑之人。

已经过去三天了，还是没有平大伟的消息。以前，不到傍晚，几个人就会兴高采烈地把平大伟“押”回来了。几个同学跟个凯旋的勇士似的，个头好像都长高了一大截。平大伟则低着头，一脸不服气的样子埋在几个同学中间。结果就是武连长大骂几句，就让他赶紧到灶上吃饭去了。第二天什么事情都没有发生一样，该怎么样就怎么样。虽然，私底下有些同学也多多少少来几句，但平大伟低着头也不怎么辩解，这一页也就翻过去了。可是，这次——都到现在了，还没有平大伟一点的影子，去找的两拨人都返回来了。虽然，对第三拨人，武连长给他们下了死命令：平大伟不追回来，你们不要回来，就是追到天边也要追回来。话虽然这样说，心里还是有底气的，知道平大伟肯定不会跑太远，可这次，直到现在都没有一点儿消息，武连长再也沉不住气了，心都提到嗓子眼了。宋合营看武连长嘴边泛起的火泡，安慰他道："武连长，放心吧，平大伟不会有事的。"

"我是希望啊，可实在怕得很，这高山野岭的，真怕出事啊。"

"这平大伟真他娘的钻牛角尖了，非要个说法？大家就是说他两句而已，值得费那么大劲啊！"宋合营带着情绪地说道。

"看样子，咱们的工作方法简单了，咱们那一套硬碰硬对大伟这样的孩子是不行了。"行伍出身的武连长自我检讨道。

"嗯，话虽这样说，不过，他们总要长大啊，谁不是从年轻时过来的啊。"宋合营说道。

"唉，真是难为这些孩子了，这么大的工程量，除了放炮，全是人工……"武连长轻声叹息道。

"其实对他们也是个锻炼，咋说也是人生的一个重要经历啊。好钢还需旺火淬，我敢说，等这工程完了，这群学生娃里肯定出不少人才。"宋合营安慰道。

宋排长在说这些话时，其实，在他的内心深处，那种担忧的心情和武连长是一样的。

那天，当组织派他和武连长一起来管理这群孩子时，他心里也没有一点底了。面对的全是单薄的，无论心理和生理都没有长熟的孩子，却要干这么大的工程，能行吗？建设铁路，说着容易，干起来就不是那么回事了。技术设备落后，主要还是靠人工，工具全是钢钎炸药，风镐风钻。

平大伟他们刚来时，面对着黑黝黝如铜墙铁壁般的岩石，听武连长说要在这石壁上面挖出隧道，铺上轨木，跑上火车，他感觉就是天方夜谭。可是，等一声声震天动地的轰鸣声过后，在硝烟中那厚硬的岩石上渐渐地露出了一个大洞口时，他才有了一种真实感。特别是等他们抱着风枪，随着风机钻在岩石上“突突突”地冲击，而他们的身子也随着钻击的冲击而抖动，并眼看着隧道在一段段地推进时，在真实感中又有了一种成就感。

说起那种成就感，平大伟今天回想起来都有着一种不可名状的激情。那是怎么样的一种生存环境呢？冬天，刺骨的冷，而且是那种深山密林中特有的湿冷。可是，每当顺着河流而下，从上游运送下来的用来施工的圆木到岸时，没有人去动员，也没有人去安排，大家伙儿却是争先恐后地跳进冰冷的河水里，先将由圆木制成的木筏上的物资搬运下来，再站在齐腰的河水里将这些用绳子连接在一起的圆木分解开，一根根地背到工地上用于施工。每个同学都唯恐自己干少了，一趟趟跑得飞快。在那样的环境里，支撑他们的就是精神的力量。人总是需要一种精神的，精神就像磁场、电场，虽然，我们看不见摸不着，但它的作用却是震撼的，可以使一个人产生无比巨大的力量。

跑路中的平大伟很快就面临到了更大的艰难，他没有想到，他计划得再周全再周密，也没有实际情况变化快，更重要的是还会遇到他不知道何时出现的意外。那时的平大伟还不懂，在人生的单程线上，明天与意外，你不知道哪一个先到。就在他蹚过一条河流时，因水流湍急，他一不小心将他的“红军不怕远征难”的军挎包掉进了水里，眼睁睁地看着他的包和包里的财物以及最后支撑他的干粮顺流水而去了。梦想是美丽的，现实却是残酷的。很快，他就明白了什么是“一分钱难倒英雄汉”了。

开始时，虽然被饥饿所困，但好在还能见到一些小溪流，还能在偶尔遇到的山里人家要来一点干粮以解饥渴、饥饿。可是，等他终于赶到汉台火车站，趁人多拥挤，偷偷地上了站台，看似胜利就在眼前了，却遇到了更大的问题。

首先，要不断地躲避列车上的查票。因为，他的钱和他的包已随着流动的河水不知道漂到了哪里。没钱买火车票，他只好趁着旅客多，列车员无暇顾及时，悄悄地从列车底下穿过，在车厢的另一侧从窗户爬进了车厢。

火车车厢里非常拥挤，这些人就像塞进了沙丁鱼罐头，连厕所里都挤满了人，从车厢这头到那端，正常走两三分钟的距离能挪一个小时，衣服五个扣子能挤掉仨。可就是在这样的条件下，火车广播里还不断地传来广播员的声音，要旅客准备好车票，等待查验车票。而且是说到做到，没多长时间，就见浑身是汗的列车长带着几个人挤过来了，一个个地查看车票，没有票的，当场补票。平大伟就是想不明白，这么拥挤的过道，他们怎么会那么快地就到眼前了。

平大伟两次做了漏网之鱼，他清楚这不是运气好，而是他的衣着和身上带的那个可以证明他是学兵连学员的证件。

列车长是个中年男人，从做列车员起，已经在列车上干过十几个年头了，早就炼成了一副火眼金睛。平大伟往那里一站，就知道他是一个无票旅客，逃票的。于是，开门见山，张口就问他："咋不买票就上车了？"

"钱丢了。"平大伟也很老实，立即就交代了。

"钱丢了，就可以不买票了？"列车长严厉地问道。

"我，我……我下次回来给你补上。"平大伟小声说道，他怕身边更多的人听见，声音越发地小了。毕竟，逃票是一件不光彩且很丢人的事情。

列车长严肃地盯视了他一会儿，问道："你不好好上学，瞎跑啥？"

"我上班了，我不上学了。"

"上班了？在哪儿上班呢？"列车长不相信地问道。平大伟年龄本不大，看上去又比实际年纪还小，便越发地像个学生了。

"我是学兵连的，建铁路。"说着，他把身上所有能证明自己身份的东西往外掏，连贴身背心上印得学兵连三个字也翻出来请列车长看。

列车长看着紧张地低头不断翻找物件的平大伟说了句：“就是学兵连的也要有票嘛。”便扭身向前挤去。

列车长以前在查验车票的时候，不止一次地遇到平大伟这样的孩子，他们实在受不了建铁路的苦，选择了做逃兵悄悄地回家了。列车长有一个和平大伟年龄相差不大的女儿，他自己常年奔波在铁路线上，越是节假日工作越忙，没有时间陪女儿。深感愧疚的他，自然地将父爱化作了博爱，这种爱让他对平大伟多了一份体谅和理解，便没有再深究下去了。

可是，票躲过去了，但饥肠辘辘的现实却让平大伟难以越过。人是铁，饭是钢，几顿不吃，上天堂。毕竟，他不是要饭的，他张不开那个嘴，他唯一能做的就是在别人吃饭的时候，他紧紧地闭上眼睛，咬着嘴唇。

等他终于赶到唐京时，他已经两天两夜没有进一点食了，那种饥饿的感觉，以至于今天的平大伟回想起来，胃就不断地痉挛疼痛，他知道那时的他已有了濒临死亡的感觉。

问题是，他要到唐京医院检查身体，还必须面对百十公里的路程。唯有回到富平的家里，找到父亲拿上钱才能去医院。但是，到唐京时，几乎已到了他生命的尽头了。

他混出了唐京火车站，跟随着人流向前挪动着身体。现在能支撑他的，唯有那个回家的信念。但是，他太渴了，早夏的古城唐京已呈现出了它炙热的一面了，太阳毫不吝啬地将激情四射的阳光投到了平大伟的身上，让他越发地感到渴。不远处就是卖冰棍的、卖水的，平大伟真想快步冲过去抓起来就吃就喝，但是，他知道那样不行，他不是抢劫犯，他不能做也不敢做。虽然，他的父母读书不多，父亲参军前一直在家务农。正由于他们长期生活生长在农村那种特定的环境里，在那种根深蒂固的传统文化的浸润下已形成了自己的世界观和价值观。这种固有的观念又让他们给平大伟很早就灌输了做人的品质和底线。平大伟很清楚什么是高压线，那是在任何情况下都不能触撞的。

他来到了不远处的护城河边，护城河堤上的一排柳树在太阳下柳影摇曳，柳丝低垂，就像是对镜梳妆的少女，又如舞袖翩翩的仙子。但这时的平大伟哪有这等欣赏的心情，他快步走去，只想着能在护城河里找到一片清澈的河水，滋润他那如火焰山般的干渴。可是，等他走到跟前时，他绝望了，他的眼前河堤下竟是一片连一片肮脏的垃圾场，水是有的，但那是污水。平大伟舔了舔干裂的嘴唇，望着阳光下泛着亮光的污水在犹豫着，他在做最后的理性选择，饥渴最终让他选择了接受。他顺着护堤沿着那些拾垃圾人走出的小道，一直走到了护城河底，下面是一条窄窄的污水渠，水很脏。平大伟看见旁边有一片小洼地，里面还保存着一些显然是不久前雨后积蓄的雨水。平大伟觉得这水应该比污水沟里的水干净些，于是，他走到跟前蹲下去，两手尽量地在水面上划动，将看上去还清亮的水掬起一饮而尽。

那一瞬间，平大伟认为这是世间最好喝最甘甜的水了，冰凉的水从他的嗓子眼流到了肚子里，他像干旱的土地一下迎来了一场久别的春雨。他假装着很幸福地闭上了眼睛，可是，当他再睁开眼睛时，他清楚地看见水底下还有浮动的小虫子。

喝了水，身体有了活力，但同时，那种饥饿感更强烈了，那种感觉像是无数条小虫子在他的肚子里噬咬他，让他唯有一个念头：必须吃，必须吃，一定要吃东西。

这时，护城河边上走来了一个人，提着一个垃圾筐，来到堤边站住了。接着，随着一阵物体滚动的声音，从上面滚下来了一些乱七八糟的垃圾。平大伟一眼看见了几片烂菜叶，他想都没有想，下意识地就冲过去，抓起来，很脏，但他已顾不上那么多了，在身上连蹭几下就塞进了嘴里，他不知道什么味道，只知道吃下去不久，他就想呕吐，他知道他不能吐，因为，他必须回富平。

这时的平大伟不知道，他所做的这一切悄然间被护城河上的另一个人看见了，等平大伟艰难地从河床下走上来时，他看见面前站着一位少女。虽然，他看得不是很仔细，确切地说他快速地扫了一眼就赶紧低下了头，但就在那瞬间，他已经知道这是一位漂亮的女孩子。

她瞪大了一双水汪汪的眼睛吃惊地望着平大伟，过了好一会儿，小心翼翼地问道："你干吗吃那个啊？"

平大伟捂着翻江倒海的胃，吃力地说道："我饿啊。"

"那么脏的，会得病的。"少女继续沿着她的思路说道。

平大伟想说："我不吃会死的。"可是，肚子里一阵的难受让他一下子蹲下去了，他实在是没力气和精力去解释了，只是无力地摇了摇手。

少女看着他那痛苦的样子很着急，但又一时想不出好的办法，说道："要不你去医院吧？"

平大伟蹲在那里没有动，过了片刻，那种绞痛的感觉终于熬过去了，他缓缓地站起来说："我得先回家才能去医院，我没钱了。"

平大伟说话时一直低垂着头，不敢直视面前的这位女孩子。他真想告诉她，自己之所以变成这个样子，就是为了去医院，可是，人家谁会有兴趣听他说这些呢？他用手摸了一下已流到了他眼睛里的汗水转身就要走。他知道自己刚才在河堤下的一举一动都被人家看见了，这对他来说是莫大的耻辱，自尊心与虚荣心同时受到了极大的伤害，对他而言是摧毁性的。他是一个很要面子的人，这次回来不就是为了证明自己的清白吗？可是，他一个堂堂的修建铁路的学兵连战士竟然沦落到了拾垃圾的地步，这是怎样的一种侮辱啊！平大伟一直以自己是毛主席派来修建铁路的战士而骄傲，这种骄傲和尊严那是比生命都重的。刚才，在生与死的选择中，他选择了生。但“生”的前提必须有尊严，失去尊严地活着，那就是苟延残喘，即使活着还有什么意义？所以，此时的他只有一个想法就是赶紧跑掉，离这个女孩子越远越好，永远不要再见。

他刚要走，肚子里又是一阵的剧痛，让他不得不再次蹲在了地上。这一次，他再也克制不住了，转身猛跑几步，来到了护城河边一阵排山倒海将刚才吃的喝的全吐了出去，吐得他都紧缩成了一团。等他全部都吐了出去时，胃的确舒服了，但他整个人却虚脱了，浑身一点点力气都没有了。

少女见状，连忙从包里拿出一个大茶缸，跑到旁边卖水的老太太那里买了五分钱的水，又跑了回来，递到平大伟的面前，接着又拿出几个烧饼。这时的平大伟已顾不了那么多了，抓过来就是一阵风卷残云，狼吞虎咽。少女在旁边一个劲儿地说道：“你慢点，你慢点，你慢点啊，别噎着了！”

“你真好！”平大伟吃完后，完全是下意识，但又是最真实地说了这样的一句话。

看着他那憨实的样子，女孩子笑了起来，说道：“人是铁饭是钢，这话一点不假啊。你看你，刚才都成啥了，现在跟刚才就是两个人。”

“刚才？”平大伟不敢往下说了，他的脑海里突然出现了“丧家犬”三个字来，这让他才有的那种吃饱饭的幸福感一下子又被尴尬所取代，难为情地又把头低下了。

少女问他：“你这是准备去哪儿啊？”

平大伟告诉她，他准备回家，回富平。

平大伟后来曾想过，如果那天那位少女问他从哪里来，按他的性格一定会实话实说的，那么，会不会人家就认定他是逃兵而立刻转身离去呢？要是那样，他的结果将是什么呢？

不过，懊悔感很快取代了他的后怕。因为，他未曾问人家是干什么的，人家要去哪里。中国有句老话，“受人滴水之恩，要涌泉相报。”他却连人家叫什么干什么的都没有问，拿什么报，又该怎么回报呢。当然，平大伟也很清楚，那天他之所以什么都没有问，不是他不想问，是他不敢问。他觉得那一时刻他和人家不是处在一个平台的，他没有询问的权力。

少女听他说是富平的，立刻笑道：“我刚从富平过来。”

“怎么你也是富平的？富平哪儿的？”平大伟惊喜地问道。

在两人的一问一答中，平大伟终于弄明白了，这位少女是富平的北京知青，今天要在唐京转火车去北京探亲。没有想到在等换车时，她却在这里意外地见到了一位来自富平的青年平大伟。那时的他们都不知道缘分的含义，以为只是人生中的一次短暂的相遇，分别了，再不相见。直到很久很久以后，平大伟才知道每一个擦肩而过的人都不是偶然，而是必然，所以，要善待每一个人。

善良的少女一听平大伟说他是富平的，就有了一种老乡见老乡、两眼泪汪汪的亲切感，就问平大伟坐什么车回去，汽车还是火车？平大伟神态坚定地说道：“走回去！”

“走回去？七十多公里呢，你怎么走回去啊！”少女吃惊地问道。

“我钱丢了！”平大伟实话实说道。

“丢了？那……那你也不能走回去啊。”

“没事，红军不怕远征难，二万五千里长征都走下来了，我这七十多公里算什么啊。”吃饱了饭，平大伟的雄心壮志也就有了底气。不过，他立即就想到了自己刚才的窘态，便不好意思地把下面想说的话咽回去了。

少女根本没有注意到他的变化，只是略有所思地看着他，迟疑了一会儿从身上掏出一张两元钱，犹豫片刻，又拿出一张一元钱，十分认真地折叠在一起递给平大伟，说道："我钱也不多，你先拿着吧。"

三元钱，在那个时代意味着平大伟不仅能吃饱了饭，而且，还够买回富平的火车票了。

平大伟完全愣住了，他不敢相信自己的眼睛和耳朵，直直地望着少女。

少女看他那个近乎傻了般的样子，忍不住"扑哧"一笑，说道："别搞得那么夸张的，我也不是雷锋，就是想让你早点回家。"

说完，少女摆摆手，转身走了。

平大伟就那么一直傻傻地站着，他都不知道自己是怎么接过那三元钱的，只是一直望着少女消失在车站广场熙熙攘攘的人群中。少女那天穿着一件绿色的上衣，从此，平大伟只要遇到穿绿色服装的少女，他便有了种非常亲切的感觉。

平大伟终于赶到了富平，回到了他魂牵梦萦的家。尽管，等待他的是更猛烈的狂风暴雨，但对已拥有了这样一段经历的平大伟来说，都不算什么了。

在他回家的前一天，他的第三拨同学已先他赶到了家里。当平大伟的老爸得知自己的儿子做了逃兵时，他认为这是平家的一个耻辱。他让这帮同学先回去，并斩钉截铁地承诺："你们放心回去，不管啥情况，我一定亲自把这个混蛋送回去，接受组织处置。"

平大伟他爸叫平军昌，军昌军昌，军队兴昌本是一种良好的祝愿，可是，这两个字到了那些南腔北调的口中就常常念成了平军长，有时候去看病，护士满走廊地喊着"平军长，平军长"，搞得整个走廊都紧张起来了。

平军昌长得是人高马大的，年轻时就出来闯荡江湖，真是从小卖蒸馍，啥事都见过。干过小工，当过兵，参加过抗美援朝，修建过宝成铁路。

那年成立秦岭机务段，平军昌年少时就羡慕大车的风采，就坚决要求去了机务段，人年轻，又身强力壮的，机务段就安排他做了蒸汽机车上的一名司炉。

蒸汽机车是靠司炉把煤填入炉膛，煤在燃烧过程中，就把机车锅炉中的水加热、汽化，形成四百摄氏度以上的过热蒸汽，再进入蒸汽机膨胀做功，推动汽机活塞往复运动，带动机车动轮旋转，从而牵引列车前进。

司炉这活看似简单，做起来可就不是那么回事了，平军昌要在四十九秒内连填三铲煤，一铲就是十斤煤，均匀地点在炉膛内十一个点上，不能结炉。铲煤，开炉门，送煤，一气呵成。

冬天，蒸汽机车上很冷，不干活的时候要穿棉衣。再冷也不敢把炉门打开取暖，因为炉门打开后冷空气会进入炉膛，造成热胀冷缩，从理论上说会导致锅板开裂。所以规定是不允许开炉门取暖的，就是焚火时都要求炉门的开关时间要尽量缩短，减少冷空气进入。

夏天更要命，无论机车是在行进还是小站停靠待命中，都暴露在室外，天上火辣辣的太阳烤着，锅炉不停地喷发火焰，驾驶室里温度最高达到四十五摄氏度以上，摸哪儿哪儿烫手。为了避免被烫伤，平军昌就得穿上厚厚的帆布工作服，戴上大手套。后来，洗澡堂里有了桑拿房，已退休的平军昌经不起人家什么蒸桑拿可以保健排毒的一番劝说，也跟着跑去体验，出来后，满脸不屑地说道："这就是蒸桑拿啊，我那时候天天都在蒸桑拿呢。"

比高温还难受的是灰尘，机车行驶时，锅炉里燃煤产生的粉尘、灰粒从烟囱排出来后，常常被风卷着灌入驾驶室。机车倒车时，煤水车上的煤灰也会反灌到驾驶室里来。即便戴上眼镜、口罩，仍然难以阻挡无孔不入的灰尘。特别是通过隧道，进入前，平军昌加好煤烧好火，就和大车、副司机立即用湿毛巾捂着脸，低着头，一直等机车驶出隧道，这时，人已经全成黑人了。

平军昌做事踏实，他有一个很朴素的观点，不管啥事，就是再简单的事，要做就要做到最好。当然，他的这种观念自然也就影响到了后来的平大伟。

很快，平军昌就掌握了司炉的所有技术，让他最骄傲的是他烧的那是段上最好的锅炉。打开炉门，只见炉膛里的煤形成了一个簸箕形，中间那一层红红的匀匀的火苗，看上去就如同铺了一层鲜艳的红地毯。不久，平军昌就从司炉干到副司机、司机。

后来，他又调到了富平火车站，凭着自己的认真勤奋，他从车站的助理值班员做到了值班员。

那天，当平大伟走进院子，推开房门，人还没进屋，“爸”字还没有喊利索时，老爸的一个大巴掌就扇过来了，脸上顿时就浮起了一座五指山。接着，一脚上来就把他踹了个趔趄，不等大伟站稳，另一只脚又踢出来了。谁知，平大伟他爸动作太快，穿的又是那种圆头布鞋，一使劲，鞋就像飞镖一般从脚上蹿了出去，还特别准，一个抛物线就直接落进了院墙下面的脏水桶里。这鞋是他爸刚买的，还没穿过八个小时，一见直接掉进脏水桶里了，那个心疼啊，别提了。可是，鞋已经飞出去了，又穿了双新袜子，老先生又不舍得把脚直接落地，再弄脏了新袜子，只好摆了个金鸡独立，又加上刚才使得劲太大，身子晃来晃去的跟个不倒翁似的，很滑稽。这让平大伟看着是想笑又不敢笑，表情十分复杂，这便使得老爷子火气更旺了，单腿蹦着满地找家伙，嘴里大声嚷嚷着：“你还敢笑，你还敢笑，看我不打死你！”

毕竟，年龄大了，平衡力不足，一不小心，就是个趔趄，一直不舍得落地的脚只好落地。不承想，地上有一块没扫掉的小煤屑，把老平的脚硌了一下，痛得老平直咧嘴，脚只得又提起来了，这一提就看见干净的袜子也弄脏了，那个火更大了。

在富平火车站工作的老平，在铁路系统这个半军事化的企业里早已养成了军人般的风范，他认为铁路职工就要服从命令。因为，他知道任何一个指令的执行与否，直接关系着一整列旅客的安全。儿子虽然还不是正式的铁路职工，但是，在铁道兵的系列里，他就必须像个军人，怎么能够当逃兵？

当然，老平心里还有一个小九九。儿子平大伟虽然现在工作条件艰苦些，但毕竟是修建铁路，一方面避免了下乡接受贫下中农再教育，更重要的是等铁路修好了也是几年后的事情，那时的平大伟也长大成人了，正常情况下都会直接安排在铁路工作了。不管是修建铁路的工程单位还是像他这样的铁路运营单位，都是拿铁饭碗的铁路产业工人，就不愁找工作了。

老平在铁路工作，在这个什么都凭票证生活的时代，他享受到了许多的优惠政策，一是工资相比地方上的一些单位高，且稳定；二呢，他在车站干值班员工作，出入车站很方便。别的地方不管买啥都要粮票肉票布票的，可火车站站台上的这些专供旅客的食品却是不需要票证的，凡是购票上车的旅客在任何一个设有食品购销点的车站，只要有钱就可以买到饼啊烧鸡什么的，作为车站工作人员的老平就有了这个得天独厚的条件，所以，他非常希望儿子也能在铁路工作。尽管，现在工作累些条件差些，但都是暂时的，不吃苦中苦，焉为人上人？

那天，听平大伟的同学说，大伟已经跑了好几次了。这下老平急了，心里怒骂，没有出息的混蛋家伙。今天这个大巴掌他早已经准备好了，所以一见平大伟，他什么都没说，先上去给了一个下马威，只是没有提前考虑到这只鞋子太不给力了。

好在还是老娘心痛儿子，大伟的妈妈连忙上前拦住了已怒发冲冠的老平。老平没想到平时对他是逆来顺受，说一不二的老婆今天劲比他大，差一点把他拽了个跟头。主要是他一时忘记了，他现在是单脚直立，能自己站稳已经很不容易了。

“你，你干啥要拦我？你看看你这狗儿子，把人丢成啥了！”老平趁机扶着老伴，站稳了愤愤地喊道。

“打两下就行了，咋！你还真想往死里打啊，你别忘了，这是你的儿子，你的亲儿子。”平大伟的母亲一边搀扶着他，一边示意大伟，赶紧把他爸的新鞋拾回来。

自从平大伟走后，她是天天想日日念，想大伟才十六岁的小孩子懂什么啊，就去建什么铁路。虽然，她知道这是国家大事，是毛主席派他们去的，是建设什么三线的。而且，大伟他爸爸也没少给她讲，更是将自己的小九九也给她不止一次地说过。那天，听大伟的同学说，大伟接二连三地当了逃兵，前几次都被追回去时，她也为大伟的行为而生气，心想大伟怎么连这点苦都吃不了，如果真为这事让学兵连开除了，荣誉是一方面，以后找工作就更难了。她深知工作的重要性，他们家是典型的一头沉，自己一直没有工作，全靠大伟他爸爸一个人的工资支撑着这个家，大伟还有一个弟一个妹，上面还有二老在老家农村，本指望大伟能熬过这几年，以后有个铁饭碗，给这个家减轻一些负担。可是，气归气，当儿子活生生地站在她的面前时，那些事情就算不得什么了。

趁这个当空，平大伟终于有了说话的机会了，他一边捂着烧痛烧痛的腮帮子，一边委屈十足地喊道：“我咋把人丢成啥了？谁丢人了？我怎么丢人了？”

“你他娘的，你当逃兵还不丢人？你说，你说什么是丢人，难道你还想杀人放火偷人，你才觉得是丢人？”老平的怒火又被点燃起来了，他转身就要找棍子。

“我没有，我没有！”平大伟连连叫道。

“你啥没有？你还敢给我犟嘴！”老平很生气，不仅是为平大伟，还为自己半天找不到一根棍子而气恼。

“我没犟嘴！”平大伟知道自己必须在最短的时间里把事情说

明白，否则，老爸的势头会更凶猛的。于是，他快速地说道：“我就没逃，那点活算啥，我就是想要个说法，我就是想告诉他们，咱老平家的人出去都是一个个顶天立地的汉子。”

平大伟的这一句话非常有效果，知父莫如儿。平大伟知道自己的父亲是一个很好面子的人，而且，有着很强的家族荣誉感。他常常说的话就是上要对得起祖宗，下不能给子孙丢脸。其实，这看似很简单的一个家族荣誉感却对一个人有着极强的控制力，他会让一个人为此而奋斗一生。

平大伟的话音未落，老平已停止了动作，瞪着虎眼看着他，喘着粗气等平大伟往下说。

平大伟见状，心里悄悄地缓和了一下，他舒口气，继续说道：“我每次抬重东西的时候，我的肋骨可痛，我到工地的保健站看了，医生说没事。可是，我不使劲没事，只要一使劲就痛。他们就说我是装的，可我咋会装啊，我咋会是那种人？爸，你知道我不可能是那种人。说我可以，说咱家可不行，我知道我在外面代表着咱老平家哩。”

老平听到这儿，觉得儿子不像骗他，气消了一大截子。

接着，平大伟就将事情的来龙去脉详细地给父母讲了一遍，听得妈妈一个劲儿地掉眼泪，没想到儿子受苦不说，还一直承担着别人的不理解，甚至是误解。老平火气泄了的同时，也很后悔，觉得不该一上来就打儿子，知道自己冤枉儿子了。再转念一想那些冤枉大伟的同学时，他的火又上来了，大声说道：“就是，他们不调查就下结论是完全错误的。大伟，我相信你，明天我就带你去医院检查去，到唐京最好最大的医院。”

平大伟没有将自己饿了三天的事情向爸爸妈妈讲，更没有向他们述说自己在唐京火车站广场被一个少女相助的过程。他知道这件事说出去后，妈妈会心痛得睡不着觉，而父亲在同情他的同时，会认为自己的能力太弱，竟然沦落到去拾垃圾吃，那将是对老爷子一生所信奉荣誉感的摧毁，他需要一个为自己争光的儿子！

老平经常给平大伟讲：“你看老鹰，从来不在乎别人说啥，天天都是飞得高飞得好。那些小草也没人心疼，人踩了，风吹了，雨淋了，可人家长得比啥都旺。做人不需要人人都喜欢，也不可能做到人人都喜欢。再说了，喜欢你的人越多，讨厌你反对你的人也会越来越多，所以，不要老想着怎么围人，怎么讨得大家的关注，没必要。但有一点必须做到，那就是做事做人咱自己先要做到坦坦荡荡。”

平老爷子的话虽然文采不足，一句话翻来倒去地来回说，但在平大伟的身上效果还是非常明显的。

三

当火车将王秀文送到北京，她随着如潮水般的人流走出北京火车站时，她早已把在唐京车站广场救助一个陌生少年的事情忘得干干净净了。

做这种事情，她认为是天经地义的。在她很小的时候她的母亲就不止一次地告诉她还有她的弟弟，女孩子一定要善良，男孩子一定要有责任感，善良是女孩子的本性，责任是男子汉的承担。她就是在这样的一种环境中长大的。

她是一个好幻想的女孩子，曾经有着无数的梦想。她希望自己能像伯父一样，成为一个令人尊重的外交官；也希望自己能像舅舅那样，成为一个灵魂自由高贵的诗人。因为，在这两个人的身上，她感觉到了一种与别人不同的东西。伯父，总是那么的彬彬有礼，气质高贵，他告诉王秀文，做事不需要人人都能理解，但一定要尽心尽力。还告诉她，学问之道在于变化气质，智慧之道在于变化心境。那时的王秀文还不能很好地理解伯父的告诫，但是，这些话却在以后的岁月中，成了她的人生指南。伯父曾是中国人民大学的高才生，会说好几国语言，而且，伯父还拉得一手好听的小提琴。

在爷爷家里，如果伯父回来，那一定是一个充满了欢乐的时光，他总会给大家献上一曲罗马尼亚作曲家旦尼库的作品《云雀》，在小提琴E弦亮丽、清悦、透明的音色表现下，山林中云雀争鸣、阳光明丽、风景如画的一幕幕便呈现在了王秀文的眼前，那是多么美妙的感觉啊！就是在这里，伯父告诉王秀文，四百多年来经过艺术家的天才想象和不断地探究创作，小提琴以它那美妙而迷人的音色、完美的造型、宽广的音域、强有力的穿透力和无与伦比的艺术表现力，宛如活跃在音乐星空的女神，所以，人们给它戴上了皇冠，称小提琴为乐器世界的皇后。

让王秀文略感遗憾的是，伯父总是不在北京，全世界地跑，很少能够见到他。直到有一天，伯父不再出国了，但是，她却依然不能见到伯父。听爸爸说，伯父去了什么五七干校。那时的秀文还小，她不懂什么五七干校还是七五干校的，只要不让她见到伯父，她就觉得那不是一个什么好地方。

对于舅舅，王秀文总有一种雾里看花、水中望月的感觉，又真实又模糊。舅舅是一个终身未娶的男人，但爱舅舅的女人却很多很多，有容颜美丽的，有气质高贵的，有学识渊博的，有贤淑温柔的，有热情似火的，她们走马灯似的围在舅舅的身边，但舅舅好像明白又好像不明白，他对她们的每一个都是那样的热情，就像一团火，在温暖周围的时候也在燃烧着自己，但他没有娶她们中的任何一个，这也是让王秀文始终不能理解的事情。

王秀文记得在一个寒冬的夜晚，在她半睡半醒之间，听见了坐在旁边的舅舅和妈妈聊天。妈妈好像在催舅舅，让他抓紧时间定下来，不要再拖下去了，不要耽误人家那些女孩子了，千万不要伤害了女孩子的心。

舅舅告诉妈妈，他怎么能不清楚这些女孩子的心思呢？但是，他知道自己的心中只有缪斯，他爱所有的女孩子，但这种爱是一种博爱，他不可能将自己的心留在某一个女孩子的身上。所以，他不能娶她们中的任何一个。他可以给她们爱情，但不能给她们一个安稳的婚姻。因为，结婚意味着柴米油盐，而柴米油盐对他来说，则意味着灵感的死亡。没有灵感的他，活着还有什么意义？

听了舅舅的话，妈妈嗔道："你都老大不小了，还什么缪斯缪斯的，总不能一辈子这样吧。我们都不反对你写诗，可是，诗歌毕竟不是生活啊。"

舅舅反驳道："诗歌不是生活，但是生命，是我的生命！"

舅舅说这话时，声音很庄严凝重，一时间房间沉静了，妈妈面对着这样的一个弟弟一时间不知道说什么好了。也许她也被舅舅的这种神圣感所震撼，王秀文只听得妈妈轻叹一声，说："唉，也许，我们真的不懂你，但是，你应该知道，我们都是为了你好啊。"

舅舅笑道："那我肯定知道了，姐姐，你就原谅你的这个老弟吧。我什么都明白，我也知道我这样走下去根本不会有什么结果的。但是，姐姐，请你相信，这个世界必须有诗歌。因为，我们都很苦，活得都很苦。就是因为有了文学，有了诗有了艺术才能让我们的心灵得到了慰藉。人不能总为了物质而活，仅有物质的世界一定是混沌的黑暗的，我就是那个在黑暗的世界里点燃自己的人，你就让我燃烧吧，姐姐！"

舅舅在开始说这些话的时候是微笑着的，可是，说到最后时，秀文却听到了妈妈抽泣的声音，王秀文吃惊地睁开眼睛，她看见了舅舅的眼睛挂着泪水。

舅舅是那么的单纯、热情，他在生活中又是那么的简单，简单得令人心痛，可就是这样的一个人，这个世界却不能容他。舅舅生活得越来越艰难，好多人说舅舅是个疯子，但舅舅仅是一个不愿说假话的人。

在一个不能说真话的时代里，说真话的人下场肯定会很惨。果然，当历史进入了又一个风云突变的时代，随着一九六六年八月二十日，《光明日报》刊发了一篇这样的文章：今天，在无产阶级文化大革命中，毛主席给我们指明了方向，我们起来造反了，我们要武了！

这篇文章的后果是灾难性的，它给正如火如荼的“文革”火上浇油，武斗一下控制不住了，在这样的社会背景下，很快，曾经因文学观点不同而导致的批评转向了立场斗争，一个又一个诗人作家被作为反面典型揪了出来，以前的那些发表在各种杂志报刊上的诗歌、文章都成了反党反社会主义的证据。王秀文的舅舅，一个衷情于诗歌女神的人，哪懂得了政治的无情，不等他申辩，就被打翻在地，背上重重地踩上了无产阶级人民的大脚。接着，就是最为残酷的人身攻击了。

在一个雨夜，从批斗会上下来的舅舅，拖着伤痕累累的躯体来到了王秀文的家里。王秀文今天依然可以记得那晚的舅舅，虽然，被暴雨淋湿的舅舅显得更加的单薄瘦弱，但是，舅舅的眼睛出奇的明亮，苍白的脸上充满了坚毅。舅舅对妈妈说：“诗是高贵的，诗人也一定是高贵的，高贵的诗人可以从肉体上被消灭，但是，不可以消灭诗人的尊严。他们可以杀死一个诗人，但是，诗人高贵的灵魂绝不容侮辱、欺凌。”

舅舅走后，妈妈抱着王秀文一夜无眠，她痛苦地、不断地说着：“你舅舅要走了，你舅舅要走了……”

果然，舅舅说完那些话的当天晚上，就一个人悄悄地来到了圆明园，烧掉了自己所有的诗稿，义无反顾地投进了福海，舅舅死了！

很久，王秀文对妈妈都不理解，甚至怨恨，既然知道舅舅要选择死亡，为什么那晚不去阻止他。

每次王秀文在质问妈妈的时候，妈妈总是低着头无言地哭泣。

随着岁月流逝，当她更多地明白了什么是人生后，她才懂了为什么母亲看着亲弟弟走向死亡而不能阻止，因为——信仰！

是的，对一个心存信仰的人，刀山火海，铜墙铁壁都不能阻止他向前的力量。

诗人舅舅在福海边烧掉了自己所有的诗稿，包括发表的和没有发表的，和他一起去了另一个世界。留下来的唯有一页无意间夹在一本书中的草稿，一直让王秀文珍藏着。诗的名字是《真爱无伤》，直到今天读来，王秀文都能感受到舅舅心灵的纯正和美好。

《真爱无伤》

一位美丽的少女说
你不懂爱情
因为
你不会谈情说爱
所以
爱你是我的错

我说
真爱无错
真爱无伤

无伤的真爱
不是花前月下
不是醉酒浓香

是淡淡的茉莉花开了
花瓣纷落
浸入香茗
化作了
夜的芬芳

伯父和舅舅的结局，让王秀文对她所向往的生活充满了质疑。一时间，她对善与美、好与坏都不知道如何分辨了。热爱诗歌和音乐都是错的，特别让她搞不懂的是伯父、舅舅两个温文尔雅、简单单纯的人却一下成了人民的敌人，人人皆可唾之。而“粗、野、暴”却成了一种时尚，这是怎样的一个时代啊？

王秀文有了一种想逃离的欲望，她想远离北京，尽管她的童年是无忧无虑的，她一出生就享受到了首都儿童的优越感。但那时的她还不懂这些，也就是因为这种衣食无虑的生活环境使得她对那些大山深处充满了幻想。特别是那一部部反映农民翻身得解放，大干社会主义新时代的电影，让她对农村生活有了一种向往。

可以说有一段时间里，她梦想着自己像一只自由飞翔的小鸟在农村广大的田野里放飞歌唱。于是，当他们中学毕业响应毛主席的号召知识青年到广大的农村接受贫下中农再教育时，她第一个报名，坚决要求到陕北去。那天，当她接到通知，下乡地方是到富平时，她一度还十分失望，为自己不能去红色延安，看不到宝塔山，喝不到延河水而懊丧。

王秀文的父母都是老北京了，他们从小就是听着北京卖糖葫芦的吆喝声长大的，他们经历过清朝推翻后共和期间的城头变幻大王旗，更经历过日本铁蹄下的亡国之痛，以及北平城被百万雄师铜墙铁壁包围下的那种惶恐不堪的心路，也是在第一时间听到了毛泽东在天安门城楼向全世界宣布中国人民从此站起来的声音。接着，又是四清反右文化大革命，短短人生几十年，却被搞得眼花缭乱，以至于也皮实了许多，人云亦云，随他去吧。知道在一个政权面前，个人的卑微和渺小，唯有随大流，跟着走才能够苟延残喘地活着。

他们当然知道王秀文到农村去意味着什么，但是，他们又不能够给王秀文说透，更何况他们亦是无能为力。街坊邻居，一个个年轻人都背着简单的行包或深入北大荒，或是前往西南、东南、边疆，连一些曾位居高位，又一夜间被打翻在地的那些红门里的孩子不也是一个个地离开了北京。他们甚至有了这种想法，远离政治中心，也许就是最好的选择。于是，他们除了心中的恋恋不舍外，没有太多余的话就送王秀文上了去大西北的列车。

刚到富平时的前两天，王秀文被周围新鲜的事物所吸引，天蓝云白，草绿土黄。但很快，她就发现现实和自己想象竟是如此的不同。在北京四合院里，虽然一样的拥挤，但毕竟还有她个人的一席之地，还有属于她自己的一个空间。然而，在这里她和同学们挤在一间房子里不算，还要打通铺，连灯都没有。

每一天都是重复且单调的劳动，除了种地就是种地。这时她才明白了为什么说中国农民苦，明白了自己原来就是生活在天堂，自己却没有好好地珍惜。虽然，北京的供给一样的紧巴，但毕竟可以不用票证还能买到二两糖果，还能常常吃到鲜肉。而在这里，似乎一辈子除了面条就是面条，吃个饼子都算是奢侈了。面条也是简单的白面下锅，一根绿菜叶都很少见，加点醋、酱油、咸盐、辣子就是菜了，这个时候她才切实体验到为什么说“陕西八大怪，辣子一道菜了”。

刚来时，她听人家说陕西八大怪，是什么“面条宽得像裤带、锅盔大得赛锅盖、油泼辣子一道菜、老碗似盆分不开、家家房子半边盖、有凳不坐蹲起来、妇女手帕头上戴、秦腔大戏吼起来”。有些从字面上一看就明白了，有些却必须经过实践才慢慢懂得。但就是这个“油泼辣子一道菜”却让她很头痛，因为别的生活“特色”，不满意不习惯她可以选择回避，比方说“秦腔大戏吼起来”，她不喜欢，她可以不去听，村里演大戏时她就不去。人家“有凳不坐蹲起来”，她必须找个凳子坐下来。可这个“油泼辣子一道菜”可就让她太为难了，毕竟，在北京就是天天吃面条也是要有菜的，哪能这样天天的油泼辣子。开始时是胃里难受，再就是上厕所难，辣得屁股痛不说，常因菜少而很难解下来，这让她越发地痛苦了。

但这时的她已是叫天，天不灵；呼地，地不应了。家里有爸爸妈妈疼她，在这里，一切都是鞭长莫及，凡事都得靠自己。每次给家里写信总免不了抱怨，但后来她发现，抱怨的结果除了让父母操心惦念外，不能解决丝毫的问题。唯一能够让她有一个缓和的机会，就是每年一次的探亲假。虽然时间很短，但是，这时的她总能借回北京的机会，给自己一个全身心的放松。

四

那天，平大伟在父亲的亲自陪伴下来到了唐京医院，通过外科、内科、中西医的“立体式”检查，果真，平大伟患有肋间神经痛。肋间神经痛又名肋间神经炎，是一组症状，肋间神经由于不同原因的损害，产生的压迫、刺激，出现炎性反应，表现以胸部肋间或腹部呈带状疼痛的综合征。

病因查出来了，不是平大伟偷奸耍滑。虽然身体有疾，但亦无大妨碍，吃药休养，不要干重体力活很快就会康复。这让平大伟爹心里踏实了很多，当然也为自己一时不问青红皂白就揍了大伟而心生内疚，也就不再催平大伟回去，还亲自给武连长去了信，说明了事情的原委，并把检查诊断的原件一起挂号寄了过去。

武连长接到了大伟爹的信，更是感觉愧疚。想想那段时间平大伟除了身体的病痛外，还要背负同学们的误解和冷嘲热讽，让他这个当连长的更是不安。他立即召集学兵连的同学们开了一个大会，把平大伟爸爸写的信给大家念了一遍，并当场展示了诊断书。最后，武连长说道：“同学们，很对不起大家啊。为什么说对不起大家，而不仅是平大伟，是因为大伟的事让我更加坚信了我们学兵连每一个都是好样的，都是冲得上顶呱呱的。大伟开始说他有病，我和大家一样心里面也有些怀疑，以为他是找借口，不想干重活。逼得大伟怎么办，他为了证明自己的清白，竟然选择了偷跑回去的方式。就是这样，也没有引起我们的重视，还认为大伟当了逃兵，更加误解他。这说明了我们工作得不细啊。查找根本原因就是我们自己思想上的问题，对自己人的不信任。”

说到这里，武连长脸色异常的严肃，停顿片刻，才继续说道：“不信任的结果，造成了多大的成本啊。如果我们开始就相信大伟，就让大伟回去看病，哪里会有后面这一系列的问题？还好，万幸的是，不管是大伟还是又去找大伟的这三拨人都没有出事，都安全地回来了。真要是有个三长两短的，那我们怎么对得起组织？对得起你们，还有你们的家人。信任是一切的根本，我们一定要彼此信任，互相信任，坚信不疑。这样我们的队伍才能打胜仗，否则，一支彼此不信任的队伍，你就是拥有再强大的武装，最后也不会成功，因为不信任哪来的凝聚力，没有凝聚力咋可能打胜仗？”

武连长的一席话为平大伟洗清了误解，当大伟回归队伍的时候，他已不是大家心里的逃兵，相反成了英雄。

重新获得大家信任的平大伟，精神上、心理上的负担虽然得到了释然，但他发现，他和武连长的关系却越来越僵了。

但那时的平大伟不知道，什么是世事无常，什么是命运多舛。

这是秦巴山六月的一个夜晚，繁星当空，山林宁静。在秦巴山第二隧道中，平大伟和同学们还在挥汗施工，他怀抱风枪顶着岩石，身体和风枪已融在一起猛烈地跳动着。突然，他听见旁边有人在疾声呼喊：“同学们，小心，小心！”

平大伟抬头再看，不禁倒吸一口凉气，左边隧道壁上出现了大范围的裂痕，已是一名老工程兵的平大伟，见过无数次各种危险的他深知即将要发生更为严重的塌方了。

他和这里每一个战友的处境都非常危险，同学们听到了叫喊声，开始纷纷后退，这时，平大伟看见武连长站在旁边指挥大家迅速撤离。因为平大伟是风枪手，人在最里面，往外撤时，他落在了后头，这时，洞壁已在抖动，墙壁上的碎石飞快地下落，塌陷迫在眉睫。平大伟紧张地跟在后面往外跑，前面就是洞口了，他已经看见了洞口外的灯光，那么的明亮那么的温暖，生就在眼前。突然身后传来一阵巨响，那一瞬间，平大伟眼睛一闭，他知道自己完了。曾经一个隧道塌陷，整排人埋进去的都有。就在这生死攸关的时候，他突然被一股巨大的力量推了出来，他的脚跟还没落地，后面的隧道已湮没在尘烟中了。

平大伟什么也听不见了，恍惚间，他看见他的同学们呼喊着向他的身后奔去，大家那因紧张而扭曲变形的脸让平大伟深感恐惧，他惊慌失措地转过身，向后面望去，随着尘烟的徐徐飘散，坍塌的隧道如使尽了力气，最后一击而倒下的壮士，凄凉无声地瘫软在众人的面前。突然，平大伟的脑海里猛地一闪，脱口喊道："武连长，武连长呢？"

但他的声音早已淹没在了一片呼喊声中了，"连长，武连长！"战友们撕心裂肺地齐声呼唤着，但是，秦巴山脉低头哀，黑水汉江齐呜咽，武连长已被塌陷的顽石深深地埋没在山洞的里边……

当他们费劲心力挖开隧道，找到了只是武连长的遗体。

这时的平大伟很后悔，后悔自己曾经的任性，但一切都晚了。

那次，平大伟跑回唐京，给自己终于找回清白的同时，他却对武连长的成见更深了。虽然，武连长在会上对他的"冤屈"给予了及时的平反昭雪。但，他发现从此后武连长对他更加严厉了，什么时候见他都是铁青着脸。不管自己怎么努力地去做，武连长连句肯定的话都没有，还常常指桑骂槐地点拨他："不要逞能，不要搞什么所谓的个人英雄主义，咱们学兵连不要这一套。"

有一次会上，武连长又把他偷跑之前，塌方事故中那件事又提了出来，说："有些人本事不大，还愣爱装英雄。塌方了不是往外跑，还自个儿往里面冲。他娘的，自个儿也不想想，那时候往里冲能干啥？只能去死尿，还挡人家的道。我告诉你们，你们少他娘的给我装英雄，我不要英雄，我只要你们等工程完成后，一个不少的给我滚回去。”

平大伟知道武连长这是在说他，所以，他心里很不舒服，咬着牙坐在那里听，一声不吭。心道：这是啥连长嘛，只许自己表现不让别人表现，只让自己当英雄，太自私了吧。

武连长说到这里，用眼角扫了平大伟一眼，缓了一口气，继续说道：“目前，在咱连队里，除了个人英雄主义外，还有一种要不得的主义，那就是牢骚主义、不满主义，天天说什么艰苦艰苦，这点艰苦算什么？比起打仗这算得了什么？再说了，国家建铁路，总得有人来干，你不来，别人也要来。既然你来了，你就要好好干，把工作做好把事情办好，说白了，就是在这待一天就干好二十四个小时。”

当然，那时的平大伟对武连长的这一席话是没有刻骨铭心的感受的。相反，表现的是更强烈的对立情绪。

他不止一次地给身边的人说：“我特讨厌武连长，好像人人欠他钱似的，一天到晚除了喊就是叫的，凶巴巴的，见咱们就跟见了仇人。你看人家宋排长多好，坦荡耿直、性格温和。”

其实，宋排长比武连长脾气坏多了，但在平大伟的嘴里却成了坦荡耿直、性格温和。

直到平大伟有一天全然明白了武连长对他们的一番苦心时，他却再没有了向武连长道歉的机会了。随着年龄的增长、阅历的丰富，他懂得了在武连长那张铁青色的脸下其实是最温热的心。想想一个连队二百多号人，都是十六七岁的少年，天天和风枪、炸药、隧道、钢铁打交道，稍有差错那就是人命关天的大事。“一个不少的都滚回去！”这是怎样的一种承担，如果没有当年武连长的严管，能有这样的结局吗？

武连长走后，他的母亲和他的妻子来了，还带着他那不到四岁的儿子。武连长的父亲去世得早，家全靠他的母亲支撑着。老太太有两个儿子，老大是个残疾，全家引以为豪的就是老二，已经成为连长的武新权。可是，就是这个小儿子却因救平大伟牺牲了，留下了一个母亲、一个妻子、一个儿子，一个家的幸福、一个家的希望、一个家的梦想破灭了。

武连长的妻子是一位瘦小的农村大嫂，老实本分的样子。整个期间，她没有多说一句话，抱着儿子，默默地跟在婆母身后。那天，当老太太得知儿子牺牲的消息后，顿感天塌下来了，站都站不住，坐在炕沿上两手拍打着膝盖，嘴巴张得大大的，却一声也哭不出来了。

那一夜，她静静地坐在炕上，想着自己的小儿子。想小儿子新权从出生到参军，接着，在她的惊恐担心中度过了解放战争、朝鲜战争，终于迎来了和平。不久，伴着喜鹊的鸣叫，喜讯频传，儿子当班长了，排长了，后来又当上了连长，儿子给她又娶回来了儿媳妇翠儿，一个贤惠的女子。新权常年在部队，娘儿俩操持着这个家，新权的大哥虽然残疾，但翠儿从来没有怨言。再后来，翠儿怀孕，十月怀胎后，老太太又喜得了一个大孙子。虽然，生活清贫了点，但是，这个家有希望有盼头，就是累大家心里也是美滋滋的，可是，一夜间，梦全破了。

早晨，看着已哭死过好几回的翠儿，老太太喃喃地说道："翠儿啊，新权走了，是为国家走的，咱应该感到光荣。我知道你心痛，我更痛啊，他是娘身上的一块肉啊。今天，咱到队伍看新权去，咱不能哭，咱要坚强，咱不能丢了新权的脸啊！"

从那一时刻起，整个过程里翠儿再没有哭一声，她们不哭，大家更难受。老太太整个过程中只提了一个要求，她说："让我看看那个娃，新权救的那个娃。"

平大伟被宋合营领着来到老太太的面前，双膝一软，跪在了老太太的面前，泣不成声。老太太手扶平大伟，老泪纵横，轻声道："娃，不哭，娃，咱不哭……"

武连长就要装棺下葬了，突然，一直沉默不语的翠儿大叫一声"新权"，猛地冲过去死死地抱着武连长不放。这时，让一个所有在场的人都不可思议的事情发生了，已死亡几天的武连长的眼眶间竟流出一滴泪水。

不知是谁这时在一片难以压抑的哭泣声中，轻轻地哼唱起了那首他们自己的歌——《正午阳光》：

正午阳光洒落在我们肩上
巍巍群山是我们信仰的目光
我们是时代的开路先锋
永远坚守着斗志昂扬

黄河水注满我一腔热血
大秦岭耸立起坚实的脊梁
我们沐浴着正午阳光
建设祖国是我们人生的理想

从开始的一两个人轻轻地吟唱，到了最后已汇成一股汹涌澎湃的大合唱。这是一个多么壮观的情景啊，每个人的脸上滚淌着泪水，但歌声让秦巴山俯首，黑水河静穆。

武连长埋在了松树坡上的一棵千年白果树下，后来，移灵到了新建的烈士陵园。神奇的是，自从武连长埋葬在这里后，这条线路再也没有发生事故，从此，人们又将这棵白果树称为平安树。

追悼会后，武连长的家人就回去了。不久，他的母亲就离开了人世。第二年，当平大伟请假去武连长的家里看望她们时，武连长家已是人去屋空。再问村里人，人们都不知道，只是说老太太死后不久，一天早晨，来了一辆车，把武连长的妻子、大哥还有孩子都接走了，至于去哪儿了，谁都不清楚了。

这让平大伟的心再也落不下来了，人生中会有很多的遗憾和痛苦，其中的一个就是，当你有心想为曾经的某个行为因愧疚而要去还账时，你却发现你竟然因找不到人，从而连一句寻求安慰的话都得不到了，至此，负担是长久的、难以释怀的。

平大伟在这空空的院子里，就那么静静站着，像一块石碑渐渐地隐入到夜色中。

五

一九七八年十二月十八日，中国共产党十一届三中全会在北京举行。这次会议重新确立解放思想、实事求是的思想路线；停止使用“以阶级斗争为纲”的口号，做出把党和国家的工作重心转移到经济建设上来，实行改革开放的伟大决策。中国进入了一个崭新的时代。

这年，随着一声汽笛长鸣，全线终于贯通了。

那天，当第一列货车从平大伟眼前缓缓驶过的时候，平大伟已经正式成为一名铁路职工了，他被安排到了金州工务段，在秦巴山工务车间养路工区做了一名养路工。

工区坐落在秦巴山区的一个山谷中，宁静的站区四面环山，四季风景如画，如同古人笔下的世外桃源，但也极其闭塞。周围零零散散，疏疏落落有几家山民，连买一根针也非要到几十里外的小镇不可。

平大伟到车间报到的那一天，他和安卫东认识了。平大伟和安卫东不但是同一天来车间报到的，而且还分在了同一个工区。看似很有缘分的俩哥们儿，可是在车间主任韩西旺的眼里，那就是前世冤家、今世对头，性格特点做事方式处处是泾渭分明、格格不入。按韩主任本来的良好愿望，一个姓平，一个姓安，两人在一起平平安安，既吉祥又和谐，可实际上恰恰相反，令他头痛。

安卫东是从秦巴山深处的黑水县招来的待业青年，来金州工务段前就在家里游手好闲了许久。自来到工区后，天天发牢骚，喊着要走。让他到线上干活跟要他命似的，天天是提着个盒式录音机，放着邓丽君小曲，穿着喇叭裤，还烫了个爆炸头，特别是那喇叭裤，把屁股包得紧得跟个大面包似的，咋看都不舒服。平大伟一见他就烦。安卫东更是讨厌平大伟，觉得这人就是个傻子，农民，啥都不懂，就会个干活。要不是平大伟身板壮实，安卫东早就和他干起来了。

这天，韩主任刚进办公室，就接到了段上电话，说马上又有一批新招的工人安排到秦巴山了，让他们做好迎接工作。

放下电话，韩西旺心头一紧，心道，又要面临一个战役了。新工到秦巴山，韩西旺的心情是既高兴又沉重，高兴的是队伍更壮大了；沉重的是，这批新工一来，韩西旺他们就开始忙活了，忙活的不是教他们怎么干活，而是接受现实。

韩西旺太清楚了，这些青工在来之前，哪一个不是心怀最美好的希望，哪一个不为自己能成为一名铁路职工而自豪？

别说他们了，他自己不也是这样吗？当年看样板戏《红灯记》，在抗日战争那个最为艰苦的岁月里，铁路职工都是身穿蓝制服，头顶大檐帽，手戴白手套。样板戏里，李玉和往那儿一站，一个亮相，浑身上下好威风，就一个字，帅。李玉和被叛徒出卖后，前往宪兵队时的一段唱腔：“临行喝妈一杯酒，浑身是胆雄赳赳，鸠山设宴和我交朋友，千杯万盏能应酬……”

想想，当年家家户户都在为吃了上顿无下顿，天天为无米下锅而发愁时，人家李玉和家里还能有酒喝，可想而知铁路职工的待遇了。这让多少年轻人为了能成为铁路工人而夜不能寐啊！可是，今天的韩西旺心里早已明白，样板戏就是样板戏，现实的他们将面对的是单调、苦寂、艰苦的生活。特别是他们所在的这个秦巴山工区，周围的地理环境是“天天云雾罩，山头总戴帽，上午见面下午到，房屋建在半山腰”，站区周围百十里人烟罕至，连职工最基本的理发、洗澡都要花费两三天时间坐车到外面去完成。虽然，他们守着接触网高压电，但工区点的却是煤油灯，吃粮要到几十里外的红军乡去买，买回来的还是原粮，扛回来先要用手推磨自己加工。

这些青工大都是从小生活在富饶的汉中盆地，关中平原长大的年轻人。他们来到这里，面对悬崖峭壁和深沟峡谷，一个个傻了，闹着要走。搞得韩主任天天跟打仗似的，这个思想工作还没有做好，那个就上头了，应接不暇，焦头烂额。可是，头再大，也要应对，韩主任把几个工长叫来做了分工。

这边刚安排好，那趟每天固定的慢车已缓缓地停靠下来，从车厢里走出了几个青年男女，一个个都是鲜光明亮的，眼睛里流露出的是一种好奇新奇的目光。

韩西旺坐在办公室里，思考召开新工见面会时，给他们上的这第一堂课应该怎么说。虽然，这样的课他已经讲了好几次了，但他总感觉缺点什么，特别是当他看见那一双双猛然失落的眼睛时，自己的心也一下子悬了起来，他需要一个支撑点。

先前几次，他主要给这些新工讲修建铁路时的辛苦，在忆苦思甜式的教育中，让他们知道现在的来之不易，珍惜当下。但从效果上看，这种说教式对这些青工们作用不大。说了半天，把自己说得吐沫星子四溅，可是，当他们一旦进入现实中时，那种落差一下就把他们打到了原形，他的现身说教根本融入不进人家的思想，这让韩西旺一时有了一种失败感。

坐在办公桌前的韩西旺正发愁间，办公室门一下被推开了，一个女工冲了进来，张口说道：“哎，领导，这黑水河的水这么清，干吗不让喝啊？”

这样的问题，韩西旺不止一次地被问到了，每个刚来的青工都要问他个为什么。也是，老话说得好：“靠山吃山，靠水吃水。”可是，在这秦巴山，竟然是靠山山荒凉，靠水水有毒。这离车间不到百米远的黑水河，清澈透亮，春夏秋三季节，潺潺河水清凌凌的煞是好看。可问题是只能看不能用，因为这条河的毒素含量远远超标，喝了，不但肚痛难受伤身体，严重点，小命就搁这儿了。

“不让喝肯定有不让喝的理由，那不是清水，那是毒药嘛。”韩西旺抬头解释道。

“既然是毒药，可是，为什么不解决呢？”

“谁说不解决了，解决总得有个过程嘛——不过，咱喝的水都是外面运来的，你尽管放心喝。”

“那多不方便啊！”女工扑闪着大眼睛失望地说道。

“暂时的，都是暂时的，以后肯定会好的。对了，你叫什么名字啊？”韩西旺问道。

“我叫王秀文。”

“王秀文。”韩西旺记住了这个名字。

王秀文后来常给韩西旺、平大伟他们开玩笑说，她是被招工的黄师傅骗到秦巴山的。当年负责招工的黄利师傅对他们讲，秦巴山山清水秀，柳暗花明，站在工区门口就能钓到鱼，窗户开着，山鸡还有花雀就会飞到屋里，一天到晚，空气清新，花团锦簇。

就这样，她带着美好的憧憬，和四十多个伙伴来到了金州工务段，经过几天培训后，像撒豆子一样撒在了沿线小站。王秀文来到秦巴山的时候，春天的杜鹃还没有完全谢尽，夏天的山花又漫山遍野地烂漫开来，把崇山峻岭的山林点染成一幅幅立体的山水画。

从车厢窗户向外看去，一路上绝壁悬崖陡峭，深峡幽谷险峻。黄师傅就给他们讲，他们要去的工区是线路最高的一桥飞架“一线天”，车站也是一半是高桥一半是深隧的最高车站。他还怕他们不信，从包里取出一份早已磨损得很厉害的旧报纸让他们看，说：“你们看，好多摄影家都到咱这个地方采景，这就是工区的照片，看，都上过画报咧，你们看，你们看看。”

果然，等下了火车，真就看见火车站建在了铁路桥上，很新奇也挺好玩。那时的王秀文真是开心地乐和着，她把行李往站台上一放，一口气就爬到了旁边的山头，抬头仰天闭目深呼吸，大声喊着：“我来喽，我来喽，大山我来喽！”接着，又下到了谷底，望着潺潺的流水，情不自禁地掬一捧清澈的溪流山泉就要一饮而尽，她相信这山涧流淌的泉水一定丝丝入味、甘之如饴！

水还没有喝到嘴里，就听见身后一声断喝，“不能喝，那水有毒！”

一句有毒，把王秀文吓得手中的水全洒到了身上，“毒，什么有毒？”

一个男青年快步走了过来，满脸严肃地说道：“这水有毒啊，可不敢喝啊。”

“你，怎么是你？”不等王秀文答话，年轻人猛地站住了，吃惊地叫道。

“你？什么你？你是谁啊？”王秀文吃惊地望着他。

“我是平大伟啊。”平大伟兴奋地说道。

“平大伟？我不认识你啊。”王秀文神色茫然地答道。

“咋能不认识啊，那年，在唐京火……”刚才，王秀文的一抬头，平大伟瞬间就愣住了。他面前的这位女子，怎么那么的眼熟，他一下子就想到了那年在唐京火车站护城河边上帮助过他的那个少女，不是她，还会是谁？虽然，那天他不敢直视她的眼睛；虽然，那天的时间是那么的短暂。但是，那位身穿绿上衣，大眼睛的美丽少女却永远地烙印在了他的心里，再也不能忘记。不同的是，现在人家显然已经把他忘得干干净净的了。

“哦……不好意思，我认错人了。”平大伟赶忙说道。

平大伟之所以这么快就否定了自己，是因为他一下想到了自己那天的窘迫，现在他已经是一个近二百人车间的一个养路工了。如果把那段经历翻整出来，说出去再让同事们知道了，多尴尬多没面子啊。于是，他紧跟着一转话题，说道：“你跑得倒真快，叫都叫不住，先去报到吧，大伙都等着你呢。”

等王秀文到了工区一看，所谓的工区就是黑水河边的几座干打垒的房子，进屋再瞧，潮湿阴暗，霉气扑鼻。第一天，迎接他们的最好的伙食就是用几个鸡蛋，打了半锅没油少菜的鸡蛋汤。

工长吴大顺按惯例开了个小型的座谈会，把王秀文他们几个新工给大家做了介绍。安卫东一见王秀文，立刻被她的美丽所倾倒，异常的兴奋，又是说又是笑的，妙语连珠，黑眼珠子再就没有离开过王秀文。这让坐在旁边的平大伟心里非常不舒服，一晚上，他都沉着脸，没说一句话。

等散会时，安卫东悄悄走到王秀文的身边，脸红得跟鸡肝似的对王秀文轻声说：“你，你们来了，我的心里就像冬天里的一把烈火似的，立刻热腾腾的了。”

夜晚，站区漆黑一团，夜阑人静，除了远处传来几声说不清道不明的动物号叫声外，静得让人恐惧。也不知道是哪一个姑娘开始抽泣的，最后有几个姑娘竟然哭成了一团。王秀文没有哭，虽然，她心里也不好受。但生性倔强的她知道什么是既来之，则安之。到底咋样，看看再说。再差，能差到哪里去？大不了又当是回到了富平农村做插队知青去了。

第二天，王秀文就穿上了工作服，跟着师傅们来到了钢架桥下，听师傅给她们讲工作的要求、标准。站在桥下的王秀文望着一百多米高的黑水河大桥，想着自己要爬到钢梁桥除锈上漆，腿脚突然就不自觉地抖动起来了，这让她很生自己的气，为自己的怯懦。

钢梁桥在使用中钢梁上缘底漆老化，如果不及时处理，就会造成梁体表面锈蚀严重，缩短桥梁的使用寿命。钢梁桥除锈上漆看似简单，其实不然，矽尘、油漆不但对环境污染和人体危害外，又由于黑水河钢梁桥垂直高度一百多米，一桥飞架“一线天”，甭说干活了，在上面站着都头晕目眩。当接受完培训，王秀文第一次爬到上面时，吓得紧紧地抓住铁栏杆，眼睛都不敢睁，连生气的勇气都没有了。

师傅们见她这样，只是会心地彼此笑了笑，既没安慰也没鼓励，只是闷着头自己干，任凭王秀文就那么站着。一趟大列从桥上迅速驶过，桥被震得左右晃荡，吓得王秀文直叫唤。师傅们跟没有听见一样，头都不抬地继续除锈上漆。他们的这种淡然、淡定成了最好的镇静剂，慢慢地，王秀文也不觉得害怕了。一连几天下来，王秀文都有些不好意思了。带她的左师傅笑道：“你比我强多了，我开始时连上都上不去呢，你还上去了。没事，先习惯习惯，多上几次就没事了。”

很快，王秀文就捕捉到了秦巴山美丽之外的另一面，那就是秦巴山区特有的艰难，难得近乎于一种残酷。离秦巴山工区不远有一户人家，房屋的墙用泥土坯垒成的，屋顶苫着茅草，门是敞开着的，窗户很小，糊着一层窗纸，破了好几个洞。

那天，王秀文下班后，好奇心促使着她走进了这间小屋，屋里被烟熏得黑乎乎的，家徒四壁看不到一桌一椅，甚至连床都没有，屋内一角铺着一层稻草，稻草上面铺张竹席，一床已看不出原来颜色的被褥里坐着一个六七岁大的男孩。屋的另一角还燃着点点柴火的灰烬，上面吊着一个黑乎乎的瓦罐，看样子是这家唯一的厨具了。男孩目光呆滞地看着她走进来，“小朋友，你好啊。”王秀文关切地问道。

屋内寂静无声。

“你的爸爸妈妈呢?”

孩子依然无声地望着她，不管王秀文问他什么也不知道应声。王秀文一下子不知如何是好了，也呆呆地站在屋里看着男孩，片刻后，她下意识地从身上掏出些饼干糖果递给男孩，男孩从她的手里一把抓过饼干就往嘴里塞。王秀文不忍再看，赶紧逃也似的离开了这户山里人家。

回来后，王秀文问平大伟，山里的人家怎么这么穷啊。平大伟告诉她，这里山大沟深、交通不便。铁路通车之前，这里连县城都不通公路。许多农村更是不通路、不通邮、不通电，几乎与世隔绝一般。

不久，王秀文就亲身感受到了平大伟讲的山区农民的苦。那几天，工区搞基建，要建一座库房，干活请了一些当地的山民。王秀文午饭后路过工地，就见山民们也在午餐。午餐都是他们自个儿带的，有糍粑、杂粮馍，大家伙儿有滋有味地吃着，细心的王秀文就发现了一个山民，远离众人在一个稍偏僻的角落干坐着，面前什么都没有。

王秀文心里好奇，就走上前去，问他：“你怎么不吃饭啊。”

山民抬头看了一眼王秀文，说，他忘带了，他不饿。

王秀文连忙说道：“这怎么行啊，一天要干那么多的体力活呢，不吃饭怎么行。”

于是，她又跑回到灶上，在自己的名下又要了两个馍。因为，伙食团是职工每月自己按量分摊的钱，所以，每顿饭都是有标准的。她拿着馍和咸菜又跑回到了工地，交给了那个山民。

谁知，等到下午王秀文在工地上再次见到那位山民时，她吃惊地发现，中午她给的那两个馍还在那里放着，动都没有动。她很不理解，就问那位山民，你怎么不吃啊？

这位山民忸怩了好半天，才十分不好意思地告诉王秀文，家里还有两个娃娃呢。

王秀文一听就明白了，逼着他当面立即吃了。接着，她又跑到了灶上要了几个馍，又把北京家人给她寄的饼干、点心拿了一些，一起送给了这位山民。

令王秀文感动的是，第二天这位山民一大早就赶来了，说一定要替王秀文做些什么，感恩之心溢于言表。朴实而艰苦的山里人在王秀文心里留下了深刻的印记。不过，王秀文在对比中很快发现，虽然他们的生活条件、设施比当地山民好了许多，但亦仅此而已。因为都一样的与世隔绝在这秦巴山深处，与外界相通的就是眼前这条默默无语的铁路和南来北往却在车站稍纵即逝的列车。

这些从小在大中城市长大的年轻人，参加铁路工作本以为穿上铁路制服登上列车走南闯北呢，却没想到却进了铁路沿线偏远工区抡起了养路铁镐。还有的以为挣工资了想怎么花就怎么花，却没想到整日里，面对深山老林，连个人影都见不到几个，有钱都没处花，更别奢望街市繁华，灯红酒绿了。

落差之大，让王秀文一时间都不知道自己是在现实还是梦中。一天天重复着同样的日子，生活单调，精神空虚，比下乡时都难受。下乡再苦再累再没意思，但还有希望，知道这一切总会过去，总有离开的那一天。可在这里，要想改变唯有三条路：一是调动，二是辞职，三是退休。除了退休自己还有希望外，调动，王秀文连想都没有想，谁都想调走，可能调到哪儿？哪个工区不在沿线小站，又能好到哪里去？辞职，那更不是说辞就能辞的，毕竟，自己现在是铁路工人，有工作有工资有福利，国家产业工人，多有面子。辞职容易，再找工作可就不是一句话的事了，一步跨出去，直接就成社会上的待业青年了。王秀文思考来，琢磨去，最终还是得过且过，走一步看一步了。

王秀文在生活的磨炼中已逐渐地懂得，任何的抉择都不能是仓促的，必须在静观中消磨掉情绪化的内容，才能做出理性的决定。否则，后果是严重的，是不可逆转的。

六

夜色降临，秦巴山整个地陷入了寂静黑暗之中了，这种寂静让王秀文和所有新来的职工有了一种恐惧感。这种恐惧他们自己也说不清，不是黑暗中独行者的那种恐惧，更不是死亡降临前的那种恐惧，亦不是对鬼怪神灵的恐惧。直到后来，王秀文才明白，那种恐惧是来自于突然间对一种全新陌生环境的不可接受的心理反应。

的确是太陌生了，这种陌生绝不是人与人之间的那种陌生，那种陌生是不可怕的，毕竟，大家都在一个工区，小小的工区，让每一个人不到几分钟内就彼此相识了。

这种陌生来自用正常思维不能理解的环境，这是怎么样的一个环境呢？在电灯早已普及的时代，他们竟然要用煤油灯，看电视更是连想都不敢想了，电视、收音机、收录机等家电用品在这里全然成了摆设。打开的收音机里唯有“嗡嗡”的电流声，瞬间，他们整个与世界隔离了。当然，电视机也有，和王秀文一起来的一位新工，前来报到时，家里人怕他寂寞就让他随行带了一台电视机，后来，这台从没有使用过一次的电视机就成了他屁股底下的一个凳子。

每天上下行的两趟慢车，才能让他们感觉自己并没有被这个世界所抛弃，于是，每天定时看火车成了王秀文他们一天中最为重要的事情了。

每到休班的时候，列车即将靠站的那个点，身体里的时钟就会提醒他们，使得他们就像一个个虔诚的宗教信徒一样，匆匆地来到了站台上，或站或坐或蹲，无声地望着列车缓缓地进站。这里是没有旅客上下车的，唯有通勤的铁路职工。再就是一些通过列车在这里避让，在避让时，列车上的旅客就成了他们眼中最为亮丽的一道风景。

车厢里的旅客透过车窗看见站台上这群站着蹲着或坐着的人，呆呆地望着他们，从服装便知道这些都是铁路职工，他们困惑的是这些人为什么会这么投入地“欣赏”他们。他们有什么好看的，这天天过来过去的列车又有什么好看的，靠着铁路工作生活的人怎么可能稀罕了这趟趟列车，还有这趟趟列车上的陌生旅客？

当一声汽笛长鸣，列车再次缓缓启动，逐渐加速，直到列车的车尾隐入隧道的时候，这些人才纷纷地站了起来，个个无声无言，拍拍身上的尘土，又回到各自的宿舍，或躺或坐，似乎还沉浸在刚才的气氛中。其实，刚才仅仅一趟列车通过而已。

这几天，韩西旺眼看着这一拨又一拨的年轻人来到了工区，心里就越发地发毛了。因为，这些年轻人虽然年龄相差不大，可是经历大相径庭，有的像平大伟这样的，当年学兵连留下的，他们这些学兵连学生从学校直接就到了铁路建设工地，接受军队一样的制度约束。还有吴大顺这样的复员军人，受过训练，所以，自束能力都很强，让他费心不多，还是得力干将。

可更多的是安卫东这样的年轻人，不是下乡知青，就是在家待业养精蓄锐，或在社会上混了多时，什么纪律什么制度早就忘得一干二净的人，自由散漫。招工后，虽然在段上也接受了几天的教育，但这点时间的培训对他们来说那就是蜻蜓点水，没有多大起色。

开始两天还有点新鲜感，望着青山绿水还能沉住点气。可是，这日子一长，平淡沉寂，他们再能平稳待住那反倒不正常了。

韩主任想起了那天，段技术室的何工程师，给大家做岗前培训，老何才学那是要八斗装，专业用语张口即来，说："工务段的工作就是为了适应铁路运输的发展，增强轨道结构强度，提高线路设备质量，根据运输需要及线路设备损耗规律，有计划、按周期地对线路设备进行更新和修理……"

听得这帮年轻人以为自己的工作就是高科技，可是等上线路一看，心凉了大半截，不过就是整天扛着洋镐"砸铁路"。说白了他们的工作就是年复一日地重复着同一个事情，就是维修养护铁路线。连他们自己都说，养路工有三宝：叉子洋镐破棉袄。每天扛着十几公斤重的洋镐、撬棍步行几公里、十几公里，露天作业，日复一日，年复一年，冒风雨，顶烈日。作业时，十几个人随着工长的哨声，一起举镐，一同落镐，号称"砸排镐"，这种劳动强度非常大，很长一段时间，"砸洋镐"一直作为铁路养路工的代名词。

来之前，王秀文曾经看过一篇刊登在一张铁道报上的诗歌，诗名是《养路工颂》：

伸展而去的路轨
是你们
追求理想信念的阶梯
奔驰不息的列车
为你们
追求的人生奏起乐曲
举起的铁镐
在你们

擎起的手中

化作一道七彩的虹

辛勤汗水热情

融进

来往旅客安然的梦馨

诗中描绘的养路工很美，在王秀文的脑海中浮现了一幅油画般的画面，一排铁镐擎起在夕阳中。然而，当她融入这个职业，现实生活中哪里还有浪漫和油画，唯有艰苦单调乏味的劳作罢了。

一天下来，人快累死先不说，精神生活则是空虚到了极点，看张报纸都是五天后的。哪里还会有什么荣誉感，个个情绪是一落千丈，让整个秦巴山工区都有了一股死气沉沉的感觉。外部环境加工作性质，一时间，这帮年轻人一个个就跟点着火的炸药包随时都要爆炸。

作为车间一家之长的韩西旺本来已经意识到了这个问题，但苦于这几天忙于解决线路上的安全隐患，毕竟，对铁路运输来说，安全大于天，所以，还没有来得及抽身应对。

他知道这条铁路建于十年动乱期间，加之当时现状交接，设备不配套，基础条件十分差。特别是当时为了政治任务追求时间，致使在很多地方是一味追求工期而忽视了质量，搞得现在时速才十五公里，比牛车都慢。这段时间路基下沉，翻浆冒泥十分严重，最让他头痛的是秦巴山二号隧道病害不断，严重影响了线路的运输能力。

前几天，路局还专门请来了几位外国铁路专家。专家们都很敬业，连着几天钻进隧道里，最后，据说一位日本专家得出的结论竟然是："要么报废，要么重建，再没有别的办法了。"

这让韩西旺心里很憋屈，建这条铁路线，国家花多少钱不说，仅为了修建这条铁路就牺牲了那么多条生命，就冲这也不能说报废就废了。

可是，仅凭意气是根本解决不了任何问题的，线路状况就是这个样子，火车进入了这个区间就得这个速度，否则，不是脱轨就是翻车，那可就是天大的事了。

从他上班那天起，他受到的教育首先就是安全教育，安全就是人命关天的大事，他来到秦巴山车间前，就发生了新中国成立以来最严重的列车事故——杨庄事故。

事故共造成三百二十五人伤亡的严重后果，事故原因就是因为司机睡着了，车错过了制动时机，导致两趟列车拦腰相撞。在那些惨不忍睹的照片中，韩西旺看见的是长长的车厢如麻花一样扭曲在道轨几米开外，行李架上指头粗的铁条折成了一段一段，火车地板残片横飞，很多人还在睡梦中，生命之花就在一瞬间凋谢了。

后来，一位参加过杨庄抢险的老职工给韩西旺讲，当时，他从破碎的车窗爬进车厢，看见车厢的座位翻到了头顶，歪七扭八地随时都要掉下来，再看那些断裂的行李架的铁条更是横七竖八的。

老职工说到这里，语气变得越发地沉重，他说："你真的想象不出那时的惨景，你想想，指头粗的铁条那多硬啊，拧个弯都难，可现在，一个个就跟面扭麻花似的——那个劲多大啊。"

爬进车厢救人的老职工见到的旅客大都已人事不省了，有的当场死去，还有一些被重物压着，发出了痛苦的呻吟声。他突然看见右方车窗旁有一位少女，脸朝下，好像正努力地向外爬，他赶紧过去扶她，想把她拉出来，可是手一给力，少女的身体一下子摔在了地上，再看她的腰部早已被断掉的行李架的铁条割裂了，肠子流在了外面，脸上还留着她离开人世时的痛苦。

那以后，在韩西旺的心里就有了这样的一个念头，铁路职工的工作看似简单，但却是人命关天，两名火车司机的一时大意，导致了多少家庭的悲剧。他们虽然不是火车司机，但他们的工作更重要，因为，他们负责列车的安全基础，列车跑得快不快，稳不稳在于路基钢轨，路基不稳，如同在沙上盖房，随时都有坍塌的危险。特别是他们所处的这个位置，两山夹一桥，桥高一百多米，隧道五公里深，这要是出事了，不是车飞桥下，车毁人亡，就是车封山洞，人亡车毁，除此以外，再没有其他可能。

就在他夜不能寐的正在为线路质量上的事绞尽脑汁时，有几个青工却不断地来约他下班后喝个酒。

韩西旺当然知道现在这些男青工们的唯一娱乐活动就是喝酒了，除了喝酒打牌，再就是对着空旷的山野疯狂地乱吼，吼声将周围的野兽都吓得一干二净的了，除此之外，还能干啥。再说了，酒文化在中国那是有着千年的悠久历史。以前，他曾在一本专著中了解到，传说仪狄为了慰劳辛苦治水的大禹而酿造了第一杯酒。不过，酒从发明伊始，就有了争议。当年，夏桀商纣因酒而失天下，宋太祖赵匡胤却用酒稳固了政权。中国古代好酒之人不计其数，有愿意为酒而亡的魏晋文豪刘伶，也有三百六十日，日日醉如泥的大唐诗仙李白，而孔圣人的酒量据说也达到惊人的二百斤。不管这些传闻是真是假，但有一点却是千真万确的，酒可以使陌生的人变得无话不谈，可以让朋友感情更加融洽。

一下班，这些青工们就三三两两地聚在一起，能喝的不能喝的，都会凑在一起天南海北地借酒兴吹大牛，发泄一通。韩西旺既不反对也不支持，顺其自然。虽然，大家伙儿常借酒劲骂这骂那的，他也常能听到，不过，他总是睁一只眼闭一只眼，他太清楚了这些青工需要宣泄，这样总比憋着强。

他也把这种酒文化作为自己的一种工作手段，身为一个车间主任总离不开和职工打交道，谁的性格是什么样的，谁的爱好谁的小九九，谁家有什么困难，谁与谁的关系是好还是坏，谁的威信高谁的潜力大，喝酒是了解掌握最方便、最快捷的办法了。

平时再不善言谈，再内向的人，再与你有距离的人，只要你给他灌下二三两白酒，那就什么都招了。在这群人的面前，能否喝酒，直接关系着你在他们心中的位置，威信的高低和酒量有着最直接的联系。

韩西旺有了这种心态，面对邀请，只要闲着没事，一般都是爽快答应，没有拒绝。不过，韩西旺每次和这帮青工喝酒，感觉就跟鸿门宴一样。这些青工都是提前几天商量好了，就是想要把他灌醉。他们的小九九小主意，韩西旺亦早早看出，但他也没有说开，因为，他对自己的酒量很清楚。

今天再次接到青工们的邀请，他略一沉思也就当即答应。私下里便做了准备，中午吃饭时就悄悄地留了两个杠子馍。下午一下班，先在办公室里就把那两个馍干掉了，又喝了两大茶缸的水，这才底气十足地来到青工宿舍。

这帮兄弟们也早已准备好了，桌子上摆着一碟油炸花生米、一碟醋泡花生米、一盆带壳花生，再就是腌辣椒、腌黄瓜、腌豆角、腌白菜，唯一算是硬货的就是一大盘腊肉片。秦巴山腊肉，那可是历史悠久。顾名思义，腊肉就是腊月间腌制的熏肉。千百年来，每到临冬猪肥，当地的乡民都要宰杀年猪，利用腌熏二法制成的腊肉味道十分鲜美。此时，满屋都飘着肉香，让这帮人是垂涎欲滴。当然，酒不会少的，是用大瓶子装的散酒。不过这散酒可不是一般的酒，秦巴山民风剽悍，其中的一个表现就是好酒嗜酒，这酒是用当地苞谷米酿成的烈性高度酒，八毛钱一斤，这帮人就直接起了个很给力的名字——“巴茅”。这酒一口喝下去就如同一团烈火胸中过，所有的激情都给你点燃了。最猛的还是那喝酒的杯子，是那能装二两五的玻璃杯子，杯子里的酒倒得满满的。

摆宴的主角，安卫东还说了：“茶七饭八酒十分，为显示诚心，所以，今天的酒必须杯杯满满的。”

等韩西旺一落座，几位也就纷纷坐下。韩西旺环视了一下左右，笑道："平时光听你们吹，什么你酒量大，他酒量大的，一直不知道你们到底咋样，今天咱们就试活试活。"

安卫东接话说道："俺哪敢和你主任试活啊。俺看主任和俺们一样，一天到晚孤家寡人一个人怪孤单的，俺就起了个场子，拉几个人和主任喝几杯，也想听听主任的教诲。"

安卫东说完瞪着小眼睛望着韩西旺。

韩西旺深知自己由于年龄比他们大不了多少，他们根本就没有把自己放在眼里，总以为自己比他们来得早就干上了主任，心里一百个不服，一直就想踢踢自己的威风，平时在工作上有工长，他们不敢造次，今天，就是想用喝酒的方式给自己一个下马威。于是，他大声说道："很好啊，那咱们就喝几杯。"

韩西旺一边说着一边主动端起杯子，一饮而尽。酒水顺着嗓子眼一下就落到了胃里，火烧火燎的，韩西旺太清楚这巴茅酒了，度数高，劲儿大，后劲儿更大。再看这几个青工，也不含糊，端起来亦一口干掉。

两杯酒下肚，几个人神态各异了，不过，他们为了今天给韩西旺一个难堪，个个也都是精挑细选的酒量好的，所以，虽然，脸有白的红的黑的，但还坦然就座，没有失态的。

酒在身体里这么一转悠，安卫东的话可就多起来了，说："韩主任，你知道不知道，人家现在咋说咱秦巴山的?"

"咋说的?"韩西旺抬头扫了他一眼，问道。

"你真不知道还是假不知道?"安卫东乜斜着眼，继续说道，"说咱秦巴山就是他娘的监狱。"

"嗯，这个我早就听说了。"韩西旺不紧不慢地答道。

"监狱啊，主任，我的主任哥啊！俺们这些守法的良民咋就到这监狱了？凭啥啊?"安卫东的声音一下放大了。

"你说凭啥？咱这里是自由进出，想走就走，没人拦你。"随着声音，一个年轻人走了进来，韩西旺一看是平大伟，连忙招呼道："大伟，你来了。来来来，快坐。"

韩主任打心眼里喜欢面前的这个年轻人，平大伟是典型的西北人，个子不高，但很结实，浑身上下透着一股精神。虽然没有当过兵，但是在学兵连干过。韩西旺这位从军队出来的人，就自然地把他也当成了战友，他总觉得在平大伟的身上有着一种和他一样的东西，让他倍感亲切。

平大伟也不客气，一屁股坐在一个板凳上，大声说道："刚才我去你办公室了，你不在，一问才知道你来和他们喝酒了。"

接着，他环视了一下周围，见此阵势，眼睛一眯，说道："安卫东，你们是不是摆个龙门阵就是想把主任灌倒啊？"

安卫东嘴一撇，不高兴地说道："你胡说啥！你真是狗咬吕洞宾，不识好人心，俺是看主任一个人孤单，专程请主任喝酒也好给俺们讲讲形势。现在不是都在学那个三中全会，讲改革开放嘛，咱也好学，就请主任喝点给咱讲讲。"

"讲个啥，一看就知道你们没有安好心。有本事咱俩喝！"

"喝就喝，谁怕谁！"安卫东眼睛一瞪，说道。

"倒，倒满。"平大伟大声说道。

安卫东提酒就要倒，被韩主任拦住了，笑道："哎，卫东他们就是想和我聚聚，没事。"

平大伟看韩主任拦自己，便转头给安卫东说道："看在韩主任的面上，今天给你留个面子。改天再比！"

"就今天！"安卫东一下子站了起来。

韩西旺见状，把杯子重重一放，不悦道："安卫东，你干啥，你到底是请我呢，还是要和大伟斗酒！"

安卫东一看韩主任生气了，便压住了自己的怒火，又一屁股坐下来，对着平大伟大声说道："明天下班，谁反悔谁是孙子。"

平大伟重重地应道："谁反悔谁是龟孙子。"同时，转头对韩主任说道："主任，我先走了。"

"唉，大伟，你找我没事吧？"韩主任连忙问道。

"没啥事，还是线路上的那些事，我想了几个方案，不急！回头我再找你。"平大伟说着，人已转身走出了房门。

等平大伟走远了，安卫东把酒又倒满了，脸上做出一副被冤枉的样子说道："你看平大伟也不知咋想的，咱咋能想要灌韩主任，韩主任的酒量那是八斤的量，谁敢啊。来，韩主任，我这敬你一杯！"

"八斤，你咋不说十斤呢，你倒真敢说啊。"韩西旺鼻子哼了声，笑道。

"俺现在啥都不敢，但就敢说。"安卫东大头一摇，笑道。

"小心病从口入，祸从口出啊。"

"俺都在监狱了，还怕啥个祸啊。"安卫东还是一副蒸不熟烤不烂的样子，一端酒杯，大声说道，"来，主任，俺再敬你一杯。"

韩西旺没动酒杯，问道："你敬这一杯酒有啥说头？"

"啥说头，你是主任是领导，俺敬领导总行吧？"安卫东嘴一撇，说道。

"要是这样，这杯酒我就不喝了。"韩西旺沉着脸说。

"嗯？咋了？看不起俺？"安卫东扫了周围的兄弟们一眼，乜斜眼看着韩西旺问道。

韩西旺很认真地说道："我上班给你当主任，下班你还让我给你当主任，你是不是想累死我啊？下班了，咱们就是同事，就是好兄弟，你让我放松一下行不行，喝个酒你还不断地提醒我，这酒喝得没劲。"

韩西旺这几句想拉近关系的话谁都听出来了，但安卫东却没有顺杆儿爬，而是笑道："那不中，领导永远是领导，再说了，在咱这监狱里，只要俺们没解放，那你随时都是管教干部，这一点俺懂。"

“啥监狱，别一会儿一个监狱一会儿一个监狱的，咋是监狱，谁限制你自由了。”韩西旺不高兴地说道。

“这比监狱还监狱，监狱还有一个放风的时候呢。这里天天都在监狱里。”安卫东越说越来劲儿了。

“嗳，卫东，你说得也不对，咋能是天天在监狱里呢，咱们休假的时候就是放风的时候啊！”坐在旁边的魏玉峰笑道。

他还以为自己插的话很幽默，正等着大伙儿笑时，就听得安卫东厉声呵斥：“滚一边去，大人说话，小孩子少吱声。”

吓得他再没吭声。

韩西旺知道这安卫东是这帮青工里的头。一个企业一个组织，总有一个很奇怪的现象，就是除了组织任定的领导外，在这个群体里还有一个群众领袖，这位领袖虽然没有官方的任命，但是，他却起着举足轻重的作用。任何一项政策制度的推行顺利与否，与他有着很重要的关系，他的作用有时甚至超过实际的领导。如果他的作用发挥好了，这个团队会愈来愈团结，如果他的反作用发挥好了，那么这个团队就名存实亡了。他会制造各种事端让你的政策推行不了，整个团队是妖风四起、乌烟瘴气，更别说做事了。所以，韩西旺也很重视安卫东，知道自己必须拿下这个安卫东，否则，他会时不时地给你制造出许许多多的事端来。

其实，安卫东已经开始给他“亮剑”了。听下面人说，他四处扬言绝不能将自己的青春年华在这个鬼地方消磨完了，说自己本来是想走出大山才进了铁路，没想到现在倒好，比他住的大山还深还远，都钻进大山的子宫里了。吴工长不止一次地告诉他，安卫东不但不好好干活，玩世不恭，而且还四处生事，弄不弄就动手打人，搞得一些人是敢怒不敢言，另一些人就跟随着他，都快形成一股势力了。

今天这个酒场其实就是第一次交锋。

现在看他当着自己的面教训别人，韩西旺装着不在意，顺着刚才的话题，调侃道："你可不敢有这种想法啊，天天要是想着这是监狱，整不好你就有了越狱的想法了。"

"越狱？那是迟早的事。"安卫东说道。

"咋了，不想干了？"韩西旺眼角一挑，问道。

"这里有啥干头啊，你看看，韩主任，除了石头不见人，你再看看我们现在住的地方，这哪是人待的地方。好了，领导，今天请你过来是喝酒的，咱不说这些没用的，来，我先干为敬！"安卫东端起酒杯一饮而尽。今天，安卫东的意图很简单很明了，就是把韩西旺弄倒，所以，对别的事一概不关心。

韩西旺见状，也端起杯子干了。

魏玉峰也伸手端了下酒杯，见周围人没动，他赶忙把伸出去的手又缩回来了。

韩西旺想借这个机会好好地教训一下安卫东，他寻思着如果把安卫东的思想做通了，其他人的工作就好办了，可实际情况是韩西旺把安卫东想得有点简单了。

又是几大杯暴酒进肚，再看安卫东他们几个，差不多全倒下了。在秦巴山，要想让人佩服，首先就是这个酒量。他们常说，酒风如作风，在喝酒上都畏畏缩缩、滴滴计较的人，哪还敢让他承担别的大事？

韩西旺知道，安卫东所在的桥隧工区的任工长刚上任时，这些青工们一个个不服，拉着任工长就是一顿地海喝。任工长那点酒量哪能比得了他们，三杯巴茅下去就哧溜到桌子底下了，成了青工的笑料，没了一点儿威信。从那以后，说啥都没人听。最终，只好换了个工长。新换的这位吴工长吴大顺是陕北人，酒量大得出奇。自己介绍说，家里祖辈都是酿酒的，所以，天生的一个好酒量。虽然人长得不是虎背熊腰，可是，喝起酒来，从来不怕谁。刚一上任，这些青工们打着给新工长接风的旗号，实际上还想着像上次对任工长那样先来个下马威。谁知，酒过几巡，菜还没有过两道，这位吴工长稳坐泰山，倒是这几个主儿全都倒在了地上，或睡或哭或笑，或抱着彼此肝胆相照，或吐得一塌糊涂。从那以后，吴工长才在这帮青工的心中有了位置，再加上他的业务过硬，说话也就有了分量。

现在，坐在韩西旺旁边还能够把话说圆的也就是安卫东了，还有一个是他的铁哥们儿李和平。

这时的安卫东话也是越来越多了，但舌头却是越来越短，韩西旺见差不多了，知道在今天这个酒场上基本上已把他们全部扫平，再喝也就是那么回事了，便把面前的酒杯一端，笑道："咋样，卫东，没事吧！"

"没，没事。"

韩西旺又看了看李和平，问道："和平，你呢？"

李和平话都说不到一块儿了，只是摇了摇手。韩西旺知道自己也已是强弩之末，再喝下去也要倒了。再说自己今天的目的已经达到，便将杯中的巴茅酒一饮而尽，说："干了，散伙。"

那一整夜，韩西旺都是晕晕乎乎的，半夜里胃痛得不行，没办法悄悄地跑到离工区较远的地方，自己用食指抠了半天嗓子眼，把胃里的酒菜都吐了出来，这才感觉好了点。回到宿舍，躺在床上，他一边摸着肚皮一边想，自己这是何苦呢？这秦巴山又不是他一个人的，何必为了工作这么糟蹋自己。今天喝了半天酒，虽然最终是站着进去站着出来了，可是，难受的还是自己啊。但想归想，第二天天不亮他就起床了，还要装着没事的样子去职工宿舍看看。昨天放开喝了，他还真担心哪个青工喝多了伤了身体，那就麻烦了，总不能因酒喝出了事啊。

好在转了一圈，昨天的那几个小伙子也都跟没事人似的起床洗漱，见韩主任来了，自然多了一份亲切，离老远就打招呼，叫着韩主任。这又让韩西旺感觉昨天对胃的牺牲也不能说是没有一点儿作用。

想着，人就来到了安卫东的宿舍门口，这时，只见门一开，安卫东披着件上衣，手里拿着牙膏牙刷毛巾从屋里走了出来，见了韩主任，笑道："韩主任，咋，不放心，还来看看。"

"是啊，我看你到底是英雄还是狗熊。"

安卫东嘴一撇，说道："就那点酒，也就是漱漱口了。"

七

下午，平大伟干完活正往工区走，老远，就见安卫东站在工区门口，斜着身子望着他。平大伟压根儿不愿理他，平视前方，跟眼前没有这个人似的。

快到跟前时，安卫东把嘴里烟头一吐，对着他说道："走！"

平大伟一愣，问道："去哪儿？"

"咦？年龄不大，记性还差。昨天谁说的？谁反悔谁是龟孙子。"安卫东一甩他的满头卷发，怪声怪气地说道。

平大伟一下想起了昨天两人的那个约定，不是他记忆力差，是今天的活太忙，忙得他把这事忘到了南太平洋了。现在，安卫东一提醒，他马上想起来了，一点头，说道："等着。"

平大伟快步走进工区，把工具一放，转身走了出来，两人一前一后，快步往镇上走，到了镇子上，找了一家小饭馆坐下来。

自从火车跑起来，秦巴山站区建成后，这周边慢慢地就开始聚拢了人家。一些是山里搬迁出来的，人住下后，又把自己的亲戚朋友往这里介绍，逐渐地站区周围的人家是越来越多了。三中全会后，人们的思想观念发生了巨大的变化，改革开放也渐渐地吹进了大山深处，私人小饭馆也开张了。特别是随着镇政府的搬来，学校也建立起来了，虽然，学校很小。

店主是个四川老乡，和安卫东、平大伟熟悉得很。见是他俩，还愣了一下，连他这位局外人都知道这二位就是冤家对头，今天他俩走到了一起，那真就是个奇迹了。

“来坛酒。”安卫东一进门，就大声叫道。

“好，好，二位坐，二位坐。”老板嘴里答应着，但心里还在琢磨道，这二位气氛不对啊，哪是喝酒的，整个一个要打架的。

这老板小心翼翼地把酒坛子抱上来，赔着笑脸说道：“二位老兄，要点啥菜喽？”

安卫东粗声粗气地说道：“要屁菜呢！你以为是摆龙门阵呢，把酒备好就成。”

说话的同时，把钱扔在了桌子上，又大声说道：“今天老子请客，这是酒钱。”

“你别什么老子老子的，这里既没儿子也没爹。”接着，平大伟也从口袋里把钱掏了出来，放在桌子上，不紧不慢地对老板说道：“不要他请客，俺两个今天要斗个酒，谁赢了谁付账。”

“你——”安卫东一下噎住了。老子是他们这里的口头禅，天天嘴里用着，早没了这个词的本义了。但让平大伟这样的一番指责，倒显得他被动了，想说什么又一时找不到合适的词，不等他有所反应，老板已对平大伟的建议连连喝好。

这种情况老板见多了，两个年轻人，喝着喝着就比上了，最后，都喝倒了，也忘了开始谁请客的事了，那个时候也没有AA制一说。虽然，最后也没人赖账，可毕竟有扯来扯去的现象发生。今天这规矩好，谁没喝倒谁请客，请客的就是清醒的就是赢家。

这时候，一坛子巴茅酒已打开。两人也不说话，各给自己的碗中把酒满上，平大伟端起来，一口喝下去了。

安卫东也一样，端起来也把酒喝干了，不同的是，他很重地把碗放在了桌子上，气势显得更大。让老板听得一是心痛桌子二是心痛那个碗。

两人今天是憋足了劲儿，本来两人就对不上眼，特别是自从王秀文来到了工区后，两人都感觉到了对方的压力。平大伟喜欢王秀文，虽然，他没有明确表达，但是，他已经通过很多的方式向王秀文传递了他的爱慕之情。只是他的方式很传统，自己活干完了，就跑到王秀文那里帮涂漆。对于养路女工来说，有一项让她们最头痛的重体力活，那就是清理沟渠里的淤泥，要把重重的水泥盖板掀起来，再用铁锹把淤泥铲出来，费很大力气。每次平大伟都会晚上悄悄地来到王秀文负责的那一段线路，提前把淤泥清理得差不多了才走，减轻了王秀文的工作量。

开始时，王秀文也不知道咋回事，看着周围女同伴传递来的羡慕嫉妒恨的眼神，让她一时间不知所措了。不过，她稍加留心，悄悄一观察就发现了是平大伟在帮她，这让王秀文很感动。

王秀文还没有回馈她的感激之情，安卫东已对王秀文发起了来势凶猛的正面突击战，正同蜜蜂遇到了鲜花天天嗡嗡地叫着，或跟个花蝴蝶似的在王秀文这朵鲜花旁边晃悠。

王秀文刚从宿舍出来，一抬头就看见安卫东站在不远处，对她笑道："哎呀，秀文，你这衣服怎么越穿越漂亮啊。啧啧，你们瞧瞧人家秀文的体形，穿啥都好看，就是七仙女下凡也要嫉妒了。"

其实，衣服还是那身衣服，甚至，王秀文都知道他说得全是假话，可是，让周围人听着浑身起疙瘩的话，王秀文听着就那么的舒服、那么的顺畅。

面对两个倾慕自己，暗地里较劲儿的小伙子，王秀文越发地矛盾。她知道鱼和熊掌不能兼得，更懂得在爱情上是不敢脚踏两只船的，那就是玩火，自己必须有所取舍，可是，这两人……躺在床上的王秀文想得头都快裂了依然没有结果，抓起被子一下蒙在了头上，可是，人在被窝里，眼前晃着的还是平大伟和安卫东。王秀文不知道她现在之所以矛盾得不知如何取舍，不是因为她的感情泛滥，而是她不懂得爱和喜欢是两种不同的情感，她是因为混淆而不知所措了。为什么有些相爱的人很快就会从如漆如胶变成了形同陌路，从热烈变为了冷漠，就是错将友情当作了爱情，友情是快乐的，爱情是痛并幸福的，但那时情窦初绽的王秀文哪能懂得这些呢？

王秀文自已都成这样了，平大伟和安卫东更是到了白热化，恨不得把对方扔进黑水河里，直接漂到大海别回来了。大家个个也是心知肚明，但看透不说透，等待着事态的发展。

此时，两人各三大碗酒已经下肚了，一坛子酒已经喝了一半，但两人依然是面不改色，心不猛跳。远远躲在旁边的老板暗自称奇。毕竟这秦巴山老酒巴茅是由苞谷烧制，度高酒烈，一般人半碗酒下去，舌头都大了。

二人也不说话，其实，两人也没什么好说的。安卫东一见平大伟把酒干了，还坐在那里。心更急，抓起酒坛又将自己碗里的酒倒满了。顺手一推，平大伟抓起推过来的酒坛，一倾坛身，将碗倒满，抓起酒碗又是一饮而尽。

就这样，没几下，一坛酒已经空了。老板见两人还端坐着，心里越发毛了。正寻思是上酒还是不上，就听得安卫东大吼一声："娘的，快给老子上酒，没酒了。"

"来喽，来喽。"老板抱着一坛酒忙不迭地跑了过来，放下酒坛又远远地躲开了。心想今天咋就遇到俩酒神了。

两人各自倒满了酒，又一饮而尽，这时，平大伟已感觉自已全身发热，眼睛也有些模糊了，肚子里就跟点了一把火，火烧火燎的。他暗自告诫自己，大伟，坚持，平大伟，坚持，你他妈的给我坚持住。

可是，心里想着，身子已不听使唤了，突然，脑子里一空，就人事不省了。在倒下去的瞬间，他很绝望地暗自喊道："不会吧，我怎么能败了啊！"

平大伟不知道，等他醒来的时候，已经是第三天了，他更不知道自己是怎么回来的。他躺在床上很懊丧，知道自己把人丢大了。他不知道以后自己怎么去面对安卫东，他怕见到安卫东的那张脸，那张写满了张狂的脸一定扬到了天上。安卫东会把那天的斗酒当成他人生的辉煌，添油加醋，惟妙惟肖地讲给他周围的每一个人，而且天天讲日日讲，直讲到平大伟恨不得把自己塞进地缝才行。这会让他感到非常羞辱，更令他感到恐惧的是他怕失去了追求爱情的自信，失去了王秀文。

然而，当他终于从床上爬了起来，出了宿舍，他发现一切照旧，似乎什么都没有发生似的。下午，当他见到安卫东时，安卫东竟然也在躲避他的眼睛，后来，他才知道，那天，在他倒下的瞬间，安卫东也倒下了。

两人这次的博弈结果只是个平手。当然，他俩过了很久才知道，那天晚上，是韩西旺找了两个职工把他们背回来的，并再三告诫那两位职工一定保密。韩主任对平大伟、安卫东这二位年轻人的心思那真个是小葱拌豆腐——一清二白。两个本来就拧巴的年轻人都暗恋上了王秀文，现在处处在争个高下呢。

从韩西旺的内心来说，他还是希望王秀文选择平大伟，他喜欢大伟的朴实、讲原则。可是，爱情实在是一种很奇妙的事情，往往大家都认为能成的一对，还就成不了。郎才女貌总是人们的美好愿望，现实中更多的是鲜花插在了土豆上。虽然，安卫东不是土豆。令韩西旺愈来愈纠结的是，事态并没有向他所希望的那样发展，似乎掌管爱情的神仙月老将手中的天平倾向了安卫东。

在王秀文的身边总少不了安卫东，人越多，他越显得很亲密的样子，还常警告李和平他们：“王秀文那是你们的准嫂子，你们少皮干啊，小心我收拾你们。”

搞得一些年轻人就是有了心思，也不敢表白了。唯有平大伟不理他那一套，工作中，依然处处帮助王秀文，而王秀文每次都高高兴兴地欣然接受，这让安卫东非常头痛。

工地上，平大伟和王秀文有说有笑的一起干活，两人挨得近近的，这让安卫东的心都快拧在了一起，那种痛如同打翻了的药罐子，酸甜苦辣涩全齐了，恨不得抓起一块石头在地上硬砸出一个坑，再把平大伟埋进去，使劲跺两脚。可实际上他是没有一点儿办法，还要装出无所谓的样子，心胸大得能撑大船。当然，这也是韩主任的良苦用心，他有意识地把平大伟和王秀文分在了一组。车间有一个不成文的规定，就是传帮带，每个青工都跟一个师傅，师傅带徒弟。

安卫东不干了，找到韩主任，闹着他要带王秀文。他一开口，就被韩主任拒绝了，一句话，安卫东就哑了。

韩主任说："你带王秀文？你自己还没有出师呢，你能带谁啊？"

在别的方面安卫东自我感觉处处比平大伟强，可是一比业务，他在平大伟的面前那就是马尾巴提豆腐，真是提不起来了。

每天晚上躺在床上，他是辗转反侧睡不着，脑子里想着白天平大伟和王秀文在一起说说笑笑的样子，让他心绞如麻，恨不得冲出去和平大伟决斗。可是，人家王秀文又没明确答应做他的女朋友，只是喜欢和他在一起听歌聊天而已。他要是真那样做了，别说他的那帮兄弟们，就是他自己都瞧不起了。他需要凭自己的实力征服他爱的人。从小就崇尚英雄的安卫东知道，英雄是靠实力和荣誉被女人欣赏和爱的，而不是像狗一样地乞求爱情。想到这里，安卫东从床上爬起来，悄悄地把他的那台砖头式录音机从桌子上拿到床上，抱在怀里，细心地擦拭着。心想着下次回去，再想办法搞几盒邓丽君的录音带。他知道王秀文喜欢邓丽君的歌，喜欢音乐的女孩子一定是灵秀的。一想到王秀文坐在他的身边，安卫东的心里就有一种微醉的感觉，很舒服。可是，再一想到平大伟，安卫东的心又狰狞起来了。

上次斗酒，打了个平手。安卫东非常的不甘心，就一直想找个机会再和平大伟干一场，他寻思只要有一件事上干倒平大伟了，挫了他平大伟的锐气，那可就天如人愿了。

不久，安卫东还真找到了这样的一个机会……

八

这天，安卫东找到韩主任，开门见山地说道：“韩主任，我有一个想法。”

“你说。”韩西旺立即放下手中的钢笔，抬头看着安卫东，认真地听他往下讲。

“韩主任，说句实话，俺们一不怕苦二不怕死……”

不等安卫东说完，韩主任一下打断他的话，说道：“行了，行了，少给我背语录，有啥快说。”

韩主任这么一说，安卫东一下不好意思了，毕竟，这种说话的风格连他自己都别扭，便直奔了主题。

“你得想办法让伙计们把这精力给弄出来，天天闲得看火车那不是个事。”

安卫东的话，也是韩主任最近一直在思考的问题。前段时候，他带着这些青工整修了一下道路。虽然都是在业余时间，增加了大家的工作量，可是，大家伙儿感觉更充实了，少了那种闲来生事的头痛事了。可是，这种活也不是一天两天的事，更不是说干就干的。还有一点，不是每一个人都能参与的。这也是让韩主任不得不面对的现实，怎么能把这帮年轻人凝聚成一股绳，还要有更多的吸引人的活动。

现在看安卫东主动提出来了，不用问，安卫东肯定想好了怎么解决的办法了。于是，他沉默着，静静地等待着安卫东往下说。安卫东见韩主任一脸感兴趣的样子，更来劲儿了，他热情地说道：“伙计们感觉这里太平淡太寂寞，但都喜欢运动，运动可以让大家在工作之余放松一下，对于缓解压力很有好处。”

韩主任边听边点着头，没有说话。安卫东的话听着很涩，文绉绉地一改他平时的说话腔调习惯。韩主任知道，这都是他提前准备好，打了腹稿的，可想而知，这件事对安卫东的重要性。

“咱弄个运动场吧。”安卫东终于把他想要说的话说出来了。

“运动场?”这种想法韩主任何尝没有考虑过，可是，每当他有了这种念头，再一看这建在空中的车站，还有这挤在群山间弹丸大小的工区时，他的心就凉了一大截。运动要有场地，从哪里去讨要场地啊，不是河道就是山，总不能建在河里吧。

“是，运动场。”安卫东兴奋地重复道。

“可是；在哪里搞运动场啊?”韩主任说出了自己的困惑。

“咱自己建啊。”

“我知道咱自己建，可是，在哪里建呢?”韩主任问道。

“我都找好了，走，我带你去。”

“你找好了!”韩主任一听这话，兴奋地站了起来，说道，“走，你带我去看看。”

等韩主任兴冲冲地跟着安卫东来到他说的那个地方时，他的心一下又被打回到三九天了，这哪里有什么地啊，安卫东把他带到了他熟悉的不能再熟悉的地方，黑水河的旁边。

“卫东，这哪有地方啊。”韩西旺有些泄气地说道。

“韩主任，你先别急，你仔细看看，这一片虽然是河滩，可是很平缓。我昨天晚上看报纸，报纸上说，人家荷兰、日本是填海造田，海都可以填，一个篮球场地咱能填不出来?”

安卫东的一席话，让韩主任心里一动，他想试活试活。

一试，韩西旺彻底服了那句老话了，不怕做不到，就怕想不到。任何问题都有解决的方案，只要干起来。连安卫东的死对头平大伟的积极性也激发起来了。一帮兄弟们凿石运沙填河，在钢桥下的山涧河滩上硬是给平整出了半个篮球场。平大伟学过几天木匠活，自个儿用废旧枕木做成了一副篮板。

有了半个篮球场，一下子就热闹起来了。旁边松树林工区的年轻人一听说车间整出个篮球场，便结伴过桥钻洞走了十几公里的路过来打球。

根本无须约定，两个工区的年轻人一见面就打起了比赛，都憋足了劲儿，几场下来，松树林的这个队还是败了。虽然，几个人想藏着掖着，但这边早把比赛结果电话告知松树林的职工了。松树林的年轻人哪能服？全跳起来了，一千个不服气，一万个不认输。连喊带叫的，那几个前去挑战的，最后灰溜溜地回来了。这几个输球的，都快成了松树林的“公敌”了，他们把这一天定成了松树林的耻辱日。下战书，再战！

不服气的松树林队再来挑战，或输或赢，不断地相互挑战，死气沉沉的秦巴山一下搅活了。韩主任看着不久前还天天愁眉苦脸的小青工们，现在个个脸上挂满了激情。赢了，吆五喝六；输了，摩拳擦掌，下战书再战。韩主任来了个趁热打铁，决定举办一次运动会，给大家鼓劲扬威。

一听说要举办运动会，平大伟和安卫东两人举双手赞同，这两人心里暗道，总算又有了一次把对方摁倒的机会了。

韩主任把他们叫到办公室，问他们这个运动会咋办。

安卫东把大头一晃，说道：“那就按正规的来，除了比赛项目可以少点，程序一道不减。要有开幕式、闭幕式，还要有升旗仪式。”

平大伟立即反驳道：“就几个人，整那么复杂干啥啊，咱们要重内容、轻形式。”

“咋能轻形式？有规矩才能有方圆，你懂不懂？”

“就你啥都懂，你以为你是谁啊？”

“你个土地雷，你懂啥？”安卫东一下急了。

“我是土地雷，你就是个大地瓜。”平大伟针锋相对，一点都不妥协。

“行了，行了，别争了。”两人还要争，被韩主任打断了，“咱的运动会，形式和内容一样重要，咱办运动会的目的不仅是重在参与，主要是让大伙儿提个精气神。再说了，咱本身就是个游击队，再没个形式做支撑一开始就散了。”

“看看吧，还是人家韩主任站得高。”安卫东笑道。

“就会拍马屁！”平大伟暗道，心说，“等着吧，既然开运动会，就有机会收拾你了。”

平大伟不知道，安卫东更是早早有了这个念头。

王秀文和几个年轻人把两三张办公桌一拼，铺上床单就是主席台了。按照参加人员组成六个代表队，这六个代表队为了区分，还各自统一了服装。虽然是草台班子唱大戏，但认真得不行，工作服一队，运动衣一队，毛衣一队，特别是这穿毛衣的，几个人几个不同的颜色，红的黄的绿的，有鸡心领的，有圆领的，有横线的，有竖线的，高的低的胖的瘦的，往那一站跟五线谱似的。不过，六个队区分得十分明显。

安卫东的录音机放着《运动员进行曲》，参加比赛的职工们举行了庄严的入场式、开幕式。大家身着打扮虽然像散兵游勇，但不论是参赛运动员，还是旁边的观众，在向冉冉升起的国旗行礼时，个个是神情庄重神圣。站在主席台上的韩西旺感觉自己这一时刻就跟站在天安门一样，血流都加速了。尽管由于条件所限，比赛项目只有拔河、乒乓球、扛枕木、篮球等六个项目，奖品也就是几分钱的铅笔、橡皮、笔记本、手帕。可是，整个站区比过年还热闹。

当然，最能吸引大家眼球的不是别的，就是平大伟和安卫东的比赛。两人不约而同地报了同一个比赛项目，扛枕木。

扛枕木比赛，顾名思义，就是每人背一块木枕木从坡下背到坡上，背着又重又大的枕木，不但要爬坡比负重还要比速度，可以说这是一项铁人比赛，没有体力和速度的结合，那是想都不敢想的。所以，这个项目只有几个人报了名。大家都知道平大伟和安卫东的小心思，事事都要争一下，更别说这关系着胜负的比赛了。都想看一看他俩的比赛结果。每一个人怀着不同的想法，都充满了憧憬地等待着这个比赛项目。

比赛前一天，安卫东就饱食战饭，睡觉前，李和平又是帮他捏又是帮他揉的。嘴里还一个劲儿地给他打气说："卫东，明天你肯定能赢，我这捏骨术是祖传的，你这筋骨让我这么一捏，百筋通，百劲生。"

"去，去……你不吹能死啊。还祖传呢，我能不知道你——哎哟哟，轻点，轻点，你小子轻点。"安卫东连声叫道。

暗下指力的李和平心里偷笑道："让你说，让你敢说，再说痛死你。嘿嘿……"

平大伟也没敢轻视，早早就休息了，等待着和安卫东的擂台赛。

第二天，两人各自带着自己的粉丝团，来到了篮球场上。安卫东还穿着一件背心，平大伟上身光着膀子，腱子肉在阳光下散发着青春的张力。这让一些女青工产生了一种幻想，悄然间脸上已绯红。

王秀文远远地站着，不敢走到近前。她很矛盾，她既想看到比赛又怕看到比赛。她是一个女孩子，有着女孩子共有的虚荣心。她希望他们两个能为她而进行一次竞技，那将是她作为一个少女一生都可以引以为自豪和欣慰的回忆，但是，她心里又是那么的恐惧和担心，她知道有比赛就有输赢，她不想看到他们中的任何一位输。

在这所有的观众中，最希望平大伟赢的唯有韩主任了。作为一个局外人，韩主任对他们三人的心思那已是摸得透透的了。当然，他也懂得王秀文，他理解王秀文的心思，女孩子嘛，除了想找一个像山一样能靠得住的男人外，她们更加喜欢那些能说会道的帅哥。大千世界，虽然女孩子性格喜好千千万万，但有一点那就是所有的女孩子都喜欢被恭维被肯定。

在讨好女孩子欢喜方面，平大伟比起安卫东那差得太远了。但，平大伟的质朴无华却又是韩主任最为欣赏的，自然，他的天平便倾向于平大伟了。当然，他很清楚他也只能是精神上的一种支持而已，他知道最终的选择还是王秀文，确切地说，谁和她有那个缘分了。

这时，平大伟和安卫东的比赛已进入白热化了，两人不分前后，一人背负着一个粗重的枕木在尽最大力气地奔跑着，坡陡枕木重，这不仅是比速度比负重比耐力，还有意志。平时看着吊儿郎当的安卫东，今天似乎变了一个人，脸上那种玩世不恭的神态一扫而光，目光坚定，步伐沉稳。他紧跟在平大伟的后面，从远处看，两人的枕木一直连在一起，不曾分开。

大家都在使劲地喊着加油，李和平喊得差一点虚脱了，头晕晕的，扶着杆子。还有的喊得太使劲，胃都痉挛了，捂着肚子，蹲在那里。可又不想错过最后的精彩，便伸着脖子向远处看，像只大鹅。

两人已经冲上了山坡，显然，这次比赛，平大伟肯定是旗开得胜了。站在下面的韩西旺心里略感欣慰，觉得真是老天有眼，天从人愿了。然而，他万万没有想到的是，就在平大伟愈战愈勇，即将冲向终点的时刻，突然，他的脚下一打滑，人一趔趄，随着步子一乱，紧跟在后面的安卫东一下冲了上来，平大伟再给力已经来不及了，于是，两人同时重重地将枕木放在了终点，两人再一次打了一个平手。面对又一次没有胜负的比赛结果，整个站区，唯有王秀文是欣慰的。那一瞬间，王秀文一直悬在空中的心和枕木同时落下了，身体就像被一种无形的力量使劲地推了一把，站都站不稳了，头因缺氧而疼得难受。她不知道，刚才紧张的心情竟然能产生那么大的力量，差一点将她击倒。

爱情，这看不见摸不着的力量，可以使平凡人成为英雄，亦可以使英雄折戟沉沙。莎士比亚笔下的奥赛罗，一个襟怀坦荡、英勇豪爽的战士，他和天真痴情、美若天仙的苔丝狄蒙娜，不顾家庭的反对和社会的歧视，为爱情走在了一起。但是，最终却因嫉妒和谗言，奥赛罗掐死了无辜的妻子苔丝狄蒙娜，随后自己也悔恨自杀。他们的爱情战胜了种种阻力，却没有逃脱爱的自私和狭隘。

“什么是爱情，爱情就是一种鸡尾酒……”王秀文后来给平大伟如是说，“看上去很美，喝起来，味道太多，说不清。”

九

韩主任知道平大伟和安卫东这两个人在车间代表着两股力量。平大伟是他必须依靠的，安卫东也不能忽视。只要这两人的问题解决了，他的工作才能保证顺利地推进。所以，他一有什么想法，就先找这二位私下里通个气，聊一聊。今天午饭后，韩西旺就把自己这几天一直琢磨的想搞些文化活动的想法跟他俩说了说。

韩主任刚说完，平大伟张口问道："什么文化活动？不是才搞的运动会吗？"

"运动会是运动会，文化活动是文化活动，不是一回事。"韩主任解释道。

"什么文化活动？"平大伟还没有转过弯来。

安卫东在旁边按捺不住了，不屑道："这你都不懂？就是跳舞啊、唱歌啊、诗歌朗诵比赛什么的，这都是文化活动。"

平大伟没有在乎安卫东的态度，等他把话一说完，立即脑袋摇个不停，说道："韩主任，弄那干啥吗？你看看咱的线路质量，到现在了还跑不过三十公里，咱就是天天马不停蹄地干尿都弄不完，还弄什么文化活动，千万别浪费时间精力了。"

"哎呀，平大伟，你真是个土老帽，你咋会有这种想法啊，文化活动咋能是浪费时间和精力呢。"平大伟的一席话让安卫东很不高兴。文化对安卫东来说差点，但是活动却是他的强项，所以，一提活动，他就来了精神。

平大伟故意做出眼里根本没有安卫东这个人似的，不接他的话，继续对着韩西旺说道："韩主任，咱现在连线路质量都做不好，做啥文化呢。你看看咱现在的线路，车往上一跑，我心里就发怵，就是天天盯着我都怕，你再谈什么文化什么娱乐，分散精力，那不是开玩笑吗？"

"咋是开玩笑啊，你就是个闷尿。连文化都不懂，给你说话都累。"安卫东瞪着眼说道。他知道自己唯有这方面可以和平大伟再干一场。

"嗳，嗳，卫东，你是咋说话的，咋开始骂人了。你要是这样，你就回去吧。"韩主任生气地说道。

看韩主任发火了，安卫东藐视了一眼平大伟，没有说话。

本来平大伟想回骂安卫东一句，现在见韩主任替自己说话了，也就不再计较了，继续着自己的思路说道："韩主任，咱现在最头痛的事你知道吧？"

不等韩主任询问，平大伟继续说道："一是新工多，技术素质低，另一个就是咱车间的这几个工区业务不同，要求不一样，协作能力太差，这两个问题不解决，想改变目前的困境，没一点儿门。"

"这和咱们搞文化活动有什么关系啊。再说了，你是谁啊，搞得跟个首长似的，你就是个工人，操你自己的心就行了。"安卫东一下子又急了，他没有想到平大伟竟然那么不开窍。

"卫东，你这样说就不对了。企业不是领导的，是大家的，我看人家大伟的认识就比你高，人家就有主人翁意识。"

"什么主人翁，我看他就是个白头翁。"安卫东脸一拧说道。

"你——"安卫东的话把韩主任气乐了，指着他笑道，"你，你，卫东，你啥时候能有个正形啊。"

说笑后，韩主任脸色一下又变得严肃了，对着平大伟说道：“大伟啊，你说得没错，咱线路质量差。可是，你要知道，这所有的工作都是咱们做的，如果咱们没有动力没有主动性，你就是坐在安全隐患的面前，也会视而不见的。咱只有通过文化凝聚了人心，安全质量才能全面提升。否则，全是扯淡。”

“韩主任，你太理想化了，再说了，文化活动那是段上的事。”平大伟把头一摆，说道。

“这咋是理想化，平大伟，你……”安卫东按捺不住又要说话了。

韩主任摆了摆手，不让安卫东往下说了，他没想到这次顶着他的竟然是平大伟。他没再往下说。平大伟看韩主任沉默了，知道彼此都没有说服对方，便站起身来说：“主任，再没啥事，那我先走了，二号隧道的那个翻浆冒泥得抓紧时间解决了。”

说着，平大伟就往外走，韩主任还想再和他聊聊，但略一沉思，说道：“好，你们先走吧，咱们回头再聊。”

安卫东还想说什么，见状，就把想说的话咽回去了，也站起来扭身走了。

平大伟没有去二号隧道，他和安卫东走出了韩主任的办公室后，两人就分手了。他不想和安卫东一路同行，哪怕是很短的距离。他转身来到了工区外面，穿过了黑水河，顺着山坡往上走。工区对面的半山坡上睡着的就是当年修建铁路牺牲的一些烈士，其中，就有当年救他的武连长。

烈士陵园修建在半山腰上，依傍山势，坐北朝南。平大伟来到了陵园的门口，心口一下似乎就被什么东西堵住了，一时间不知道如何去描述自己的心情。才几年啊，烈士墓前已是坟草萋萋，墓碑上曾经用红漆描红的名字也在岁月的侵蚀下脱落了，他举目环视，不远处的一座烈士墓碑的右角处竟然裂开了。山风袭来，一幅凋零孤寂的情景。

唯有盛开的兰花在清风中摇曳，这让他想起了那首刘伯温咏诵的《兰花》诗中的一句：

> 幽兰花，为谁好，露冷风清香自老。

这些烈士们不正如同这朵朵幽兰花，露冷风清香自老吗？

强烈的愧疚感让平大伟心里一阵地难受，他突然想起了才看过的那个话剧《以革命的名义》，就在那部剧中，他再也忘记不了列宁说过的那句话："以革命的名义想想过去，忘记过去就意味着背叛。"

才多少年啊，已是坟草萋萋，更让他不能原谅自己的是，如此相近，却已相忘许久。自己就工作生活在离这儿不远处的地方，可是，怎么就淡忘了呢？

是的，他有无数的理由可以解释，他心里惦记着他们，他时时刻刻记着曾经救他的武连长。他之所以没有来，是因为工作太忙了，他一直想等到有时间了，好好地来看看他们。可是一个"等"字，竟然让烈士们孤寂了好久，青草茫茫，山风习习。他很清楚，这所有的理由都是他给自己忘却的一个冠冕堂皇的借口。

他不是一个忘恩负义的人啊，他到底怎么了？他想起了那个激情燃烧的岁月，那个让他终生难忘的岁月。就是在那个艰苦的岁月里，他平大伟由一个幼稚的学生变成了一名战士，可是，他却忘记了那些曾经和他浴血奋战的战友还有那些牺牲的烈士，这不是忘恩负义又是什么？

平大伟无力地坐在了武连长的坟前，他从口袋里掏出一根香烟点上，恭敬地放在墓碑前，轻声说道："武连长，大伟来看你了。"

轻烟无声地缥缈，随风消散在空中，好寂静的陵园。平大伟似乎看到了徐徐而去的清烟中的武连长正微笑地望着他，微笑里没有埋怨，唯有理解。突然，他就想到了武连长的儿子，又是几年过去了，那个孩子也应该长大了，可是，自己到现在也没有找到，是自己忘了找了，还是根本没有去找呢？

“武连长，你骂我吧！”

依然一片的安宁，过了好一会儿，平大伟长叹一声，说道：“武连长，你说，我该怎么办啊？那个时候比现在苦，但那时候我们都知道这路总有建好的时候，不是一年就是两年，不是两年就是三年，但肯定不会很长，我们心里都很清楚，不会很久。所以啊，不管再苦再累，我们知道坚持一天就是接近完成的那一天。可是，现在呢，我们不知道哪一天是个头儿，也许是十年、二十年，甚至退休。我就在这里待一辈子吗？就一辈子做个养路工？”

这时，一阵风猛地吹来，把香烟从石台上吹到了地上，平大伟低头去拾，同时，不远处传来了脚步声。

平大伟一惊，抬头一看，连忙站了起来，说道：“韩主任，哟，袁书记，你怎么也来了？”

“我怎么来了，听说你们秦巴山现在是风起云涌的，我能不来看看啊？”

说话的是段党委书记袁志国，他的后面跟着的是韩主任。

韩主任笑道：“刚才袁书记一下火车，就见你往这儿走，就让我跟着他一起来了。”

“是啊，我们是应该像平大伟这样常来看看这些烈士啊。”

袁书记的一番话让平大伟感到更加惭愧汗颜了，他没敢解释他亦好久没来了，只是无言地站在了旁边。

因为，韩主任经常在袁书记他们跟前提起平大伟，平大伟在段技术比武中又常获奖、拿名次，所以，袁书记对平大伟很熟悉，就问道：“大伟，最近怎么样啊？”

平大伟脱口说道：“唉，以前在学兵连的时候，以为那个时候是最苦的，可是到了这儿，没想到咱们工务工人更苦。那个时候还有盼头，现在倒好……”

韩主任轻咳两声，平大伟马上意识到自己的话很不合适，连忙止住了。

听了他的牢骚，袁书记神情变得很严肃，沉默片刻轻声说道：“是的，你说得很对，咱们工务职工很苦。可是，你说说，咱铁路工人哪一个工种不苦呢？是那些整日回不了家，声音累得嘶哑的客运员，还是一上岗就没日没夜连轴转的列车员、值班员、火车司机……”

听了袁书记的话，平大伟连忙跟道：“是，是，是，他们更苦。”

袁书记没有理会他，继续说道：“还有那些车上车下钻来钻去检车的列检，飞上飞下的调车组，哪一个工种不苦？你说说，西旺，是不是啊？”

一直站在旁边沉默不语的韩主任，庄重地点了点头。

袁书记继续说道：“还有在区间不停地打冰，巡查的接触网工、电力工，当然，还有咱们这些披星戴月每天奔波四五十里巡守线路的养路工，都很苦啊。”

平大伟低着头，静静地听着袁书记往下说。

袁书记说到这里，望着周围的陵墓，深情地说道：“可是，我们所有的苦，比起他们又算得了什么呢？比起他们的家人来说，又算得了什么呢？”

袁书记轻抚眼前的一块墓碑，深思良久，像是给平大伟又像是给自己说道：“是啊，我们是应该常来看看这些烈士。我记得有一句说得很好：‘一个不知道自己历史的民族必将是一个无比羞耻的民族，一个不能担负起自己历史责任的民族一定是愚昧的。’我们一定要记住我们的历史，我们来扫墓，不是走个形式，而是追忆，追忆那些让我们震撼的精神啊！”

回去的路上，袁书记似乎还没有从刚才的情绪中走出来，严肃地对韩主任说道：“西旺啊，今天大伟给我了一个提示，我们的确应该把到烈士陵园扫墓作为一项重要的思想政治工作来做，让我们的干部职工在扫墓中对自己的心灵有一个洗礼，让烈士们的精神成为我们工作的动力和责任。你说呢？”

韩主任连忙应道：“是，是。”

“对了，西旺啊，我现在最担心的还是你们的线路质量，昨天，我和崔段长还说呢，什么时候你们能打个翻身仗啊？”袁书记紧锁双眉问道。

听了袁书记的话，平大伟心头一紧，他扭头看了看韩主任，韩主任慎重地说道：“嗯，我们正在努力……”

“光努力不行，要有结果啊。”

“袁书记，你放心，我就是天天睡在线路上，也要把质量给咱搞上去。”平大伟看韩主任回答得不痛快，心一急，说道。

“多长时间？”

“最多半年，最少三个月。”平大伟想都没想地大声说道。

“好，我就等你们这句话呢！”袁书记大声地说道。

韩主任有些愕然地看着平大伟，心里暗道：这小子没喝酒啊，咋感觉跟喝到八成了。

十

等送走了袁书记，山风一吹，平大伟知道自己血冲头了，见了领导乱激动，什么都没有考虑好，就领下了军令状了。

韩主任一直不多话，当他听了平大伟的激情表态时，心里一紧，知道完了，想提醒都来不及了。果然，袁书记对平大伟是大加赞赏，说他要的就是年轻人的这种勇劲。韩主任心道：什么勇劲，全是二劲，大字多了一点，太二。

有了袁书记的肯定，他也不好再说什么了，再说就是跟书记过不去了。但是，他心里很清楚，这不是说说就成的事。由于先天不足，隧道路基下沉，翻浆冒泥十分严重，再加上洞内阴冷潮湿，终年渗水，三伏天进洞都要穿上毛衣、棉背心。要想彻底整治，不是仅靠热情就可以的。

没想到这个平大伟还真玩了命。特别是不久段上的任命通知到了，提了平大伟为工长。这下就如安卫东所言，平大伟跟打了鸡血似的，不但自己不要命了，拉着一帮兄弟拼了命。

平大伟给职工说："袁书记把话都说到这儿了，咱能不努力？再不改变，那不是丢书记的脸，那是打咱们的脸呢？咱们是干啥的？咱们就是维护这条线路的，线路质量上不去，咱还咋好意思穿这身铁路服，顿顿吃这白面馍？"

整治翻浆冒泥，这活又脏又累，道砟和稀泥混在一起，一镐下去，泥水溅得满身都是，没人愿意干，平大伟见状，也不多说什么，抓起铁镐甩开了臂膀就干。人心都是肉长的，看平大伟这样玩命，慢慢地，施工中也就没人好意思再磨蹭了。

大家伙儿发现自从平大伟当上了这个工长后，整个人变化太大了。以前，他是自己工作认真，把自己活干完了，就悄悄地帮王秀文干。可自从担任了工长，平大伟整个的变了一个人，让这帮青工对他是又尊重又害怕，尊重他的认真，害怕的还是他的认真。这天，平大伟拉着安卫东的铁杆李和平，一起来到李和平整治的轨道间，又是看又是瞄又是量的，把站在旁边的李和平急的，一个劲地说道："平工长，快别找碴儿啦，你都转悠好几圈儿了。这几天，我都快把这'爷'敬上天了，这哪还会有问题呀？再有，它也太对不起我了。"

平大伟不理他，继续拿着卡尺前后量着，李和平不满地嘟囔道："平工长，你这哪是检查啊，你明明是鬼子进村，四处扫荡嘛！"

见平大伟还是不搭理他，这下李和平真急了，大声说道："平工长，这能有啥问题吗？我的老兄老哥，我的心都被你量毛了。"

李和平心里明镜似的，自从有了那个新鲜词：改革开放，现在他们跟以前也不一样了，过去是干好干坏一个样，拿的都是工资，钱多钱少都差不到哪里去，可现在植入了什么竞争机制，除了工资还有奖金，大家的收入一下拉开了距离，干好干坏绝对不一样了。就拿这次检查说，考核结果直接和他的收入挂钩，他可不愿意在这方面受损失了。他有一个很朴素的观念，来这儿就是挣工资的，工资都挣不全那就太说不过去了。

这时，平大伟直起了身子，刚才一直板着的脸上终于露出了一丝笑容："怕啥，好马劣马就要拉出来遛遛。不错，比他们搞得都好，回去我告诉他们，让他们都过来好好看看。你看你认真了，咋样？就是好。不错，和平。”

最近这段时间，车间开展了一个技术比武竞赛活动。这是平大伟提出的一个思路，他给韩主任说：“咱们运动场上比高低，工作上更应该比高低。暑运快开始了，咱们在暑运前，借技术比武先搞个设备整治活动。”

他的建议和韩主任一拍即合，活动开展后，平大伟那是天天“遛弯儿”，本来他就爱挑刺儿，这下严得更是让这帮年轻人受不了了。

两人正说着，就见董致远匆匆忙忙地跑过来了，离很远就说道：“平工长，你也太不给面子了吧，人家于师傅年龄都那么大了，你咋也把他挂墙上了！”

“你于师傅那么胖，谁能把他挂墙上啊。”平大伟笑道。

“哎呀，平工长，给你说正事哩。”

“我也没说歪事啊。”平大伟心里清楚董致远要说啥，所以，继续逗他道。

“哎呀，平工长，你咋把于师傅的名字也公示了啊。”董致远一看平大伟就不想和他正经说话，更急了。

“为啥公示？”平大伟明知故问道。

“安规考试不及格啊。”董致远张口答道。

“你知道你还找我？安规考试不及格就要公示，就要考核，我这是照章行事啊。”

“可人家于师傅……”

“于师傅就能搞特殊了？”平大伟一下打断了董致远的话，毫不留情面地继续说道，“不管是谁，一视同仁，这是咱们会上定的，人人都得通过考试。咱谁都不能搞特殊，你要是考试不及格，我一样给你上墙。”

“哎呀，平大……平工长，你咋能这样啊，你没当工长前，人家于师傅对你真不薄啊。再说了，你对那些年纪大的就该特殊对待啊。他们经验丰富，只是年龄大了，记忆力不好，这理论考试差一点，说说就行了，你看你，也有点太过了吧。”老于曾是董致远的师傅，所以，董致远现在是为师傅求情来了。他知道老于师傅面子薄，自己绝对不会来找的。

平大伟的脸色不好看了，说道：“什么叫太过了，什么是有点太过了？咱们是干啥的？咱们就是保障安全的，保安全就要为别人的生命负责，保的是人命的责任。对不安全的任何事，绝对是零容忍。你于师傅没来，就说明人家的觉悟比你高，这一点你要好好学学你于师傅！”

本来想找平大伟讨个情，没想到却挨了一顿批，董致远懊恼地转身就要走，被平大伟叫住了，说：“致远，你先别走，既然你来了，就别走了，跟我到现场去，让我看看你今天的活。”

“这，这，平工长，这……你，你就别去了吧。”

“什么叫别去了，走。”说着，平大伟拿起卡尺转身径直就往前走了，董致远犹豫了一下，但他知道平大伟的脾气，便只好跟在了后面，往前蹭着。他现在恨不得平大伟脚崴一下，或者赶紧拉肚子，只要不去，他就是把平大伟抱回去都成。可是，他越想人家平大伟走得越利索。搞得他在后面短一声、长一声地叹气，只骂自己今天是没事找事。

李和平跟在后面想看热闹，边走边一个劲儿地给他使鬼脸，董致远很生气，假装没看见。

李和平正得意间，平大伟转过身子，说道：“和平，你既然跟来了也好，一会儿你先检查，检查完我再复查，考考你发现问题的能力。”

平大伟的话音一落，李和平刚才兴高采烈、兴味盎然的心情顿时转成了乌云滚滚，董致远一见，心态立马好了许多，脸上也露出了雨过天晴般的笑容，嘴咧得老大，禁不住地笑出了声。

既然是技术比武，那就少不了最后一场的竞赛了。也不知道是天意还是人为，这最后一场的冠军争霸赛又是平大伟和安卫东面对面了。前两次比赛两人都是打了个平手，这让两个人的心里一直堵着一块东西不顺畅，都想借机会再干一场，两人都等着盼着，终于，这个机会又来了。

但这时的博弈，两人已不仅仅是为了爱情了，更多的是一种男人的面子和尊严。其实，安卫东已经察觉到了王秀文的变化。人在恋爱中，身心是最敏感的。一个眼神一句话，甚至迅速变化的一个神态都能让另一方强烈地感受到。现实中，有些人之所以不愿接受，就是不愿面对那个残酷的渐行渐远的结果。安卫东已不止一次地捕捉到了王秀文对平大伟的关心和关注，对他则更多的是一种礼节性的喜欢，这让他的心很酸楚。当然，安卫东心里很明白，爱从来不是一个人的事，追下去是没有任何意义的。现在的他已不是不甘心，重要是他不明白，这究竟是为什么？

在王秀文的眼里，安卫东很可爱。的确，她很喜欢和他在一起，他们在一起听歌聊天打发时间，但是，那种感觉很浅，淡淡地浮在她的心上。在一起时挺快乐，可是，两人分开后，这种兴奋感也就过去了，没有了回味和咀嚼。平大伟除了给她带来一种安全感外，更重要的是体会着一种幸福。那时的她虽然说不清幸福感是什么，但她知道平大伟让她快乐的同时，也让她的心时时生痛，体验爱并痛着的感受。

平大伟很少陪她在花前月下，更不会像安卫东那样，给她说一些浪漫如梦的话。但是，他在她的身边却是那么的实在和温暖。平大伟身上的那种责任感和对人对事的认真，让王秀文知道这个男人是自己可以用一生去托付的。

心安定了，王秀文就有意识地开始渐渐疏远了安卫东。这种让安卫东不可抗拒扭转的现实使得他近乎疯狂了，他想不通，王秀文怎么能可以去选择一个土了咔嚓的平大伟，在安卫东的眼里，平大伟就是一个工作机器，根本不懂得生活，对他这种人来说，只会活着哪里还懂得享受生活？一个生长于北京的女孩子怎么会看上这样的一个人。真是在山里待时间长了，人也成呆子了。

可是，不管他怎么努力，他痛苦却真实地发现，王秀文离他越来越远了。

这次竞技比武，他知道自己必须参加，这绝不仅仅是为了爱情，还有一个男人的尊严。为了面子，他要赢，为了尊严，他更要赢。于是，今天他和平大伟再一次面对面地站在了一起。

……

但是，安卫东最终失败了，且败得很惨。技术比武，显然，不同于拼酒和负重比赛，这靠的不是年轻、体力和毅力，甚至是意气。靠的是平时工作的认真、踏实和积累。

下午，比赛结束后，平大伟的那帮哥们儿都纷纷上来向他表示祝贺的时候，他在人群中寻找着那个熟悉的身影。但是，他始终没有找到，这让他因胜利而产生的快感顿时失去了许多。韩主任这时走到了他的跟前，拍了拍他的肩膀，笑道："别找了，人在你后面呢。"

平大伟连忙扭头寻觅，只见王秀文静静地站在他的身后，默默地注视着他，漂亮的眼睛里毫无掩饰地传递着她的欣喜和赞赏。那一瞬间，平大伟突然就想到了那年初夏唐京火车站的那一幕，心里顿时产生了一种甜蜜的感觉，其实，王秀文是上天早已赐予他的天使。当王秀文看见平大伟发现了自己时，有些害羞地转过脸去。夕阳下，一幅最美丽的剪影烙印在了平大伟的心里。

车间晚餐时，韩主任特意让灶房多做了几个菜，还上了白酒。他想这一段时间大家都累了，今天好好放松一下，有张有弛。这技术比武终于落下了帷幕，说是技术比武，其实，也是打着比武旗号把设备整个的修整提高了一个层次。虽然，离袁书记提的要求还有一段距离，但头起得很好，这让他也悄悄地舒了一口气。

平大伟自然地被大家推到了主桌上，只是这主桌可不是好坐的，一轮轮的敬酒，而且，这敬酒的有诚心和他喝的，也有诚心想把他灌醉的。

安卫东的表现让韩主任有些担心，韩主任本以为以安卫东的二杆子脾气，今天晚上他要么不会来参加，要么来了也要大闹一下。在他安卫东的心里，他服过谁啊？今天下午的技术比武，那可不是虽败犹荣，是实实在在的差距啊。韩西旺清楚平大伟平时工作踏实，实实在在做人，那就是天道酬勤。这安卫东天天吊儿郎当的，工作不用心，耍小聪明，不败才成了怪事。

今天晚上，安卫东之所以有些反常，是因为他不想在这里闹，他不想让他的哥们儿看他失败得不像个男人，而小瞧了他。他要谈笑风生，他要视成败为粪土。所以，他在饭堂里表现得很洒脱，甚至夺了平大伟的风头，大口喝酒，喝到尽情处，跳到了桌子上来了一段《满江红》：“怒发冲冠，凭阑处，潇潇雨歇。抬望眼，仰天长啸，壮怀激烈……”唱得是大气凛然，这让平大伟和王秀文都不约而同地为他担心起来。

但这时的平大伟已经是无暇顾及了，一轮又一轮的敬酒跟上甘岭战役似的，冲锋是一波又一波的。平大伟依然是来者不拒。但终究是“好汉难敌四手，恶虎敌不过群狼”，平大伟的酒量再好，也有量的极限。这时的他感觉自己浑身发烫、热血冲头，已有再来十八碗亦能如何之气势了。站起身来正要喊着“再干一杯”时，突然，他发觉背后有人使劲拽他，他不满地扭头一看，竟是王秀文。

一见王秀文，平大伟顿时变了一个人，一股温情袭来一下就压住了他浑身往外冒的酒精，不等他说话，王秀文用眼睛告诉他，让他跟她走。相爱是一种缘，这种缘又带来了一种无须语言的表达便可相知彼此的默契。

平大伟赶紧放下酒杯，趁乱之时转身跟着她悄悄地走了出来。他们不知道，这一幕却让两个人看见了，一个是韩主任，一个是安卫东。望着他们远去的背影，安卫东的心就跟刀割了一样，他们的每一个亲昵动作对安卫东而言就是凌迟之痛。直到他们走出房门，安卫东猛地抓起面前的酒瓶，嘴对瓶嘴，一饮而尽。旁边的李和平想去抢时，他已经喝完了，人一踉跄，一屁股坐在了地上。

平大伟和王秀文是没有看见这一幕的，他俩悄悄地出了工区，顺着山坡向白果树下走去。上坡时，沙土地坡陡路滑，喝了不少酒的平大伟腿脚就有些不给力了，一不小心，人就斜了，被旁边的王秀文一把搀住了，说道："你看你，怎么喝那么多啊，身体都不要了。"

"没，没事。"

"还没事呢，路都走不稳了。"王秀文嗔道。

"真，真，真的，真的没事。"平大伟有些结巴地说道，也不知道他是喝得舌头短了，还是被王秀文扶着，因在一起激动而紧张的。

"唉，你啊，什么都不甘落后，连喝酒都这样，可是，你要知道酒桌上的英雄是不会让人敬佩的。"

虽然，王秀文在数落平大伟，可是，声音却是那么的温柔，温柔得让平大伟心里暖暖的。

这时，苍穹黑暗，月亮也似害羞的木兰一样，悄悄地躲进一片云幕的后面，"犹抱琵琶半遮面"，露出一个小月牙，大地开始沉沉入睡了。

两人在白果树下静静地站着，平大伟心急速地跳动着，此刻，他的心里有着许多的话想说，但又不知道如何去说，只是紧紧地咬着嘴唇，向天上看着。

王秀文看身边的平大伟现在跟换了一个人似的，就那么直愣愣地站着，觉得很好笑，盯着他说道：“你干吗啊，傻乎乎地看什么呢，天上有什么啊？”

“噢，嗯，没，没，没看什么？”平大伟连忙解释道。

“没看什么，没看什么怎么搞得跟兵马俑似的，一动不动地像个站岗的。”王秀文继续逗着平大伟笑道。

“是啊，我就是站岗的。”平大伟终于恢复到了常态，刚才那种紧张得快要让他喘不上气来的状态，都快让他的思维停滞了。

“站岗的，站什么岗啊？”平大伟的回答，让王秀文一下搞不明白了。

“给你站岗啊。”

“给我站岗？”王秀文一下明白了平大伟话中的意思了，她的脸颊上顿时涌上了一片红晕，轻声说道，“给我站岗，你会永远给我站岗吗？”

“会的，会的，我向白果树——老神树发誓，我保证永远给你站岗，永远保护你。”平大伟大声说道。

“干吗声音那么大啊，也不怕让人听见了。”王秀文羞红了脸，低着头连忙制止道。

“嗯，我才不怕呢。”平大伟虽然这样说，但声音已压低了许多。

这时，他们听见了坡下有人在叫他们的声音，“秀文，秀文……”

“平工长，平工长……”

“他们叫我们呢。”王秀文轻声提醒道。

“哦……”平大伟当然听到了，只是他实在是不想现在就回去，这种陌生且微醉的感觉，他只想时间长些再长些。

这时一股山风吹来，两人都感觉到了一丝凉意，而且，呼唤他们的声音越来越近了，王秀文看着远处的工区，有些不舍地说道：“回去吧，不要让他们担心了。”

“嗯，那……咱走。”

两人说着，借着点点的月色，顺着山坡小道慢慢地往下走着。突然，王秀文的脚下一滑，身子一歪，平大伟一把抓住了她的手，扶正了她，但两人拉着的手再也没有松开，直到下了山坡。

路上就遇到了魏玉峰几个人，也都喝得颠三倒四了。魏玉峰还一个劲儿地说，敬酒找不到人了，大家都担心他喝多了，就让他们几个来找他了，让平大伟赶紧回去。

平大伟没好气地说道：“你们是担心我喝多了，还是担心我没喝多？我看你们就是担心我没喝多。”

大家早已顾不上到底是“怕喝多”还是“怕喝不多”了，嘻嘻哈哈地拉着平大伟又回到了食堂。

第二天，天刚亮，韩主任就早早地起来了。他还是不放心安卫东，他知道安卫东昨天经受两轮打击，不会就那么容易认输接受的，更不会轻易罢休的。同一个昨天，对平大伟来说，他和王秀文是但愿人长久，千里共婵娟。而对于安卫东来讲，则是最是别离伤情夜， 樽前病酒对影痴。

为情所自伤的杀伤力，韩主任是清楚的，他心里有了一种很不祥的感觉，那就是昨晚安卫东的失常表现肯定在掩盖着什么，会是什么呢？心里想着，人就走到了安卫东的宿舍门口，见门还关着，他心里一紧，怕这小子喝出毛病来，于是，连忙上前敲门。可是，敲了半天里面没有声音，叫李和平也没回声。这下韩主任急了，连忙去找人撬锁，刚走两步，就见李和平从对面车站坡上走过来了，韩主任离老远就喊道：“和平，安卫东呢？”

“卫东刚才上火车走了。”李和平边走边答道。

“走了，去哪儿了？”韩主任焦急地问道。

“不知道，他光说他走了。”

“你干啥去了？”韩主任更是搞不明白了。

“我刚才把他送上车了。”李和平实话实说道。

“你把他送上车了？你咋不给我说呢？”韩主任生气地喊道。

“他不让我说嘛。”李和平跟没事人似的答道。

“你，你，你咋那么听他的话！我的话你咋不听。”韩主任气得用手指着李和平。

“你说啥了，我没听？”李和平一脸无辜的样子，看着韩主任问道。

“你——”

韩主任心知事情严重，一个青工说走就走了，万一出事了，咋给段上还有他家人交代啊。

他强压住焦急的心情对李和平说道：“和平，你给我说清楚了，到底是咋回事？”

李和平倒老实，一五一十地将来龙去脉给韩主任说了。

原来，昨天晚上等李和平把安卫东扶回宿舍后，安卫东虽然已喝得不少，但神志还清醒，这主儿和平大伟一样，是酿酒的转世。他在床上躺了一会儿，自言自语地来了句：“绝不能在这里待了。”

说完就“呼噜”起来了，李和平也喝多了，也闷头就睡，正睡着，他听见安卫东叫他，让他赶紧起床。

他一惊，忙问安卫东啥事。

安卫东说他要走。

“你走哪儿？”李和平一时还没搞明白，从床上一下坐起来问道。

“管他去哪呢，反正这地方不能待了。”安卫东边说边穿衣服。

“咋，你不干了？”李和平一愣问道。

“嗯。”

“你要辞职?”李和平赶忙问道。

“不辞职，我要是辞职了，老头儿非要我的命不可，为了我能到铁路上班离开大山，老头子是拼了老命了——谁知道费了那么大劲儿，还是在这山沟里，娘的，这大山咋就那么爱我啊！我出去看看再说，反正这地方我是不待了。你跟我走吧?”安卫东说道。

李和平赶紧把头摇得跟拨浪鼓似的说：“我不敢走，我要是走了，俺爸知道了非打死我不可。”

李和平知道他的这份工作可是费了他老爸的牛劲儿了，不知道赔了多少笑脸，找了多少人。他们那儿像他这种待业青年太多了，好多都在家待着，啃吃父母不说，天天在那“干晾着”也不好受啊。现在虽然工作苦点累点，可毕竟是铁路职工啊，每次回到家里，那也是雄赳赳气昂昂的，给人家一说自己是铁路职工那让多少人羡慕死呢。再说了，自己不说，谁能知道自己是砸洋镐的，还以为他是车站站长呢。所以，发发牢骚可以，真要是离开铁路，那可是打死都不能做的事了。

安卫东见李和平和自己是志不同，道不合，也不强迫，转身就走。早上七点十分有一趟慢车，李和平见安卫东真要走了，连忙从床上爬起来，穿好衣服跟着追上来。毕竟，兄弟一场，他觉得这时候还是要送送才显得哥们儿情义。

到了车站，没几分钟车就进站了，李和平不放心，问安卫东，“你真想好了?”

“这有啥想好想不好的。”安卫东不屑道。

“你不会是还没有酒醒吧？说醉话吧?”李和平小心翼翼地追问道。

安卫东长着一双小眼睛，跟用芦苇叶子划了一道似的，平时睁着跟闭着一样，看不出来。李和平看着他的眼睛使劲地判断着，想弄清楚他现在到底是什么状态。

“滚一边去。”安卫东小眼睛一瞪，说道。

“是不是给老韩说一下，你这样就走了，算你旷工咋办。”李和平还是不放心地劝道。

“你敢说，我打死你。旷工大不了就是扣钱嘛，我不要了，到哪儿挣不来钱?”说完，安卫东就上了火车，车开动前，他还很潇洒地给李和平做了个飞吻。

十一

春暖花开，当又一年的秦巴山兰漫山遍野地在秦巴山盛开的时候，平大伟担任了秦巴山工务车间党支部书记。

平大伟担任支部书记后的第一件事，就是组织青工去给烈士扫墓。当他把要组织青工给烈士扫墓的想法告诉韩主任时，韩主任一怔，过了片刻，说道："唉，上次袁书记给我说后，我这一忙，就把这事搁下了，没想到你一直都记着。"

"韩主任，我知道你这事务性的事儿太多，理解。"平大伟连忙解释道。

他不想自己刚一上任就因为一些细节上的事，让韩主任不满意，以为是自己将他军，那就太失败了。

"理解就好，理解就好啊。你看着办吧，你现在是支部书记了，这方面的工作主要靠你了。"韩主任虽然说的是场面上的话，但也是实际情况。

没过几天，平大伟借一个工休时间，带着青工们一起来到了北坡上的烈士陵园。虽然，陵园离工区不远，但是，大多数青工却是第一次来。当通知他们要到烈士陵园扫墓时，他们更多的是一种好奇心和新鲜感，又不是清明节，扫什么墓？既然书记说了，那就去吧，反正就当玩儿去了。

这是一个清晨，太阳刚刚出来，照得陵园里一片金灿灿的，一排排整齐的烈士墓辉映在阳光下。陵园不是很大，但是庄严肃穆。

平大伟把大家领到纪念碑下，等大家站好了，他面对碑文，高声念道："……烈士们生前以无产阶级大无畏的彻底革命精神，一不怕苦，二不怕死，最后献出了宝贵的生命。他们用鲜血谱写的一曲曲战斗篇章，将载入史册，流芳千古，像秦巴山劲松永远挺拔常青……革命烈士，永垂不朽！"

他刚开始念时，队伍里还有窃窃私语的声音，甚至还有嬉笑声。平大伟没有阻止，只管自己认真地念着。念完一遍，队伍里还有人在说话，平大伟又念一遍，一直等他念完三遍后，人群慢慢地安静了下来，大家默默地望着他。

平大伟这才轻声说道："大家都知道，这是一座烈士陵园，几十个当年筑路的铁道兵战士长眠在此。当年他们也曾年轻，也曾英姿勃发，和我们一样。他们告别了父母，来到秦巴山逢山开路，遇水架桥。可是，当火车沿着他们建成的铁路开进秦巴山的时候，他们却再也听不到高昂的汽笛声了。"

说到这里，平大伟停顿了，他静静地站着，用眼睛扫视了面前的每一位青工，又继续说道："我曾经也是修建铁路的一员，是学兵连的一名学生。后来，铁路建成了，我的同学们战友们都走了，有回家的，也有在当地工作的，但是，还有一些永远地留在了这里。"

平大伟想到了武连长，还有他的那些同学们，他的鼻子有些发酸了，他暗暗地克制涌动的情绪，努力地平静了自己的心情，继续说道："他们把自己的青春岁月奉献给了铁路，奉献给了苍苍莽莽的秦巴山。在那些艰难困苦的日子里，他们在这里洒下了热泪、洒下了汗水、洒下了热血，让铁路畅通无阻。可是，可是……我的一些战友们就永远地留在了这里。"

平大伟再也克制不住自己了，泪水顺着脸颊往下流，队伍更安静了，每一个人都静静地看着他。王秀文心猛地一颤，平大伟这个平时认真得近乎刻板的人，心里竟然装着如此丰富的情感，侠骨柔情，爱这个人，她坚信自己爱对了。

“这里埋着的是武连长，他就是为了救——”刚说到这里，平大伟连忙遏制住了自己即将一泻千里的情感，他在心里不断地提醒自己，这是他和武连长的秘密，今天绝不是他要告知于大家的时候。于是，他一转话题，用手一指对面的秦巴山火车站，说道：“烈士陵园就在车站的对面，很近很近，但我却很久很久没有来了。大家看看，这些墓碑上的红漆都脱落了。”

平大伟上前一步用手摸着墓碑上的名字，激动地说道：“这说明了什么，说明在我的心里，我已经把他们忘记了，忘记了他们，我就是罪人。今天我把同志们请到这里，就是想请你们从此监督我，提醒我，永远不能忘记那些为了这条铁路而牺牲的战友们。”

那天，平大伟再没有说什么，他只是让同志们用红油漆将已经脱落的名字重新描红。这些平时说说笑笑，懒散惯了的青工们第一次安静无声地做完了书记安排的这项工作。

第二天早晨，早餐后的平大伟正从食堂往办公室走，就见韩主任从远处匆匆赶了过来，还没到跟前就生气地大声说道：“昨天下午松树林车站的陈站长就找我，说咱的那位宝贝安卫东又跑到他们站上胡闹去了。”

一听安卫东，平大伟一惊，连忙问道：“怎么，他又干啥了？”

“说是到车站的一个职工家要酒喝，人家说没有，他就打人家。现在被车站公安给收拾了，这样下去不行啊。”韩主任痛心疾首地说道。

“是啊，是啊，得想个彻底解决的办法了。容我好好想想，好好想想。”平大伟抬头望着正冉冉升起的太阳，十分疲惫地说道。他太清楚了，这安卫东现在成了难剃的刺头了。段上，车间，上上下下为了他的事伤透了脑筋。干几天活，就请假跑了，就是回来干活也不好好干，惹这个，骂那个的，搞得人人都躲他。对平大伟和王秀文，他明显有着一层厚厚的隔阂，虽然，他也常常跟王秀文开个玩笑，但是，已没有那种温情了。自从平大伟担任了党支部书记后，他请了长病假，就再也没有来工区了。

可是，他的劣迹却时不时地从各个方面传递过来，而每一次的消息都让他们头痛不已。

这天，安卫东终于回来了，而且，是从看守所回来的。

安卫东仗着以前跟着师傅学过几天拳脚功夫，自以为铁甲钢拳能打遍铁路无对手，看见谁不顺眼，上去就是一个背摔，接着一个霹雳肘击，基本上所向披靡了。

甚至有一次，他把一个人逼急了，人家趁他不注意连捅了他几刀，差一点把他的命要了。可是，等伤好了，立即是好了伤疤就忘了痛，继续四处惹事。还到处吹牛，说他是见过阎王爷的人，现在更是天不怕，地不怕。

一次和一哥们儿喝酒，喝着喝着，不知道哪句话说“躁”了，就和人家动起手来。毕竟，他学过功夫，几手锤上去就把人家打到床底下去了。本来人家钻到了床底下，也是认输的一个表现，你得理就完了。可是，安卫东却没完没了，顺手找了一个捅炉子的铁棍对着床底下就是一阵乱捅。把床底下的这位捅得是无处藏身。

安卫东这边正躬身弯腰聚精会神地对着床底下一阵乱捅，床底下的这位伙计被捅的实在是没办法了，胆从火边生，猛地站起身了，把床板给掀了起来，狠狠地砸在了安卫东的头上，一下把他给砸晕了。等安卫东醒来后，觉得是奇耻大辱，裤腰上别了把菜刀四处找人寻仇，结果是“仇人”没有找到，人家寻他来了。

金州市有一个叫罗镇的地方，离火车站不远，有一拨无业青年常常是四处惹是生非，这一群人中有一个头，叫黄青。这黄青的一个兄弟，在和安卫东打牌的时候，玩老千，被安卫东发现了给胖揍了一顿。小弟在外面受了委屈，自然就找大哥黄青。黄青文化不高，但也喜欢看书，什么《水浒传》《三侠五义》《隋唐演义》来回地看，那时候古龙的《楚留香传奇》《小李飞刀》，金庸的《雪山飞狐》《倚天屠龙记》《书剑恩仇录》等武侠小说也早已进入了大陆，他更是看得如痴如醉。他特别崇拜关云长、秦叔宝、楚留香这样的英雄，觉得男子汉就应该行侠仗义、义气冲天。总觉得自己生不逢时，如果生在隋唐，怎么着也能干到混世魔王程咬金的分上。现在听自己的小弟在外面受了委屈，怎么可能咽下这口气？是可忍，孰不可忍。

问清了是谁，第二天提着把切西瓜刀就找安卫东。安卫东对打他小弟的事早就忘了，认赌服输，这是天经地义的事，玩不起就别玩，玩老千是干啥，作弊就该受到惩罚，揍他就是他安卫东替天行道。所以，打完了也就打完了，该吃吃该喝喝。现在，安卫东也腰别着一把刀四处找那个把他整昏了的小子呢。

中午，安卫东在街边小店和两伙计喝了几瓶啤酒，出了门正往回走着，迎面就来了黄青一帮人。黄青的小兄弟离老远就指着安卫东说：“就是他，就是那货。”

安卫东正和两人边走边吹牛，那两位也早早地看见了黄青他们，知道黄青他们来找事了，吓得赶紧拉着安卫东说：“卫东，赶紧跑。”

“为啥跑？跑啥？”安卫东不解地问道。

“你看，你打的那小子找人来了。”旁边的一位用手一指说道。

说着话，就想脚底摸油开溜。

安卫东本来胆子就大，这时更是仗着酒胆没把对方放在眼里，呵道："怕啥！来了就放倒，走！"

迎着黄青他们就横着身子走过去了。

走到跟前，黄青手晃西瓜刀，一指安卫东说："是不是你打俺兄弟了？"

"打了，咋？"安卫东小眼睛一瞪，说道。

"眼睛不大，胆子挺大啊，连我黄青兄弟也敢打啊！"说着，黄青就往前走了一步。

本来安卫东想说，这小子玩老千，我不打他打谁？但又一想，这样解释倒显得自己好像怕了他似的。再就是，安卫东最讨厌别人说他眼睛小，所以话到了嘴边，就成了："想打就打了，咋？你不服，想单练，还是一起上，随便。"

"就你，我他娘一个就把你练死了。"

话没说完，黄青上来就是一西瓜刀。

安卫东也不示弱，伸手就从腰里把菜刀抽出来了，两三个回合不到，安卫东这刀就划到黄青的胳膊上了，鲜血直流。但黄青亦是轻伤不下"火线"，也是越战越勇。两人还很诚信，一边打一边还不忘了叮嘱旁边的兄弟们，"你们都别管啊，这是俺俩的事，看我咋整死他！"

不过，就在他们胜负未分之时，不远处派出所的民警已闻讯赶了过来，将这两位"大侠"及时"招了安"。虽然，没有出现人命大案，但毕竟抽刀伤人，安卫东再次进了看守所。

安卫东出来前，平大伟和韩主任商量，安卫东回来咋办。

韩主任不屑道："那就是个肿瘤，还是晚期的，你就别有什么指望了。这次回来，我敢给你保证，没几天，还得进去，一次比一次时间长，最后，被政府一颗花生米解决完事儿。"

"嗳，韩主任，不敢这样想啊，咋说都是咱的职工啊，咱们不能说放手就放手了。再说了，人总是能改变的。”平大伟十分慎重地说道。

“改变啥？江山易改，秉性难易。你就死了这个心吧。”韩主任一副痛心疾首的样子。

“我还是不同意你的说法。”平大伟轻轻地摇了摇头。

“你不同意，你是咋想的？”韩主任硬是压着自己抵触的情绪问道。在韩主任的心里，这安卫东已经是扶不起的阿斗，再也甭有指望了。

“改变，改变他。咱不能放弃他，咱要是放弃了，真就如你刚才说的了，任其发展就会越滑越远，最后政府给解决了。那咱就太对不起他了，更对不起他家人了。”说到这里，平大伟站起身来，给韩主任递了一根香烟，点上，继续说道，“既然，咱已经看到了不管的后果，咱就不能听之任之啊。”

韩主任没有再反驳，但他依然觉得平大伟还是太理想化了，心道：“看吧，到跟前撞了南墙再说吧。刚上来，热情大，正常。”

安卫东心情复杂地背着行李走进工区，工区静悄悄的，他知道同事们都去工地上了。于是，他径直走到了自己的宿舍跟前，来到门口，门没有上锁。他推开房门，一下愣住了，只见他的床铺整整齐齐，房间干干净净，他心里琢磨着这李和平什么时候也爱干净了。突然，他就看见在两张床间的桌子上有一盆花，那是秦巴山才有的幽兰花，在花盆旁边的红纸上用毛笔写着几个字，欢迎卫东回家！

正在他发愣时，宿舍的门都打开了，门口站着他那些久违的工友们，一个个笑嘻嘻地看着他。这时，平大伟快步走了过来，笑着上前握着他的手说：“卫东，欢迎你回家。”

那一瞬间，安卫东觉得自己的鼻子有些发酸，他强忍着，长时间游离于集体之外的他，第一次有了一种别样的感觉。

李和平也走了过来，帮他把行李卸了下来，说道："卫东，为了迎接你，书记和俺们忙活了大半天。"

瞬间，仅仅是瞬间，安卫东内心深处，最柔软的地方被一种东西撩拨了一下。但，很快他又将自己的心封闭了起来，用一把厚重的大锁锁住了。

十二

才过了两三天，安卫东就原形毕露了。上班吊儿郎当，看谁不顺眼就来几句，同事们知道他的德行都不跟他计较。但是，平大伟心里清楚，安卫东现在就是这个集体的一个瘟疫种子，如果这粒种子发芽了，他就会污染一大片。人是一种奇怪的动物，学好难于上青天，学坏可是顺风行船，瞬间，轻舟已过万重山。

这天下班后，平大伟找到韩主任，还把安卫东的工长吴大顺叫来了，商量着怎么把安卫东转化过来。

韩主任还是那个老观点，等平大伟说完了自己的想法，不屑道："大伟，你咋就是个菩萨心肠呢，这管理跟带兵打仗一样，该下狠手就要下狠手，就你这种软心肠带出的兵都成居士了。"

"你说啥是狠手？"平大伟问道。

"严格按规章制度办，这小子犯了哪条落实哪条，该扣钱扣钱，该处理处理，否则，咱这规章制度都成摆设了。"韩主任直言道。

"对，制度既然定了，那肯定按照规章制度去办，这没错。可是，韩主任，你想过没有，对安卫东严格考核，结果就是把安卫东再一次推到社会上了。他肯定像以前一样，又跑了。"

"他爱跑，跑呗，腿又没长在别人身上。"韩主任阴沉着脸，说道。

“可是，自控能力差的他再跑到社会上，你想想，以后会是什么样的后果啊？”

“咱管他什么结果呢，路都是自己走出来的，是荣耀还是耻辱，那都是他自己选择的结果。咱是企业不是学校，更不是慈善机构，咱没有必要管那么多。”韩主任负气道。

“你说得没错，韩主任，可安卫东毕竟是咱的职工啊，咱们既然知道他的这些问题这些缺点，不去管，任其发展下去，咱先不说对不对得起组织。就是扪心自问，人家把孩子交给了咱，咱就看着他往黑里走，这咋都说不过去啊。”平大伟努力地说服着韩主任，其实他也在努力地说服自己那颗一直亦动摇的心。

“你别孩子孩子的了，他安卫东能是个孩子？”韩主任眉头紧皱道，虽然，他很清楚“孩子”只是平大伟平时说话时的一个口头禅，可是，现在他听起来却是那么的别扭了。

“是，来咱这儿的都是成年人了，可是，在父母的跟前他永远都是个孩子啊。”平大伟耐心地劝说道。

“唉，大伟，我说不过你，你咋说咋有理。可是，我还是不赞同你的这种菩萨软心肠，你这样下去，咱们的管理硬不起来，你这队伍没法带。”韩主任生气地说道。

这时，一直坐在旁边一言不发的吴工长说话了，吴大顺是陕北人，一口的陕北腔，慢条斯理地说道：“这两天晚上我一直在读《三国演义》，我就在想，曹操、刘备、孙权三个人，曹操心最硬，宁负天下人，不让天下人负他，凡是阻碍他前进的人，他个个诛之……”

“啥？什么猪之？”韩主任是河南人，对吴大顺的陕北话，一时间没有听明白，打断问道。

“诛之，就是杀嘛。”吴大顺不紧不慢地解释道。

“行了，行了，你把字咬准了再说，明明是诛之，还一个劲儿地猪仔哩。”韩主任不耐烦地说道。

平大伟听了他俩的对话，忍不住要笑，但一看韩主任的表情还是强忍住了，没吭声，听他们继续往下说。

吴大顺也不反驳，继续着自己的话题，往下说道："人人怕他，但他赏罚分明，天下名将良臣都跟着他。孙权呢，人家是官后代，他爹他哥打下了坚实的基础，有两代笼络的良臣名将辅佐。而刘备啊，心最软，慈悲为怀，可是，人家也成了大事，三足鼎立其中一足……"

"大顺，有啥话你就直说，什么名将良臣，良臣名将的，啰唆啥。咱现在说安卫东的事，你咋把个《三国演义》说个没完没了的。"韩主任再也按捺不住了，不耐烦地打断了他的话。

虽然韩主任把吴工长的话打断了，但吴工长既不急也不气，继续慢慢地说道："我同意大伟书记的观点，赏罚分明不错，但更要从心上让人服气，诸葛亮七擒孟获，不就是为了一个收心嘛。"

安卫东是吴工长这个工区的职工，对安卫东的性格他比较了解，知道这个小伙子虽然是劣迹斑斑，但本质还不是很坏，用他的话说，还是有一定的可塑性。

这次谈话后不久，平大伟在车间层宣布了一个决定，准备让安卫东负责伙食团，并担任伙食团监督员。

果然，决定还没下达到工区，伙食团的两位师傅，焦师傅和高师傅得知风声后先不愿意了，两人跑到了平大伟的办公室，不满地问道："平书记，你是不是不相信俺俩，你要是不相信俺俩，俺俩就不干了。"

平大伟连忙给他俩搬过来凳子，笑容可掬地请他们先坐下，笑道："肯定相信啊！你俩人品、手艺、能力咱车间谁不知道啊。"

"既然你相信俺，可为啥突然给俺搞了个什么伙食团监督员，最让俺不能接受的是还让安卫东来监督俺，那是个啥货色，他能监督俺？俺不监督他就不错了。"

听了这二位的埋怨，平大伟“呵呵”地笑了起来，因为，他早已想到了，这道令一下，别说他俩，很多人都不会服气的。

他给两人倒上茶水，等两人的牢骚发泄完了，这才静心气和地解释道：“焦师傅、高师傅，咱们能吃住在一起，说白了，都是缘分啊。安卫东表现是不咋的，可是，他也是咱花名册上的人啊。好，咱们都不管他，任他自己往下走，焦师傅、高师傅，咱关着门说句实在话，你说哪能有个好？有人管着他都是这样，要是再一放羊，那不是眼看着他就往黑里跑吗？要真是那样，对他自己不好，对咱们也不好啊。说给集体抹黑那还是小事，人家会说咱们这些人不够意思啊。”

平大伟的一席话，说得二位师傅神情平和了许多，虽然没有赞同，但脸色好看多了。

平大伟见状继续耐心说道：“你两个人的人品，那是众所周知啊，我能不知道？我能不相信你们？可是，为啥要设个伙食团监督员，这不就是为了给安卫东一个岗位吗！你俩知道，他现在的职名是养路工，按理应该督促他干好他的本职，可那样呢，他只会跟着大伙儿起哄哄，根本激发不了他的责任心。可让他单独干别的，咱们也不放心啊。所以，我就让他跟着你们两个干，跟着你俩我放心。再说了，我也是想看看，这个安卫东到底是不是一个料儿。”

说到这里，平大伟长叹一声，像是给二位师傅又像是给自己说的，“唉，我真的希望安卫东这次能给咱们一个惊喜啊。”

说完，他沉默了。过了好一会儿，平大伟才说道：“我还是坚信我的那个观念，信任一定能换来责任。我希望你俩能配合我，给安卫东一个革新的机会，行不行？”

平大伟的一番话，终于说动了焦、高二位师傅。

真诚总会换来别人的信任，即使这个过程很艰难很缓慢，但一旦被信任了，就会形成一种正能量，感染更多的人。

十三

大家都去工地了，安卫东还一个人在宿舍里赖着。这时，李和平推门进来，说道："卫东，平书记找你，让你去他办公室。"

一听平大伟找他，安卫东嘴一撇，道："他找我，他不来，还让我去找他，不去。"

"你看你，咋这样啊。我看你还是去吧，现在人家咋说都是书记了。"李和平劝道，他知道安卫东和平大伟拧着劲。

"去屌，在我眼里他就是个蛋，不去。"说着，安卫东把身子往床上一扔，眼睛还闭上了。

李和平还想劝说，但一看他的态度，便把要说的话咽回去了，转身走了出来，把门关上了。

吴工长见李和平过来了，问他："安卫东去找平书记了？"

"他不去。"李和平答道。

"为啥不去？"吴工长连忙问道。他是早上去工地前见到平大伟的，平大伟让他通知安卫东去办公室找他，说是准备给安卫东重新调整一下岗位。

吴工长忙，就让李和平去通知了。

没想到这么简单的事，李和平都没有干好，吴工长有些生气，但又一想安卫东的牛脾气，便不再问，转身来到了安卫东的宿舍，推门说道："卫东，咋还躺在床上呢，赶快起来。"

安卫东没有动，吴工长上前一把把他拽了起来，说道："装啥，赶紧给我起来。"

"哎哎哎，你干啥你干啥。我头痛，我头痛，起不来。"安卫东很不高兴地把胳膊抽了回来，又躺下了。

"你头痛个鸟，赶紧起来。"

"头痛，起不来。"

"我看你是头痛还是腚痛。"说着，吴工长假装找东西打他。

安卫东一下坐了起来，嚷嚷道："你让我起来干啥吗？"

"干啥，赶快去平书记那儿，书记找你。"吴工长大声说道。

"我不去，他算啥。他叫我去，我就去了？"安卫东把头一摆，说道。

"咦，卫东，你这态度就不对了，人家书记找你，又不是找你玩儿，是工作。你这样就显得太小家子气了，不像你的性格了。"

吴工长的这句话，倒让安卫东心动了，他可不想让人家说他心胸狭隘了。

于是，他说道："他找我干啥嘛，我这忙的。"

"你忙个屁，你就忙着睡觉——行了，别装了，好像要调整你的工作。"吴工长有意地透露了一点。

"调整我工作？"安卫东一愣，继续问道，"调整啥工作？"

"我也不知道，你自己去问吧。"

安卫东不知道平大伟葫芦里装的什么药，迟疑了一下，说道："那，那我现在去？"

"还等啥？赶紧去吧。"吴工长跟道。

安卫东来到了平大伟的办公室，也不敲门，推门而入，大不咧咧地说道："你找我？"

"来，卫东，坐，坐下说。"平大伟热情地让他坐下。

安卫东一屁股坐下，跷个二郎腿，满不在乎的样子。他实在是不喜欢面前的这个男人，土得掉渣，还升得特快。

平大伟见他这样，心里面恨不得上去就是一个“嘴锤”，但他知道他不能情绪化，强忍着，等他坐好，开门见山，说道：“卫东，咱车间准备让你担任伙食监督员，你看你有意见没？”

“不干！”安卫东想都不想，张口就拒绝了。

“为啥？”安卫东的回答，倒让平大伟没有想到。

“伙食监督员，你是逗小孩子玩哩吧，弄这个逗我。”安卫东脸一沉，说道。

平大伟脸也放严肃了，说道：“安卫东，你要是把组织定的一项工作看成是逗你玩，那我也就没啥可说的了。”

安卫东看平大伟很认真，便没有说话。

平大伟见状，继续说道：“咱车间这百十号人吃饭是个大问题，你也知道，咱这里的条件实在是不行。天天土豆、白菜的，大家反映很强烈，希望改善伙食。我们考虑你去的地方多，人脉广，见识也多，这方面有经验，所以让你担任这个监督员。其实，这是对你的信任，你却这样想，你太让我们失望了。”

平大伟端起茶缸喝了一口水，控制了一下谈话的节奏，继续说道：“卫东，咱俩之间没仇没怨的，谁也不欠谁，我做的一切都是为了工作。”

平大伟的这些话还真说进安卫东的心里了，自己和平大伟的确没有什么深仇大恨，再说了，情场如战场，王秀文最终选择了平大伟，只能说明人家比自己强，不管服不服，接受不接受，事实如此，自己毕竟败了。如果一味地迁怒平大伟，倒真显得自己不大气了。想到这儿，他抬头问道：“这他娘的伙食监督员是干啥的？”

“监督员就是个贵在监督，监督伙食团的工作人员是否工作尽心尽力，食品卫生工作是否做得到位，每天的饭菜有什么变化，品种是否丰富。”

平大伟说到这里，觉得有些对不住焦师傅和高师傅这二位任劳任怨的老师傅了，便一转话题，说道：“当然，咱们现在的条件有限，饭菜单一，但重要的是，如何克服单一。反正，说来说去就一个意思，就是让大家吃饱吃好，因为大家吃好了才能更好的工作嘛。”

从平书记的办公室走出来时，安卫东突然感觉自己的肩上有点沉，他自认为重视吃饭问题，就说明这个领导有人情味。人是铁，饭是钢，一顿不吃饿得慌。

说句实在话，安卫东对平大伟一直比较反感，可以说，在他的心里，只要平大伟反对的，他就支持；平大伟支持的，他绝对反对。和平大伟唱反调是他的快乐，他可以从平大伟被反对的烦躁中找到快感。虽然，他和平大伟同时到车间报到的，但人家平大伟是学兵连来的，比他进铁路进得早，按理说，是师傅级的。但年龄相差不大，应该说同龄人更容易走在一起，但他就是看不上平大伟的那种土了吧唧的感觉。

确切地说，他也是山里人，比平大伟的成长环境更差。平大伟不管咋说还是富平出来的，而他出生在大山深处的一个小县城。在安卫东的记忆中，眼前从没有缺过山，他的视野范围总被一座又一座的大山阻挡着。他之所以进铁路，就是想通过铁路通过列车走出大山，但他怎么也没有想到最后他还待在大山里。不过，安卫东虽然人在大山里，但他觉得自己心却在远方，有鸿鹄之志。可这个平大伟，人、心都在山里，就跟个山石头一般，哪有一点点情趣。可就是这样的一个里里外外的“土著”，竟然被北京来的本车间最美的天使选中了，这简直是打他安卫东的脸，这不仅是伤了他的情感更是尊严。

于是乎，他直接就破罐子破摔，将自己整个的放纵了。放纵的结果就是进了班房。

入了班房，那就是落到正常人的底线之下了，什么尊严面子在那里都荡然无存。安卫东进去后冷静回忆自己这几年的经历，彻底明白了自己之所以这样，完全是为了虚荣心和面子，最终为了虚荣心和面子而将自己的所有面子和虚荣心都踩在了别人的脚下，何苦呢？人家平大伟尽管自己看不上，可是，人家却是上了特快一路向上，本来两个不相上下的人，竟然走出了两种境界，他又不是傻蛋，可做的事比傻蛋还傻蛋。

再一想，回工区那天，不管人家是真情还是假意，能费那么大的心思去做，自己也得领这个情啊。别说是同事了，就是家里人，也就能做到这么多了。自己再闹腾，算啥人啊，天天还喊着讲义气呢。安卫东正心里寻思着，一抬头，他便看见了不远处的食堂。

他发现自己天天都去的食堂，这会儿咋就有了一种陌生的感觉，很想过去看看，又害怕过去，这让他对自己很恼火，甚至觉得自己有点狗肉不上席的味道了。就在心里纠结斗争时，他再一抬头，发现自己已经站在厨房门口。既来之，则安之，一掀门帘走进去了，见焦师傅、高师傅两人正在削土豆，便很不自然地笑了笑，说道："忙着哩。"

其实，两人早通过竹门帘的缝隙看见往这边一走三摇晃，跟吃了摇头丸的安卫东了，当时，焦师傅还对高师傅说道："咦，那不是安卫东吗？"

"看样子书记已经找他谈过话了。"高师傅把削好的土豆拢了拢，说道。

"我看书记还是太高看他了，狗改不了吃屎，我反正不相信他能改好，我怕他这一来，监督咱是小事，别搞得监督不成还把咱这搞坏了。"焦师傅不满地说道。

"那倒没事，书记说了，大不了再撤了他就成了，哪儿凉快待哪儿去，反正咱该干啥就干啥。"高师傅望着从远而近的安卫东说道。

两人正说话间，安卫东已经到门口了，就在安卫东挑门帘时，两人把头低下来，好像不知道有人过来了。现在听安卫东打招呼，焦师傅没有理他，高师傅抬头应了句，“哦，安监督员来了。”

不过，这一句安监督员让安卫东听起来却是那般的顺耳舒服，他不自觉地挺了一下胸，说道：“嗯，我过来看看，今天中午咱们做啥饭啊。”

“稀饭，馍，土豆片，咸菜。”高师傅边说边站了起来。打他心眼里来讲，他实在是不想搭理这位安伙食监督员，可是他一想起平大伟的那些肺腑之言，特别是最后那句“拜托了，二位师傅”时，他觉得平大伟都把话说到这份上了，自己怎么说也要给个面子，于是，他的态度更加的祥和谦逊了。

高师傅的态度让安卫东的心里有了一种很陌生的成就感，以前，性格耿直的高师傅和他都不说话，把饭给他一打，就不理他了，好像和他是几代的仇人似的。好几次，安卫东想找碴儿和高师傅干一架，一直没有找到机会。他没有想到，今天的高师傅竟然如此尊重自己，这让安卫东也涌出了“你敬我一尺，我回你一丈”的谦和，气氛相当地融洽和谐。

在高师傅、焦师傅的全力配合下，安卫东的走马上任很是顺利。本来，平大伟计划和安卫东谈话后，给安卫东一个缓冲思考，适应角色的过程，等下午开饭前，他再专程带着安卫东去食堂和焦、高二位师傅见个面，搞个比较正式的上任仪式。可是，不等他计划实施，人家安卫东自个儿已经到了厨房上任了。

得知三人已愉快见面，平大伟也就顺水推舟，免了自己再专跑一趟了。只是私下里问了二位师傅，安卫东表现怎么样。高师傅说，现在看来还不错。这让平大伟悬着的心总算有了点着落。

安卫东上任后，立即跟换了一个人似的，用李和平的话说，“太阳从西边出来了。”

第二天一大早，这位天天赖在床上不起床的人早早地就起来了，来到了厨房，虽然什么都不干，但是，监督员的职责却做得很到位，一会儿问问水烧开了吗，一会儿又关心馍热好了没，还时不时地拿起锅盖看看稀饭熬得怎么样了。

最让焦师傅、高师傅，甚至平大伟都没有想到的是，安卫东为了搞好同志们的伙食，自己坐火车赶到百里外给大家买来新鲜的时令蔬菜，一改大伙儿天天馒头、土豆、咸菜的历史，真应了那句老话：责任可以使一匹野马成为千里马。

连韩主任都不得不转变对安卫东的看法了。“没想到啊，这一个人的可塑性太大了，真没想到，安卫东这刺头能变成这样一个人。”韩主任对平大伟感慨道。

“是啊，是啊，我正想找你商量一个事呢。”平大伟点头应道。

“啥事？”韩主任问道。

“我想再给安卫东上把火。”平大伟笑道。

“啥火啊？你的点子就是稠。”韩主任喝了一口水，笑道。

“我想让安卫东把伙食团的钱管上。”

平大伟的话让韩主任一愣，说：“让他管钱？这中不中？这家伙可是好赌啊！”

韩主任的担心也不是没有道理，安卫东在这个线路上最有名的除了打架就是好赌，有钱就赌，赢了就喝酒，输了就借钱再赌，可以说就是一赌棍。现在听平大伟说，要把职工伙食团的钱交给他管，这让韩主任一时没了底。

“嗯，这些我也想到了，不过，我私下里了解了一下，这安卫东虽然好赌，但没有赖过账。再说了，他安卫东又不是外人，他的工资还在咱这发呢。何况，咱伙食团钱也不多。我是想通过让他直接管钱，让他切实感受到大家对他的信任，我想他应该能懂得这其中的分量的。”

韩主任若有所思地点了点头，说道：“行啊，试试吧。不试咋能知道呢？”

韩西旺随着和平大伟搭班子时间愈长，愈感受到这个人身上有一种很难得的东西，就是能够站在不同的角度看问题处理问题，待人又坦诚，就越发的有感染力了。

安卫东听平大伟说，要把伙食团的钱款交给他管，这让安卫东自己都很吃惊。

“卫东，咱伙食团的钱虽然不多，但这也是大家的血汗钱啊，大家能把这钱交给你，就是对你的信任。连高师傅、焦师傅都说，你来了给他们真是那个啥的——对，如虎添翼。上次你不辞辛苦给大伙儿买菜，大伙儿一提起你，都说你够意思。”

平大伟推心置腹的一席话，说得安卫东不好意思了，连忙说道：“这都是咱应该做的，咱应该做的。”

说完，安卫东的眼睛里便露出了一丝狡黠的目光，笑道：“大伟，你还是厉害啊。”

“啥厉害？”平大伟假装没听明白，问道。

“厉害，厉害，我服了。”说完，安卫东站起来，转身走了。

望着他的背影，平大伟会心地笑了。

这天，安卫东看伙食团的粮食又快吃完了，便和高师傅、焦师傅二位商量后，决定第二天早上到十公里外的镇上买粮。

高师傅、焦师傅和安卫东接触一段时间后，越发喜欢这个安卫东了，真如平大伟所说的本质不坏，可塑性强。自从把伙食团财务交给他后，安卫东变化得连天天在一起的李和平都不习惯了。以前，安卫东哪里消停过，这看不惯，那惹他烦，可自从把钱管上了，小眼睛里透的光都深邃了。

听了安卫东的提议，高师傅当即赞同，说：“好，明天就去，越快越好，咱陕南马上就要进入雨季了，一定要选一个好日子。”

“高师傅，你还研究起风水了啊，出门还要选个好日子。”安卫东笑道。

“倒不是风水的事，咱这一去就是一天时间，全是山间小路，要是碰上大雨了，那就麻烦了。”高师傅解释道。

“这我知道，没问题，明天看情况，天气好了我们去，不好，就改天。”安卫东笑道，这一年半载的合作，他和这两位师傅的感情是愈来愈深了。

第二天，天刚蒙蒙亮。安卫东就早早地起来了。他来到院子里看了看天，虽然有点风，但还算是晴朗。他转身回到了房间，把李和平叫起来，又跑到另一个宿舍，将两个昨晚就已打过招呼的休班同事魏玉峰、王志军叫起来，让他们抓紧时间洗漱吃饭，赶路是越早越好。

谁承想，去时一路顺风。可是，等他们往回赶时，天就变了。一片片乌云在一阵雷电的轰鸣声中集结后，就开始下起了小雨。一阵一阵的，雨一丝一丝地飘着，像满天飞舞的细沙。几个人背着粮食，虽然不轻，但心情极好，兄弟几个有说有笑地边走边聊。

安卫东说：“没想到，咱们都是龙啊。”

“为啥？”李和平不解地问道。

“龙走水路啊。”安卫东笑道。

“那走路下雨就是龙了，下雪算啥？”李和平笑道。

“下雪？下雪，下雪那就更厉害了。”安卫东边想边说道。

“咋厉害？”

“那就是仙了，你们想啊，咱们常说飘飘欲仙，飘飘，就是雪花飘飘的意思。”安卫东答道。

“我老天爷，卫东，你还真能摆龙门阵啊，这也能联系在一起。”一直在后面背着大米没有说话的魏玉峰笑道。

“那是，世界万事万物都是有联系的，这可不是我说的，是一个大哲学家说的。”不等安卫东说完，雨就“哗啦啦”地下大了。

天上的雨点像筛豆子似的往下直掉，往远处看去，眼前的一切好像突然被一块灰幕遮住了视线，雨蒙蒙一片，树啊，路啊，什么也看不清了。

“娘的，这天。”安卫东说道。

“这真龙来了。”王志军还没忘了调侃道。

“咱别走了，还是躲躲吧。”魏玉峰着急地说道。

虽然，他们早已做好了准备，粮食用塑料袋子精心包裹，再大的雨也不会淋湿，可是，这路的确太不好走了。

听了魏玉峰的建议，安卫东犹豫了，他抬头看了看天，这时的雨就像是天上的银河泛滥了一般，从天边狂泻而下。同时，山涧起风了，风雨交加，狂风卷着暴雨像无数条鞭子狠命地抽打着他们，远处，骤雨拍打着地面，雨飞水溅，迷蒙一片。

在这里找个避雨的地方都没有，真可谓前不着村后不着店，唯一可以遮挡一些风雨的地方就是不远处的一个巨石缝隙。安卫东想叫他们往那边挪一挪，不等他说话，雨更大了，此时的雨如瓢泼一般。伴着一道道闪电，一阵阵雷声，黑压压的天空更低了，耳边又响起了一个霹雳，震耳欲聋。随着“哗哗”的雨声，大雨就像塌了天似的铺天盖地从天空中倾倒下来。响雷一个接着一个，闪电在天空中闪爆着，如同大年三十晚上燃放的大礼花。树枝被风吹得“咔嚓咔嚓”作响，转眼间，雨声连成一片轰鸣，天似裂开了无数道口子，暴雨汇成瀑布，瀑布聚成了洪水，肆无忌惮地从山上倾泻而来。

安卫东暗道，不好！

他们正行进在这两山之间的最凹处，洪水下来，他们首当其冲。安卫东想到这儿，立即说道：“和平、玉峰、志军咱们不敢等了，快走！”

四人小心翼翼地往前走着，路很滑，背着重物他们在这样的雨地里行走起来，此时此刻就好比登天。

雨水在山涧迅速地汇聚，很快形成了一股山洪，一股又一股地山洪在电闪雷鸣的集结号中集结，形成了訇然鸣响、冲决泛滥的洪流。这黑波浊浪、轰然下坠的洪水咆哮着，如同一群受惊的骏马野牛，从山谷里狂奔而来，势不可挡。水中夹杂着折断的树枝和石块向山下冲去，直到冲入早已汹涌澎湃的河流中，那轰轰隆隆的声音在山谷中发出了骇人的回响。

熟知秦巴山区习性的安卫东他们知道危险降临，“快往上跑！”他们知道在洪水到来的时候，最忌讳顺着山洪跑，因为洪水和泥石流常都发生在山谷中，洪水和泥石流的速度一般在二十公里到六十公里之间，比人奔跑的速度快很多。疾速而来的山洪会瞬间将他们席卷而去，所以发生洪水和泥石流时，要向山谷两侧的山坡高处奔跑，要尽快离开山谷低洼处。

当几个人向山坡上跑的时候，年轻的他们谁都没有想到死亡的危险，甚至习惯性地以为跑开了就没事了，等洪水过去，他们会像来时一样，结伴而回。以至于他们四人都没舍得把身上的粮食扔掉。

几个人快速地向山上跑去，安卫东跟在他们三人的后面。因为安卫东背得多，速度越来越慢。李和平正跑着，猛然感觉身后没有安卫东的声音了。他扭头向后面望去，瞬间，他惊得目瞪口呆，张大嘴想喊却已喊不出声音了。安卫东已经落在他们身后十几米远了，还在艰难地向上爬着，一股凶猛的山洪突然出现在他的面前，李和平转头的刹那间，安卫东就在他的眼前被洪水瞬间吞噬了，仅仅一瞬间，就再也没有了安卫东的身影。

车间办公室里，平大伟坐立不安，他在房间里来回走着，一会儿到门口看看天上的雨，一会儿走进来，嘴里不断地说道：“哎呀，这雨咋这么大啊，卫东他们咋走啊。”

坐在旁边的韩主任心里也是焦急万分，烦闷地说道：“大伟，你别走来走去的，好不好，把我都走晕了。”

“韩主任，不会出事吧。”

“别瞎想，别乱说，不会出事的……”韩主任正说着，门被猛地推开了，只见李和平哭喊着冲了进来，叫道：“韩主任，韩主任！”

“咋了，咋了，慢慢说。”韩主任心头一紧，知道出事了。

“安卫东没了！”

“什么？什么安卫东没了？”虽然，从李和平的神态表情中，韩西旺已经知道安卫东出大事了，但是，他还是下意识地迅速问道。

“安卫东被洪水冲走了。”

李和平话没说完，旁边的平大伟身子一个趔趄，差一点摔倒。这时，已惊闻噩讯的王秀文她们也已赶了过来，一个个焦急地问道：“卫东怎么了，安卫东怎么了？”

“安卫东被水冲走了。”李和平哭着说。

“咋冲走了？”平大伟问完，就知道自己这话问得太没水平，连忙跟道，“志军他们没事吧？”

“他们没事，都在那找呢！”李和平答道。

“和平，你先休息一会儿。”说完，平大伟转身对韩西旺说道：“韩主任，我带几个人去找找。”

“我也去。”说着，韩主任站起来，就要走。被平大伟一下拦住了，说道：“现在雨这么大，车间不能没人坐镇，你别去了，线路安全更不敢出事。”

韩主任当然知道什么是以雨为令，兄弟们都按防洪预案，各自到位了，这种雨天随时都可能发生意外险情，需要处置，便点头说道：“你们也要注意安全啊。”

“好，你放心吧。”说完，平大伟带着几个人匆匆向山里走去。

李和平此时哪能坐得住，跑在最前面给大家带路。

寻找是艰难的，随着时间一小时一小时地推移，有些人已在心里绝望了。毕竟这洪水来势猛烈，一个人在大自然的面前是多么的渺小，这么长时间了，安卫东凶多吉少。

但是，平大伟始终没有放弃，他说：“不管什么情况，我们一定要把安卫东找回来，咱们没有任何理由放弃寻找，因为，他是咱们的兄弟。”

山林里，传来的是兄弟们的呼唤：“卫东，你在哪里啊？卫东，你出来啊！”

这声音让王秀文听来心里一阵的绞痛，她想到了安卫东曾经对她的关爱，一次，她随口说了一句想听邓丽君的歌，安卫东当天晚上就扒货车去了金州，第二天就给她搞来了磁带。曾经的点点滴滴，甚至早已忘却的回忆，在这个晚上，一件一件变得清晰了。

王秀文紧紧地跟在平大伟的身后，心里莫名地害怕，似乎眼前的这个人也会从她的身边突然地消失，这让她万分的恐惧，以至于她死死地拽着平大伟的衣襟，再不放手了。她从没有像今天这么希望人死后有灵魂。如果有灵魂的存在，那么，在空中飘游的安卫东一定会看见他的这帮兄弟们为了寻找到他，如此艰难地行进在这深山峡谷之中，他就一定会出来的。因为，他也会心痛他的这帮兄弟姐妹们。焦师傅、高师傅彻夜不停地在灶房里忙活着，为这些寻找安卫东跋山涉水、辛苦不堪的工友们烧水做饭，他们自己却因着急难过，已近两天滴食未进。

王秀文悄悄地来到了那棵白果树下，隐于树荫中，双手合十，不断地轻声祈祷道："神树啊，求你保佑卫东平安回来吧！求求你了。"

奇迹依然没有发生，这已是两天后的一个夜晚了。暴雨早已成了过去式，曾经摧枯拉朽式的山洪也了无踪影，似乎一切都没有发生似的，除了那些被山洪冲倒的残木、冲毁的河床，一切是那么的安宁，安宁得如同一个熟睡的婴儿。

月亮渐渐升起，披着白色的纱衣，娴静而安详，温柔得如一个蜜月中的新娘，透过柳梢，在天上留着温和的笑容。

在已经回落的河床上，一切都显得那么的静谧，溪流缓缓流过。王秀文坐在平大伟的身边，无言地望着夜空。此时的月亮如珍珠一般，蒙着一层轻纱，在墨蓝绸布上闪着亮光，柔和的月光洒在王秀文的脸上，那样素白。平大伟爱怜地将她揽入怀中，轻柔地抚摸着她的肩膀。

王秀文依偎在平大伟的怀里，心里默默地念叨着："卫东，你出来吧，你出来吧。我求求你，你出来吧！你看大伟为了找到你，两天两夜都没有吃饭睡觉了。你也心痛一下他吧，你就出来吧。"

无声的平大伟心里翻江倒海般地纠结着，他太懊悔了，他不断地责问自己，为什么那天早晨不去阻止安卫东他们去买粮，为什么不去阻止？

这几天，车间内气氛很沉闷，大家的心情都很沉重。特别是李和平，他认为全是自己的责任，觉得自己如能及时帮衬一把安卫东就好了。当时安卫东扛的粮食比他们多，跑得慢，最后让洪水冲走了，这让李和平的心结难以解开，闷在宿舍里不出来。

平大伟从李和平的宿舍里出来，心情郁闷得跟一头扎进了雨地里似的，浑身上下的湿。本来，他想去宽慰李和平，可是，没说几句，他自己已是抽刀断水水更流了。

人回到办公室，见韩主任和吴工长几个人坐在那里，等他商定安卫东的后事怎么办。毕竟，四十八小时都过去了，生不见人，死不见尸的，但总得有个结论啊。

几个人埋头商量了半天也没个头绪，突然，吴大顺眼睛瞪得老大，直直地看着前方不说话。

平大伟听吴工长正说着，却没了音。抬头一看，见吴大顺神情异样，心里一惊，顺着他的目光朝后面望去，他也愣住了。门口立着一个人，衣衫褴褛，浑身全是泥巴，唯有眼睛和牙是白的，正站在那里看着他们。

这不是安卫东吗？

“卫东，卫东！”已经反应过来的吴大顺一下跳了起来，冲过去对着安卫东的胸脯就是一阵地乱拳，嘴里喊着：“卫东，卫东，你小子跑哪儿了，你小子跑哪儿了？你咋还活着啊，还活着啊……”吴工长说到这里，再也控制不住这几天来压抑着的情绪，一下子全爆发了出来，一低头，顿时大哭起来，那哭声把平大伟的心搅得生痛，竟也是鼻子发酸，眼睛也湿了，但他强忍着，上前把吴大顺扶到一边，又让安卫东赶紧坐下来。

安卫东还是一副大不咧咧的样子，不过，也确实累坏了，一屁股重重地坐在了凳子上，说道：“娘的，累死我了。”

话没说完，看平大伟给他倒水，连忙夸张地大叫道：“别，别倒水，这两天把水喝伤了。”同时，扭头对着吴大顺说道：“吴工长，别哭了，你别哭了，哭得让人闹心。再说了，我死不了，我要是死了，谁以后惹你生气啊？”

安卫东的一席话，把大家气得是哭笑不得，不过，倒真把吴工长的哭声给止住了。用手指点着安卫东，却说不出话来，“你，你……”

“我，我，我咋了，我这不是好着嘛！”安卫东笑道。

随后，听了安卫东的一番添枝接叶、添油加醋、虚实结合的细说，大家也就明白了这两天安卫东咋把大伙儿搞得以为是生死两别离了。

原来，那天暴洪汹涌而至，安卫东脚下打滑，再加上肩膀上扛着粮食，上重下轻，顺势人就倒下了。好在，这小子心理素质好，在那种情况下，他紧紧地抓住粮食袋，粮食在水中遇水更重加上被树枝不断地牵绊，阻扰了安卫东下冲的速度。直到他随着粮袋被洪水裹挟着进入了河道，他才将粮食扔掉。在入水的瞬间，他又抓住了一根树枝，再就没有松手，被水一路狂送，等被冲到缓滩时，已是百十公里以外的地方了。

用安卫东自己的话说，他是命大福大，老天爷都在帮他，每次在关键的时候都拉他一把。他现在感觉唯一遗憾的是，那根救他的树枝他找不到了，如果不是最后他实在累得不行了还是松了手，否则，就是再艰难他也要把那根树枝带回来，放床边要像神一样敬着。

说到这里，安卫东故作神秘地说道："你们还别说，我感觉是咱松树坡上的那棵白果树救了我，那木头的味就是那棵树的味。你想嘛，我那么紧地抱着它，那味绝对错不了，就是那棵白果树救了我。"

"可是，那树还在啊！"听安卫东活着回来了，很多职工都兴奋地跑了过来，这时，早已蹲在那里听了好半天的李和平不解地插话说道。

"你看你，和平，智商啥时候能提高一点。天天跟着我混，咋就没一点长进？白果树那么大，啥事都需要它老人家亲自上手？派一个树枝不就成了。"安卫东瞪着小眯缝眼，大声说道。

安卫东是丹凤眼，卧蚕眉，眼睛不大，却有神，一双小眼睛长在他的这张富有个性的脸上，倒极显合适。

安卫东信誓旦旦的一席话，让众人听了是好半天无人回应。本来很艰险的事情，放在安卫东的嘴里，那就成了另一种感觉，像听评书似的，大家听完了安卫东的历险记都有了一种还想听的感觉，意犹未尽。

“再来一场洪水就好了。”这话，李和平差一点说出来。

不过，平大伟知道，安卫东就是这种性格，过五关斩六将的事，他能讲十个晚上不累，可是，要是让他讲走麦城的事，那就绝对是避重就轻了。其艰难他不愿说，但从他那一身行头来看，已足能说明他这一趟的生死之旅了。

十四

不论怎么说，安卫东平安地回来了，而且，更让大家意想不到的是安卫东这次回来后，主动找韩主任要求换到一线工作。理由很简单，他年纪轻轻的一个大男人，不能天天做个火头军。

当然，安卫东的转变平大伟心里是很清楚的，有道是，人心换人心，特别是安卫东这种讲义气的人，更在乎的是你敬他一尺，他还你一丈。当安卫东后来知道了当他被洪水冲走后，平大伟是怎么地不放弃不抛弃，他的那帮兄弟们又是怎么地在深山峡谷中艰难地寻找他，在找不到他的情况下，大家又是怎么的悲痛和难过，安卫东的心灵受到了极大的冲击，他再不能平静地直视昔日的自己了。

听了他的一次次要求，韩主任找到了平大伟，把安卫东的想法告诉了他。

平大伟笑道："这是好事啊，吴工长那边正是缺人手的时候。"

韩主任略一沉思，犹豫片刻说道："让安卫东现在上去，我还是不放心，还是先过渡一下吧。"

"那你的意思是？"平大伟看着韩主任问道。

"嗯，最近段上要求各车间要搞好路外安全宣传，我寻思，卫东不是有一台老录音机吗，就让他带着他的录音机去学校搞安全宣传去。再说了，给别人宣传，对他也是一次学习的机会。"

韩主任说道。

“好，一箭双雕，你这想法好，我坚决同意。”平大伟笑道。

可是，让两人没有想到的是，他们认为一箭双雕的事儿，安卫东却头摇得跟个拨浪鼓似的，说什么都不同意。

“我才不去那儿呢？”安卫东一口回绝道。

“为啥？”平大伟问道。

“不为啥。”安卫东头一摆，说道。

“不为啥，那你为啥不去啊？”平大伟不解地问道。

“反正不去。”安卫东跷着二郎腿，脸色平静，但眼睛里内容十分丰富地看着平大伟说道。

平大伟知道，和安卫东这种人打交道，必须真诚，玩心眼的结果就是被人家玩了。

“卫东，你看这样行不行，这次你先去。下次咱再换别人，为啥哩？主要是咱们已经给人家学校说好了，人家学校也很欢迎你去。再说了，你有一台录音机……”

“得了，得了，这也能是个理由？现在谁没有录音机？你知道不知道，人家现在都开始玩碟机了。”安卫东一下打断了平大伟的话。

“是，有录音机不算啥，可是，谁有你玩得时间长？我记得大家还不知道什么是录音机的时候，你就整了一台日本那种砖头式录音机。现在你又换了好几代了吧，咱车间算算，谁有你的磁带多？”

平大伟的这番话，安卫东很喜欢听，没再反驳。平大伟见状，继续劝说道：“你给娃们讲讲安全，再放些娃们喜欢听的音乐歌曲——咱现在又换别人，让人家觉得咱们做事变来变去的，不是那么回事儿，你说呢。”

“嗯，那好吧，下次换啊。”安卫东一看平大伟把话都说到这份儿上了，也不好意思再拒绝，算是点了头。

安卫东之所以再三拒绝不想去学校搞这个路外安全宣传，是他现在觉得管伙食，去做路外宣传这都是小儿科了。其实，他心里很清楚，对他们这些工务职工来说，维修线路是最重要的工作，说白了，这才是正规部队。一线作战虽然是最繁忙最劳累的，但也是最容易出成绩的地方。通过这几年一件事一件事的发生，他越发地明晰了自己的目标，他不想让自己的一生就这样吊儿郎当地混过去。从平大伟的身上，他看到了希望。平大伟这个他以前从不正眼看一眼的人，觉得土得掉渣的人，却是事业爱情双丰收。自己以前眼高手低，看不起这个看不起那个，混日子混的结果却成了人人不待见的“后进生”了。他安卫东也不是扶不起来的阿斗，不能再让人家看扁了。

特别是这几年，他看见周围的那些当年和他一起来的人，因为干得好，要不提拔了，要不就调到更重要的岗位了，一个个离开了大山。他忽然间就明白了一个道理，想离开大山，必须好好干。不好好干，那就是想在大山坐穿。想成事，必须要先从小事做起，先把小事做好，才会让人放心叫你做大事，才能到更重要的地方做更重要的事。

有了这样的念头，让他再去镇上学校搞路外宣传自然有了抵触情绪了。安卫东想不到的是，这一去，竟然让他的人生从此发生了重要的转折……

安卫东第二天带着局、段上早已印制好的宣传画，提着他的录音机来到了秦巴镇小学。学校不大，学生不多，校园门敞开着，他刚走到门口，门房走出了一个老人，没说话前，先咳嗽了好半天，问他：你找谁？

安卫东就告诉他，他是秦巴山工务车间的，和学校都联系好了，给学生娃做铁路安全宣传的。

老同志听了连连点头说，他知道他知道，让他直接到办公室，说已经安排好老师专候着他呢。

安卫东一看人家对他态度那么尊重热情，感觉特别好，腰也直了，眼睛也亮了，走路也有劲儿了，几步就来到了办公室。

办公室门半开着，安卫东走到门口清了清嗓子，还没有说话，门里面就走出一个人来。安卫东定睛一看，眼睛一下更亮了。站在他面前的是一位非常靓丽的女教师，苗条的身材，白皙的肌肤，一双大大的会说话的眼睛。

“你就是来给我们讲课的师傅吧?”女教师的声音很大，浓浓的蜀音让安卫东立即判定这是一个地道的四川辣妹子。不等安卫东答话，这位女教师飞快地说道：“我姓孙，叫孙小萌，你叫我小孙好了。快进来坐，坐下嘛，我给你倒水。”

面对小孙老师的热情，平常说话做事大不咧咧的安卫东竟然有些不知所措了，张着嘴半天跟不上趟。

“你叫啥子嘛?说了好半天喽，还不知道师傅你贵姓。”小孙老师声音尖且脆，跟唱山歌似的问道。

“哦，我免贵姓安。”安卫东端着身子，用一种他自己都觉得奇怪陌生的语气答道。

“安师傅啊，安师傅喝水嘛。”

孙小萌的嘴巴就跟打机关枪般的，对着安卫东就是一阵地扫射，安卫东的耳朵里全是孙小萌的声音，“安师傅，你准备咋个讲?需要我做什么?你是放录音，还是直接讲，我需要做什么你只管讲好了。哎哟哟，安师傅怎么不讲话哟。怎么是个闷葫芦!”

安卫东都快哭了，心道，我怎么还成了一个闷葫芦了，你哪有让我讲话的机会啊!

那个半天，安卫东不知道自己是怎么过来的，他只记得，他好像在学校组织的学生大会上，念了一段铁路安全规定，又用录音机放了提前录制好的有关安全方面的磁带，最后，应孩子们的要求，又给娃们放了几首歌。

大家都很尊重地称他为安老师，孩子们还给他戴上了红领巾，总之，所有的镜头都是断断续续的，唯有记下了这位叫孙小萌的女教师，还有她靓丽的身影以及不断地唱山歌的声音。

“这不就是电影《刘三姐》里的那个刘三姐吗？”安卫东暗道的同时，心里就有了一种异样的感觉。

聪明美丽的孙小萌老师很快就感受到了安卫东的热情了，隔三岔五地，总会找一些理由来学校找她，说是商量给学生们做路外宣传的事。好像这些工作都是天大的事情，他必须每天来商讨一下工作的进展情况。

安卫东知道自己陷入了情网不能自拔，孙小萌银铃般的声音如同魔咒在安卫东的脑子里再也挥之不去了。孙小萌的爽快和热情，深深地吸引住了他。他有时也很奇怪于自己的感觉，为什么他对孙小萌的感觉竟然和他当年对王秀文那么的不同。对王秀文他曾是迷恋的，迷恋于她身上的那种文静和淡雅。但他对孙小萌却不仅仅是一种迷恋了，孙小萌泼辣、率真、单纯、热烈的如同一团火将他的内心点燃了。

孙小萌早就从安卫东的眼神里明白了一切，这个年龄的她敏感是一方面，再说，她已经遇到了许多暗恋她的人，甚至直接向她表白的人，有同学有朋友也有同事。回到家里，身边的亲戚也都热情地给她张罗着介绍对象，所以，当一个男人对她暗含什么样的念头时，她总能立即捕捉到，而且是八九不离十。她之所以假装搞不懂装糊涂，不去配合，是因为她自己对这个男人没有感觉罢了。可是，这个安卫东，说正不正，说斜不斜的，让她却有了别样的一种感觉，这种感觉，她一时间竟然也说不清了。是喜欢他这个人还是好奇他讲的故事？孙小萌也搞不懂了。

平大伟和韩主任他们也捕捉到了安卫东的变化，一有时间就不见人了，可是，只要到学校，就准能找到他。安卫东还义正词严地告诉人家，他的工作是多么的重要，路外安全宣传必须从娃娃抓起。因为，娃娃是祖国的未来，他的工作不是针对一两个孩子，而是整个国家。孙小萌是老师，所以，他必须要和小孙老师时刻保持联系，认真商讨不同时期的宣传方案。这是一项十分重要的工作，他必须很好地落实下去。

韩主任和平大伟也很希望安卫东能够心想事成，他们也都熟悉这位叫孙小萌的老师，是刚分配来不久的中专生，川妹子，活泼能干。如果她能和安卫东成，对他们车间来说，其重大意义就不仅仅是个男大当婚，女大当嫁的事了。大龄青工找不到对象的问题，一直也是韩主任和平大伟他们头痛的一件事情。平大伟经常看到一些青工兴高采烈地带着女朋友来工区玩，可是人家一来这儿，在这巴掌大的天地没转一圈，本来笑逐颜开的脸一下子就阴沉了下来，有的竟然当天坐慢车来，连夜扒货车就走了，说啥都不待。人走了，再也不来了。再看小伙子，本来是喜气洋洋、喜笑颜开的，转眼间便是阴云密布，一连几天都是无精打采的。

有一天，平大伟路过黑水河时，突然听见不远处有人打斗的声音，这让他大吃一惊。顺声音跑过去，一看，河滩上果然有两个青工正扭打在一起。连撕带抓使劲拧的，就跟俩农村大嫂开架一样，看似很猛，好像要吃人哩，其实没什么杀伤力，又不会使巧劲儿，只会费笨力气，早已是强弩之末了，弓个腰在那里大喘气。半天了，你朝天上挥一拳，我向地上踢一脚，没了一点的力气，可还不休战，好像今天一定要整出个胜负来才行。

平大伟是哭笑不得，冲过去，大声喊道：“住手，你两个快住手。”同时，将他两个使劲一拽。平大伟未承想，这两位早已累得成了一摊泥，他这边伸手一拽两人就顺势坐在了地上，背靠背，喘着粗气，还不忘抬抬胳膊做个动手的动作。

“行了，行了！就你俩这身段还打架呢，意思意思就行了。”再等平大伟看清是谁时，更是气不打一处来了，一个是小郝，一个是文国安，没想到，两个老实人也干起架了。

“你俩咋回事，咋回事？好好的，咋就打起来了，咋，你两个也给我添乱了。咋回事，说，到底是咋回事？”平大伟急了。

两人低着头，既不互骂互吵，也不解释，任凭平大伟在那里怒骂，这让平大伟更奇怪了。

说了半天，两人一句话不吭，似乎不是说他们，而是千里之外的别人，跟对牛弹琴没两样，等把平大伟喊得没劲儿了累了，人家二位倒休息好了。

平大伟见状，无奈地长出一口气，说道：“你俩先回吧，我告诉你们，这事没完，你们回去先写个检查再说。”

听了他的这句话，两人彼此看了一眼，转身将扔在地上的衣服拾起来，拍了拍身上的土，肩并肩地走了。这下可真把平大伟搞糊涂了，打架的事情他见多了。以前，好不容易拉开后，还要彼此不服气地对吵一阵，好说歹说半天，才各自回府等待处理。今天倒好，好像压根儿什么事都没有发生似的。

平大伟知道这事蹊跷，必有隐情，他想了想，决定还是先冷静观察一下再说。等回到办公室，见韩主任坐在那里，不等他张嘴，韩主任张口问他，又去哪儿了。

他说他去烈士陵园看了看，今天一去看，那里的坟草又长起来了，准备过两天再带青工去扫墓拔草。

韩主任没有接他的话，开门见山，说道：“春检结果下来了。”

“怎么样？”平大伟连忙问道。

“不怎么样。”韩主任把手中的帽子往桌上一丢，说道。

铁路春检就和农民春耕一样，春天来了，草长莺飞，万物复苏，到处充满勃勃生机的时候，就开始忙碌起来。对于铁路来说，这时候各部门就要对线路、电网、列车以及各种设备、设施进行一次全面检查整修工作。

他们这些工务部门的职工，就要全面开始线路的维修、保养，一寸不落地全面整治桥梁、隧道，清理沿线环境。

韩主任这一段时间确实是累坏了，不管是白天还是黑夜，带着他的兄弟们，对管内设备设施进行了全面排查。对检查发现的问题不但要处理，还要进行定期回检，任务量极大。但由于当年线路基础太差，每次春检轨道车测试，他们的分数都不是很高，这让他们非常着急，压力很大。

听了韩主任的回答，平大伟感觉自己的心沉甸甸的，他深知，作为一名铁路职工，守护着这千里铁道线的一段，对他们来说，就如一名军人，衡量一名军人的标准不是军服穿得多帅，而是杀敌多少。同样的对一名工务系统的铁路职工而言，质量安全才是最终的评判。线路质量提不上去，说什么都没有用，说得再好写得再美，也写不出底气和脸面啊。

他没有说话，走到窗前向外看去，刚好看见吴大顺从窗边走过，正往坡上走，平大伟不解地说道："嗯？老吴不是回家了吗？怎么又在这儿转悠上了？"

"嗯？没回？不会吧，假都批了啊。"韩主任也不解地说，接着又说道，"这两天真够他受的了，他媳妇刚做完手术，他母亲又住院了！"

听了韩主任的话，平大伟对着窗外大声叫道："吴工长，吴工长！"

正往坡上走的吴工长站住了，扭头往这边看。

"吴工长，你来一下。"

吴工长听了平大伟的召唤，迟疑了一下，转身向这边走来。吴工长现在正是不惑之年，最近可真是尝到了人到中年的压力，媳妇儿刚做完手术，母亲也进了医院。

前几天得知吴工长母亲住院的消息后，韩主任批了他几天假，让他赶紧回家尽孝道。可是，才没两天，今天就见这老吴又在工区晃悠上了，这让韩主任一时也搞不懂了。

一会儿，门外传来了脚步声，接着就走进来这个干瘦但很利索的吴大顺，张口说道："书记，韩主任，你们叫我？"

"吴工长，坐，先坐。"平大伟示意他先坐下。

韩主任张口问道："老吴，不是批假让你回家了吗，你咋还在这儿啊。"

吴工长苦笑一下，说道："这春检刚完，事情这么多……"

"行了，行了，你以为地球离了你就不转了。你该走就走，这边还有我们嘛。"韩主任一下打断他的话，说道。

"有你有啥用，这线路质量还不是上不去。"吴工长嘴一撇说道。

"咦，给鼻子上脸了。给领导咋说话哩，一点不尊重领导。"韩主任眼睛一瞪，说道。

平大伟知道韩主任和吴工长的关系很好，两人说话就是这样，都不介意，便顺着自己的思路说道："吴工长，你该回家就回家，我们都在这儿，你放心吧。回去好好照顾老人和媳妇儿，单位的事儿不用你操心。"

吴工长张口答道："我已回过了。"

"回过了？不是准了你七天假吗！"韩主任一下子又急了。

吴工长头一低，没有再解释，他知道再解释也没什么意义。那天，等他赶到医院时，他母亲的手术已经做完了。

他在病床旁扶持母亲两天后，就坐不住了，想回工区。他和媳妇爱美商量，话才一开口，爱美眼睛就瞪起来了，说他太没有良心了，"老娘都这么大年龄了，才做了手术，你咋就好意思走？"

听了爱美的训骂，吴大顺低着头没再吱声。

爱美看着眼前的吴大顺，比上次回来时更黑更瘦了，心里也不是个滋味。自己一直没工作，全家收入全靠大顺一个人。大顺不管咋说，工作地点虽然远点，但每月的收入不仅能按时发，而且，比其他街坊邻居的工资相比都高一些，这让她不仅有了面子，也有了实力，最起码不为柴米油盐的花销发愁。

现在见吴大顺一脸无奈的样子，她缓和了一下语气，说道："大顺，我就想不通，你才回来两天就要回，人家也没有人催你，再说了，铁路也不是离了你就不开车了。一回来就急着走，如果我不是了解你，还以为你在外面有了别人了。你还别说，说不定你还真是外面有了狐狸精了，你要是那样，大顺，你太没良心了。我在家里里外外的，你在外面还找狐狸精……"

"行了，行了，咋说着说着就开始胡说了，什么狐狸精狐狸精的，让人家笑话。"吴大顺实在是搞不懂这女人的思路，说着说着就转弯换频道了，他赶忙打断爱美的话。

"那你咋那么急着走，我住院开刀怕你忙，都没给你说，这次老娘住院，你又急着走，你说说，你为啥，你为啥？"爱美是越说越来气，脸都憋红了。

吴大顺知道自己媳妇的脾气，好激动，血压又高，他只得耐心地说道："哎呀，这还用我说？你能不知道，这还不是因为我的这份工作？既然咱干着这个活，拿着人家的工资，咱能不好好干，你自己说说，咱家干啥不靠钱，钱从哪里来，不就是因为我天天工作吗。"

"那也不能这么急着回啊。"爱美的声音低了。

"咋不急着回，老娘病了，人家车间领导知道了，二话没说，就给咱批假让我回来，现在老娘手术做完了，剩下的就是调理休养了，我在家里也帮不上什么忙。可是，单位事儿还有一大堆，还有帮兄弟跟着我呢，咋说，我不还是个工长吗？人家领导考虑咱，咱也要考虑人家啊，将心比心。再说了，这假也不是白请的，是要扣钱的。"

吴大顺的这最后一句话，一下把爱美的所有怨言都噎回去了，这天天吃饭穿衣，还有这看病开刀，可都是钱啊，这每一分钱都是爱美心上的肉啊！她只是低着头，一脸的委屈，不再说话了。

“爱美，我知道你在咱家的贡献太大了，要不是你，咱老娘这事哪能这么顺顺利利地过去啊。你把家里操持好，我在单位工作好，咱工作好了，这火车跑得顺了，收入肯定就会更高，你说是不是？”

爱美被说通了，吴大顺母亲那边就容易多了。这天，他和爱美精心给老娘包了饺子，送到娘跟前，说道：“妈，你这做了手术我就放心了，医生也说了，你现在静养就好了。我想明天就回去，我们工区最近特别忙，现在事多人手不够，我不敢在这待时间长了，得回去盯着点。”

“怎么才回来就走啊？不能多住几天啊？”老娘知道大顺工作忙，只是舍不得儿子那么快就离去。

心怀内疚的吴大顺说道：“妈，你知道啊，你儿子现在还是一个工长啊，带着十几个人呢。那边，我老是不放心……”

“妈知道，妈知道，你安心工作吧！家里有爱美，你就放心吧！”老娘没有让他再往下说，知子莫如母，母亲知道大顺放心不下他的那些设备、那些工作。

第二天，吴大顺辞别了家人，赶往秦巴山，可人坐在火车上心里再也静不下来。他太清楚了，别说是他离开工区七天，就是十年，工区也会正常运作的。可是，人总得有承担，既然自己来到了这里，他就应该对得起这份职业对得起这份信任还有他手下的十几个兄弟。只要是个大活人，总得有点荣誉感的，不能让人指着后脊梁骨说这人太自私，啥都干不成，让人瞧不起啊！

平大伟面对这位实诚的吴工长，一时竟语塞了。觉得自己再说啥都没劲儿了，可总得说点什么啊，正在搜肠刮肚找合适词的时候，吴工长又说话了，“我就这操心的命，回去了心里也惦记着，还不如来这儿转转呢，趁着这次春检，把以往的小缺陷好好拢拢，这些大铁疙瘩转起来也得劲儿了，咱也就放心了！你们没啥事，那我先走了。”

说着，站起身来走了出去。

十五

当平大伟知道了那天小郝和文国安打架的原因后，他震惊了。

原来，这两个年轻人同时喜欢上了一位女职工刘瑞。小郝和文国安都是同一个工区的，而且还住在同一个宿舍，本来两人关系还不错，有啥说啥的。这天，小郝拉着文国安要喝酒，文国安说："还敢喝？韩主任才禁止喝酒，你就顶风作案啊。"

前几天，这帮年轻人又酒后打架，韩主任一气之下，让他们禁酒三周。

"你说啥啊，咋能是顶风作案呢，这词你也敢用。"小郝大嘴一撇，不屑道。

"那不是顶风作案是啥？还能是锦上添花？"文国安又跟了句。

"行了，行了，没文化就是没文化，别在这里瞎用词让人笑话了。"

"那你说是啥？"文国安问道。

"我这是犯上作乱。"

不等小郝说完，文国安一阵大笑，说道："哈哈，你啊，还不如我呢，肯定是小学没毕业。"

"好了，好了，你以为我和你讲相声呢。就喝个酒嘛，悄悄地，不给别人说地干活。我这儿有好酒，你没喝过的。"小郝得意地笑道。

“你那儿能有啥好酒？尽拿些劣质酒骗我。”

“咦，越说你越来劲了，我啥时候拿劣质酒了。再说了，给你喝酒就不错了，来，尝尝我这问道仙酒。”说着，小郝就趴在地上，在床底下掏了半天，边掏嘴里还在念叨着：“咦，咋不见了哩？咋不见了哩？”

蹲在旁边的文国安眼睛一瞪，说道：“啥意思，咋，是不是怀疑我给你偷喝了？”

“绝对有可能。”

“你……”

不等文国安把话说完，只见小郝从地上爬了起来，手里拿个酒瓶，兴高采烈地说道：“你啥你，来，闻闻，这酒香，馋死你。”

文国安眼睛一亮，抓过酒瓶，兴奋地笑道：“行啊，你还真有好东西啊！”

“那当然了，咱是高人不露，露不高人。去，把你藏的腊肉拿出来。”

“啥腊肉？”文国安眨巴着眼，问道。

“行了，别装了，你以为我不知道，就在你的箱子里藏着呢。”

“咦？你咋知道的？”文国安吃惊地问道。

“这还用问，闻都闻到了。”小郝一摸鼻子笑道。

“你这个狗鼻子啊，啥都瞒不过你，我还想等中秋时咱们吃呢。”

“行了，行了，好东西要尽快享用，留着不用，就是犯罪，这是真理。以后长点记性，我这鼻子猎犬都比不过，以后少给我乱藏乱塞的。你先把门关紧了，别让那帮小子闻到了，要是让他们知道了，韩主任收拾咱俩是小事，就这点酒，这点肉，他们连塞牙缝都不够。”

两人说笑着，把房门关严了，窗户紧闭了，这才打开酒瓶盖。那边，文国安从箱子底下也把藏匿了好多天的腊肉拿出来了。虽然有桌子，但两人怕外边人透过窗户看见他两个在喝酒，和他们抢。两人认真一商议，最后智慧的结晶诞生的好办法就是两人席地而坐，把酒倒在了茶缸子里，就喝开了。

喝着喝着，两人就喝到八成了，又是肝脑涂地，又是肝胆相照的，嘴都把不住门了，想啥说啥，恨不得把心掏给对方，胸脯拍得叮当响。

小郝瞪着都喝红了的眼睛，打着酒嗝给文国安发毒誓，“国安，咱哥儿俩不说了，这一辈子就是亲兄弟，不对，赛过亲兄弟，你的就是我的，我……我的还是我的，不，不对，你的还是我的。咱俩就是桃园三结义。你说我说得对不对？”

“对，对，绝对，绝对对，喝，喝，我，我先干了……”文国安一仰脖，又喝了一大口，舌头更短了。

“对了，兄弟，老兄，国，国安兄，我告诉你，你一个秘密吧。”小郝故作神秘地说道。

“啥，啥秘密？告诉我，我给你保，保，保密。”文国安闭着眼睛随着说道。

“我，我，我他娘的有女朋友了。呵呵……”小郝得意地笑道。

“真的，假的？我咋，咋，不知道。”文国安还是闭着眼睛问，六十二度的问道仙酒喝得他都睁不开眼睛了。

“这能有假，假，假了？喝，喝了这一口我告诉你。”小郝举着茶缸子自己先喝了。

“谁，谁啊？”

“你，你，你认识。”小郝一口烈酒下肚后，晃着脑袋又说道。

“谁，谁，谁啊？”文国安茶缸子没抓紧，酒洒了一半。

“你，你，你他娘的，这酒是，是好东西，粮，粮食精，你，你注意点。再倒，倒出来，不，不给，你喝，喝了。”小郝又生气又心痛地说道。

“谁，谁啊？”文国安也不管酒洒到了身上没有，继续闭着眼睛问道。

“你，你，你把，把眼睛睁开，中，中不中，老闭着眼睛想啥哩。”小郝很不理解这文国安眼睛老闭着，跟眼前没他这个人似的，这让他很不爽。

文国安还是那个动作、那个问题，继续无精打采地问道：“谁，谁，谁啊？”

“你，他，他，他娘的，你是，是不是，喝，喝多了，咋就，就转不过，过弯了，老，老是，这，这个，问，问题。告诉你，你吧，刘，刘瑞。”小郝被文国安弄烦了，再不想卖关子，张口说道。

“哦，刘，刘瑞啊。”文国安闭着眼睛喃喃地重复道，突然，他的眼睛猛地睁开了，大声问道，“你说啥？谁？”

文国安一声断喝，把小郝差点吓一跟头，好在本就坐在地上，否则，肯定一个屁股蹲儿。

“咋咋，咋，咋了，犯精，精神病了。”

文国安没理他，继续问道：“她啥时候成你女朋友了，你俩啥时候谈的？”

文国安这时舌头也不短了，眼睛也不闭了，瞪着一双小虎眼死盯着小郝厉声问道。

他这架势还真把小郝给吓住了，酒也醒了一半，也不敢胡吹了，说道：“你，你管哩，不告诉你。”

“你敢不告诉我，快说！”文国安上前一把揪住了小郝的脖领子。

“你咋了，咋了，喝，喝多了，是，是不是？”小郝到现在也没有搞明白文国安咋就疯了，还要打他。刚才还肝脑涂地为兄弟，咋，一个页码还没有翻过去，就要打他。这让他的心都快要裂了，一个劲儿地心疼他的那个问道仙酒，真是白喝了。本来想喝个酒，吹吹牛，现在倒好，牛还没有吹尽兴，就不让吹了，这酒不就白喝了。

“快说！”

小郝一看这势头再不说，文国安真就要动手了。他倒不怕动手，问题是他还没有弄清楚咋回事，于是，他很委屈地反问道：“啥啊，你问啥啊？”

“你刚才说谁是你女朋友？”

“刘瑞，咋了？”小郝不解地回答道。

“哪个刘瑞？”文国安声音更大了。

“咱工区的啊。”小郝是越回答越糊涂。

“你俩啥时候谈的？”文国安的声音里透着绝望和愤怒。

“正准备……”小郝底气一下不足了，悄声答道。

“啥？”

“你声音小点，正准备，正准备谈。”小郝的声音更低了。

“她啥态度？”

“啥啥态度？”小郝也蒙了。

“她同意了？”文国安脸涨得通红，也不知道是喝的还是急的。

“我咋能知道呢？”

“啥！你不知道？你咋能不知道？不知道你俩咋谈的。”这让文国安一下糊涂了。

“我还没给她谈哩，我咋能知道她的态度啊。”小郝很无奈地答道。

“啥意思？咋！你是一头热？”文国安一头雾水地追问道。

“一头热咋咧？”小郝很不服气地说道。不过，他的这一句话，让文国安是全搞明白了。听完了小郝的回答，文国安身子一下就软了，刚才像一头雄狮，现在好像一下被抽了筋，瘫倒在小郝的旁边，一阵朝天大笑，说道：“娘的，你早说啊。”

“咋了？”小郝猛地坐起来，继续问道，“你俩咋了？”

“俺俩咋也没咋，我跟你一样，剃头担子一头热。”文国安望着天花板答道。

“娘的，那你给我急啥？”

“我怕你先下了手，这刘瑞我先看上的，我先上，你悄悄地后边站着吧！”

文国安说话的态度一点儿没有开玩笑的意思，这下让小郝急了。

“凭啥？不中。”

“中也中，不中也得中，你又打不过我。”文国安斩钉截铁地说道。

“你，你，你太不够意思了。”小郝越发感觉又是委屈又是没道理。

“啥都好说，这事不中，没有谈判的余地。”

“谁和你谈判了。我先说的，这事得我说了算。”

在酒精和爱情的双重作用下，瘦小的小郝再不甘心示弱，主动提出既然说不通，干脆摔跤比武，谁赢了谁就先向刘瑞表白。

于是，就有了那一天平大伟看到的那一幕。

自己的青工为了爱情竟然选择决斗，让平大伟这个书记一时间心潮澎湃了。对于决斗，喜欢读书的平大伟是知道的，这是欧洲旧时的一种习俗，当两个人争执各不退让时，就约定时间、地点，请证人到场，然后用武力决定最后胜负。在历史上因为决斗而命丧黄泉的伟人们更是举不胜举，著名的有俄国诗人普希金、莱蒙托夫，意大利诗人菲利斯·卡罗·卡瓦洛蒂，还有天才数学家伽罗华，这位二十一岁不到的天才数学家，在一场“因爱而生”的决斗中，以“俄罗斯轮盘赌”的方式结束了自己年轻的生命。但这些，毕竟早已镶嵌在历史厚卷中的沧海一页了。可是，在今天，他的车间里竟然有青工为了爱情去决斗，这让他这个做书记的再也坐不住了。

男大当婚，女大当嫁，这是天经地义的事，如果这事得不到解决，人心思走，谁会有心去工作。可问题是这找对象可不是买菜啊，更不是一方同意就能解决的事情。

铁路职工在当地本是响当当的，收入有保障，铁饭碗不说，福利待遇也好，那些年，有自己的学校有自己的医院。开始时，给这些青工介绍对象的媒人相当多。女孩子见了这小伙子一个个俊朗帅气的也十分满意。可是，等到了工作地点一看，十个中有九个都黄了。说，那是什么工作啊，就拴在一弹丸大点的地方，一个月见面就那么几天，说是结婚实则跟住旅店似的。家，家顾不上；人，人见不上，什么都靠不住，才不守活寡呢。于是，高兴而来，败兴而去。媒婆两头跑得腰痛，最后，连个鞋钱都挣不上，也懒得来了。

平大伟再一联想到自己，不也是光棍一个，一人吃饱全家不饿。不错，他是在和王秀文相爱着，可是，这与结婚成家还有很大一段距离，不知道后面还有多少不定数等着呢。毕竟，王秀文北京家人的态度起着举足轻重的作用。他太清楚了，唯有王秀文的爱情是不够的，家人的支持与否，才最终决定爱情能否顺利地走进婚姻的圣殿。

但不管怎么说，这些青工们的婚事，他这个做书记做兄弟的不能光看着，他得助一把力。再说了，在这方面他是有经验的。车间第一个在秦巴山成家的小伙子，苗志邦的婚事就是他平大伟一手策划成功的。

这苗志邦人长得特帅，从小在街坊邻居的眼里就是那种根红苗正，懂事听话的好孩子。后来参军当了兵，在部队还是特种兵，立过不少功，复员后，分配到了铁路工作。

苗志邦来到秦巴山后，开始时，人家一看这么英俊潇洒的小伙儿，都热情地给他张罗着对象，可谈的再好的女孩子就是不能来工区。只要人家跟着他来到秦巴山，一圈转下来，没有人不跟他吹的。虽然，小苗和小苗的同事们给人家再三解释这只是暂时的，以后肯定会好的。可人家也说了，以后是多长时间？两年还是五年，还是十年？就是条件好了，可是，这个地方不会挪走啊，只要铁路在，只要列车跑，这个工区就会在，工区在就会有人在，有人在，他们就不会走。这就使得小苗和所有的青工一样，婚姻竟然成了一时难于解决的大事。

苗志邦本人倒不急，但把他的妈妈愁坏了，四处托人帮忙。可结果依然没什么眉目，老太太一着急住进了医院。检查结果却让这个家顿时崩溃了，小苗的妈妈竟然已是肺癌晚期了。

当老太太得知自己得了肺癌后，想在有生之年见到儿子成家的愿望更加强烈了。总算天遂人愿，也就在这时，小苗在医院陪侍母亲的这段时间里，和一位护士相识相爱了。

小护士叫王雨，长得眉清目秀的，她在与小苗的接触中，发现这个小伙子不但人帅，心地也很善良。不但尽心孝敬母亲，连周围一些病人有什么事需要帮忙时，他也是随叫随到。慢慢地她被这个脸上总是挂着微笑的小伙子打动了。她想，一个待人善良对生命负责的人，一定是一个可依靠的可以托付终身的人。当然，小苗也早已喜欢上了纯美干练的王雨了。但是，他不敢有太大的奢望，只是把这种喜欢悄悄地隐匿在了心底。几年间，一次次的相亲一次次的失望和没有结果，已让他对自己的婚姻没有自信了。

小苗的妈妈不用问，她从儿子和王雨之间对视的那种眼神里早已读懂了两个年轻人的心事，她在欣喜儿子和王雨之间产生的彼此的两情相悦时，急切地盼望两个年轻人在此期间就把关系定下来。要是那样的话，她甚至感谢病魔，感谢病魔让她因为生病而成全了儿子的婚事。因为有了这种想法，那开始时因得知自己患了肺癌而产生的焦虑和痛苦竟然在为儿子的祈祷中淡忘了。

这天早晨，母亲趁王雨还没有上班，悄悄地把小苗叫到跟前，轻声说道："苗子，王雨这姑娘真不错啊，你看，人家为我的事跑前跑后的。"

小苗点了点头，没有说话。

"王雨这姑娘可是千里挑一，万里挑一啊，她要是做了我的儿媳，我就是到了九泉之下也高兴啊。"

"妈，你说哪儿了。你不要说这样的话，行不行？"小苗不愿意听到妈妈说什么九泉之下这样的话，这种话让他听了，心里针刺般的难受。他知道母亲的病，更知道母亲的生命不会很长，这让他的心天天重重地压着。

小苗是独生子，父亲去世早。当年，妈妈害怕给孩子找了继父对孩子不好，便一直独身至今。小苗长大后逐渐地理解了母亲当年为自己做出的牺牲，这让他对妈妈的感情更深了。

虽然，他也知道生老病死是大自然的规律，可是，一想到生他养他的母亲不久于人世，这让他每次见到妈妈时，心都是疼痛的。他很害怕，他很怕那一天的到来。

每天，在母亲的面前，他都装得很轻松、快乐的样子。但是，当夜深人静，孑身一人的时候，那种无助与无奈让他彻夜难眠。好在，这段时间身边有了王雨，很奇怪，他发现王雨只要在他的身边，他就有了一种——让他自己来说，就是那种很安全很舒服的感觉，焦急的心情也变得轻缓了。每一个早晨，当他走进病房见到向他微笑打招呼的母亲，悬着的心落下来的同时，他就特别想见到王雨。而当王雨身着白大褂轻盈而来，款款地站在他和妈妈的面前来查床送药打针时，他的心跳动得就更快了。

这种感觉很幸福也很痛苦，幸福的是他有了自己深爱的女孩子了，痛苦的是他知道他们之间不可能有任何结果。刚工作那段时间里，人家给他介绍了一个又一个的女孩子，可是，当她们看到了他工作的环境后，又一个个地转身离去了。尽管，被拒绝的感觉是尴尬的，但那时的他还没有这种彻骨的疼痛感。当然，苗志邦并不知道，以前的他之所以唯有尴尬没有痛，就是因为心里没有萌生真正的爱，更不知道爱情就是幸福中的痛。

今天，妈妈毫不掩饰地给他提出了这个他必须要直视的问题，瞬间，小苗感觉自己的嗓子眼里像堵了一个什么东西似的难受，妈妈的病情妈妈的心愿，自己的无奈就这么一下子纠结在了一起。但是，作为儿子的他却不能给妈妈一个明确的答复，唯有眼睁睁地看着妈妈失望地离去，那一时刻，他的眼泪差一点流出来了，他强忍自己内心的伤感情绪，连忙转换话题，说道："妈，我给你打壶水去。"

说完，转身匆匆地走出病房，一出门，他无力地靠在了墙上，眼泪再也止不住了，他索性任泪水畅快地流着。

走廊里，来来去去的人很多，每一个从他身边走过的人都看到了泪流满面的小苗，但没有一个人前去打扰他。能进入这个病区的病人或病人的家属，都知道得的是什么病，更清楚理解小伙子此时难于压抑的痛苦。于是，每一个人走到他跟前时都自觉地放轻、加快了自己的脚步。

过了不知道多久，小苗感觉有人在拍他的肩膀，他定睛一看，连忙用袖子擦了下自己的眼睛，艰难地挤出一丝笑容说道："平书记，吴工长，你们怎么来了？"

平大伟说道："我们来看看老人。"

"哎呀，真不好意思，给你们添麻烦了。"小苗连忙歉意地说道。

"你看你，说得什么话啊，咱们都是兄弟，这都是我们应该的，怎么是添麻烦啊？"说话的同时，平大伟从口袋里掏出纸巾来，递给小苗说道，"把眼泪擦干净了，别让你妈看见，坚强些。"

小苗听话地接过纸巾，擦干了眼泪，转身就要进病房，被平大伟一把又拉住了，说道："苗子，别急，让我再看看。"

平大伟很认真地端详了一下小苗，转身对吴工长说：“老吴，你看看，他的表情还算自然吧？”

吴工长上前也仔细地看了看，说：“自然着呢，好着哩。”

“嗯，好，咱走，苗子，你妈妈现在需要鼓励需要支持，特别是精神上的心理上的，你千万要给我注意了，别让老太太再有压力了。”

听了平大伟的叮嘱，小苗轻轻地点了点头。

三人上前推开了病房门，小苗故作兴奋地叫道：“妈，妈，我们书记和工长来看你了。”

小苗妈妈正靠着枕头半躺在床上打点滴，见平大伟和吴工长进来了，连忙要起身打招呼，被疾步上前的平大伟双手拦住了，笑道：“阿姨，您别动，别动，您就躺着，我和吴工长代表我们车间的全体职工来看望您了，祝您早日康复。”

“哎呀呀，咋把你们给惊动了啊，你们那么忙的，给你们添乱了。”小苗妈妈嘴上这么说着，但心里十分欣慰。

“怎么是添乱啊，阿姨，苗子是我们的职工我们的兄弟，您就是我们的亲人也是我们的妈妈啊。”平大伟说得很真诚，这让小苗听着心里暖暖的。

平大伟又把小苗在单位的优秀表现、同事们对小苗的高度评价都详细地给苗妈妈讲述了一遍，当说到他现在是工区的技术能手、业务骨干时，苗妈妈高兴地用手抹着不断流出的泪水，说道：“谢谢你们，谢谢你们，我们家苗子能这样，都是你们帮助培养的结果啊。”

吴工长在旁边连忙说道：“主要还是苗子自己悟性高，还有就是苗子肯下功夫，做事认真。”

小苗连忙谦逊道：“不是，不是，主要是吴工长教我的。他对我可有耐心了。”

几个人正聊着，这时，病房门开了，一个俊美的身影走了进来，接着就传来一个轻柔的声音，“苗阿姨，您今天感觉怎么样，好点吧？”

其实，还没等人走进来，小苗已经感觉到王雨来了，果然，不等他转身，温婉的王雨已经站在了他的身旁。小苗顿时感觉氧气不足，喘气也粗了快了，神态也不自然了。

王雨将手中的一个饭盒放在了床头柜上，笑道：“阿姨，这是我给您做的鸡汤，你一会儿趁热喝了。”

“哎呀，王雨，你这，你这，你看看，上班你为我忙乎，下班还为我忙乎，我这怎么感谢你啊！”苗妈妈愧疚但又欣喜地说道。

“阿姨，您看您，客气了吧，谁让咱们有缘呢。”说这话时，王雨的眼睛有意无意地扫了一眼小苗，她的这一眼，让在场的每一位都捕捉到了她眼中传递出的关爱。

等王雨出了病房，小苗的妈妈长长地叹了一口气，说道：“王雨这孩子要是能成了我的儿媳，我，我……”

小苗连忙用一连串“妈，妈！”的叫声，制止了她。

小苗妈妈再一次的一声长叹，把她特别想说的话咽了回去。

平大伟从他们三个人的表情、语气神态中，已经全然明白了。刚才，这个温婉柔和的叫王雨的女护士从走进病房的那一瞬间，空气中便弥漫着一种甜美的爱情。小苗说话的声音变得那么温和，眼睛余光始终停留在王雨的身上，当王雨走出房间后，妈妈的一声长叹，顿时让小苗浑身上下罩上了一股的无奈，这种无奈竟然让整个病房都抑郁了，抑郁得可以拧出水来。

相爱的人应该是幸福的，可是，小苗体会更多的是无奈，这种无奈来自于他不可把握和掌控的未来。小苗的这种无奈别人是不会懂的，但平大伟明白。他在小苗妈妈的一声又一声的长叹中，心情变得很沉重，他想他必须去帮助小苗，尽管在这方面他自己也没有多少经验。

苗志邦的妈妈还是没有等到小苗和王雨成家就走了，这亦成了平大伟心中最大的遗憾。

小苗回工区后，工作之余，帮助和督促小苗和王雨恋爱竟然成了平大伟的一个重要的心事。每当小苗因不自信而要打退堂鼓时，都被平大伟及时地阻止了。

平大伟给他打气，告诉他："你这么优秀，老天都不会忍心让你们散的，天遂人愿，情到深处自然成，一定要相信自己。"

然而，随着小苗和王雨感情的越来越深，相反地，小苗自己却更加不自信了，这种不自信让他痛苦和纠结，他找到平大伟说，他要放弃！

平大伟连忙问他："为什么？"

小苗沉默片刻后说道："我不想骗王雨。"

"你怎么骗人家王雨了？"平大伟一惊问道。

小苗低头不语。

平大伟厉声追问道："苗子，苗志邦，你给我说实话，你怎么骗人家王雨了？"

小苗不敢直视平大伟，眼睛向着窗外说道："王雨知道我是铁路职工，也知道我是养路工。可是，她根本不知道养路工是干什么的，更不知道我具体是怎么工作的。还有，她只知道我在秦巴山工作，可她根本不知道这里是个什么样的地方。我爱她，所以，我不能害她。你说过，不要去骗一个对你好的人。"

听了小苗的回答，平大伟半天没有说话，过了好久，他才缓缓地，语气平静地说道："苗子，我不明白你咋会这样想。你爱她，怎么能是害她呢？"

平大伟端起茶缸子喝了两口水，理了理自己的思路，继续说道："咱这里条件艰苦，没错！但你四处看看，苗子。我们不是每一天都在为改变这里的生活条件而努力吗？那山底下即将建成的宿舍楼，还有那正在改建的车站站台，这不都是在翻天覆地地改变着吗？只是这一切都需要时间。我相信王雨的眼光，我更相信王雨对你的爱，她选择你，是因为你这个人。有句话说得好，只要相爱的两个人在一起，哪里都是天堂。”

平大伟说到这里感觉自己亦热血沸腾了，他想到了王秀文，他赶紧调整了一下自己的心情，点燃一根香烟，停顿了片刻，才继续说道：“咱们是有不少职工的女朋友自来了工区后，走了，就再也不来了。其实，那是她们的狭隘。我相信王雨的格局，你更要自信啊。苗子，不要再多想了，既然你害怕王雨会离开你，既然咱心存胆怯，那么，咱就勇敢地面对一次吧。再说了，你有什么权力去替王雨做出决定？”

“怎么面对？”小苗眼睛一亮问道。

“请王雨来我们这儿玩。”

“这……”

其实，王雨已经好几次提出要来工区看看了，但都被苗志邦婉言拒绝了。因为，他害怕王雨来了，走了，就再也不会来了。

他知道这一天总是迟早的事，但他幻想着能推后一天就推后一天吧，他真的不愿意失去王雨。但是，心存的一种愧疚感，让他不得不做出一个痛苦的决定，放弃爱情。既然他爱王雨，就要放弃，哪怕心被撕裂，他不能欺骗王雨。尽管，这种欺骗是深怕失去的隐瞒，但依旧是欺骗，欺骗一个深爱自己的人是可耻的。

当他把这个痛苦的决定告诉了平大伟时，平书记却让他勇敢地面对——是啊，自己有什么权力去替王雨做出决定？

“爱，就不能轻言放弃！那将是对爱情的亵渎。”平大伟在说这些话时，既是给苗志邦说的，也是给他自己说的。

真正的爱，不求轰轰烈烈，只求不离不弃！

十六

王雨很高兴很痛快地接受了小苗的邀请，王雨还埋怨小苗，怎么现在才答应叫她去啊。

小苗解释说前段时间太忙了，这两天才算好一点。

王雨从金州坐慢车来到了秦巴山车站，一下火车，她就惊呆了。她没有想到站台上站着那么多的人，都是小苗的同事们，小苗站在最前面。看着这一张张真诚的笑脸，还有周围绵延不断的高山，聪明的王雨悄然间明白了一些什么。

平大伟亲自陪着王雨，和小苗一起在整个站区转了一个大圈，还将王雨特意领到了即将完工的宿舍楼，还有正在改建的车站站舍，以及小苗平时工作的工地，最后，领着王雨来到了会议室。平大伟指着墙上的锦旗给王雨笑道："我们把这些红旗挂在这里，可不是显摆啊，就是想告诉每一位来咱秦巴山的朋友，这就是我们工作的缩影，进取的见证哟。"

王雨一直没有说话，自从她下车到现在，她越来越明白了苗志邦为什么一直不让她来的原因了。说实话，小苗的工作环境的确让她太失望了。和小苗相爱以来，她早从小苗的口吻中能够或多或少地感觉出他的工作环境不是很好。知道小苗是在一个沿线小站上工作，工作枯燥，生活条件很艰苦。但那时只是一种感觉而已，没有真正的体会。可是，当她实实在在地站在这里了，她才明白了铁路职工完全不是她心中所想的那样了。

对于共和国交通的畅通无阻来说，小苗他们是伟大的，就是因为他们的默默承担，构建了海陆空交通的快速发展。但是，相对于一个家庭，小苗他们承担得太少了，嫁给一个铁路职工意味着自己将付出得更多，为这个家承担的责任更大。

王雨的心犹豫了，她毕竟是一个女孩子，她嫁给一个男人，除了爱他，她还需要一座山，一个可以随时依靠的臂膀，一个可以让她避风浪的港湾。可是，嫁给小苗呢，当她下了夜班，在夜深人静的小道上匆匆往家赶时，即使她不渴求小苗能够天天去接她，但哪怕能在家里给她点亮一盏灯，能让她在漆黑的夜里感受到家的温暖，这就够了。但王雨知道，这一点点的渴望，对她来说亦将是一种奢望了。

她不知道面对爱和现实，自己究竟应该做出什么样的选择，才是正确的。

王雨的沉默，让小苗的心从纠结到希望的彻底破灭。但不知道为什么，破灭的这一刻，他竟然有了一种解脱后的快感，他很吃惊自己会有这种感受。他太爱王雨了，他知道自己不能给予王雨所需要的一切，那么，就让她自由吧。其实，爱一个人就是要给她自由选择的空间。

平大伟把自己的办公室兼宿舍收拾得干干净净，并换上了崭新的床单被褥，晚上，让给王雨住，他则挤进了职工宿舍。本来，王秀文热情地邀请王雨，晚上和她住在一起，但被平大伟阻止了。平大伟的理由很简单，王雨是珍贵的客人，客人来了，就应该住在单间。

平大伟的这个理由，让王秀文感觉很新鲜，车间常来“客人”啊，可每次都和大家挤在一个宿舍的，毕竟，这里的房间太紧张了。

下午，为迎接王雨的到来，伙食团在安卫东、焦师傅、高师傅的共同努力下，拿出了自己所有的看家本领，在条件简陋的情况下，做出了丰盛的“菜肴”。

韩主任解除了喝酒的禁令，让大家放开了喝。职工们把自己平时攒的酒都搬出来了，白的红的黄的啤的，但细心的王雨很快就发现了，平大伟却不让小苗喝酒，只是一个劲儿地劝他喝水，说什么只要感情有，什么都是酒。

小苗很快就喝得肚子溜圆，一个劲儿地说：“喝饱了，喝饱了。”

大家伙儿还是不停地劝他喝，人家用酒，他用水，一杯一杯地敬，一杯一杯地碰，小苗想换成酒都不行。其实，此时的苗志邦就想喝酒，他已经知道了自己和王雨的结局，他只想好好地大喝一场，让他尽情地醉去。可是，不但是平书记，就连那些兄弟们也好像商量好了似的，怎么也不让他喝，倒是灌了他一肚子的水。

这晚是秦巴山工务车间的节日，除了值班的，在家的所有兄弟们都尽情地放开了。安卫东喝到极兴处，为大家高歌一曲，歌声将大家的心和激情都点燃了，在这样的一个夜晚，青春在燃烧。

直至深夜，大家才兴致未尽地散了席。

按照平大伟的提前安排，王雨住进了他的宿舍。平大伟今晚则和小苗住在了一个房间，收拾完，大伙儿也各自打了招呼，回到了自己的宿舍。

夜初静，人已寐，一片静谧祥和中。这是十二月份的秦巴山，白天就已寒气逼人了，到了晚上，轻盈的雪和着夜的舞曲来了。随着雪花的缓缓飘落，整个大地银装素裹，夜空则如浓稠的水墨，深沉得化不开，唯有站台和工区门口的灯光，让这个夜晚显得更加的冷寂了。

半夜，好不容易才睡着的小苗就被一泡尿憋醒了。会餐时，他被灌的水太多了，内急之下的他随便披了件上衣就拉开了房门。门一开，瞬间，一股冰凉的风就迎面扑来，迟疑一下，他咬着牙匆匆地跑到了外面。厕所离宿舍不远也不近，本来，他可以在离宿舍不远的树下就地解决，但自从平大伟提出树立秦巴山好形象活动后，晚上男职工随地小便首先作为一个重要的考核内容。平大伟的理由很充分，杜绝随地小便这是一个文明社会文明人最基本的素质，这一点都解决不了，别的事更别提了。尽管，开始时还有一两个男青工偶尔违规，但只要触犯一次就要在党课上做一次检查，两三番博弈，现在全已杜绝。

尽管天寒地冻，雪花飘飘，但小苗还是咬着牙一口气跑到了厕所。等解决完内急，一溜烟疾跑回来，到了宿舍门口再推门时，他突然发现房门已紧紧地关住了。

他赶紧上前敲门，可是，房门紧闭，他轻轻地在门外唤道："书记，平书记，我，小苗，把门开一下。"

可是，屋内没有一丝的声音，他再敲还是没有任何声响，这下小苗急了，寒夜的冷让小苗的声音从急切到了发抖，"书，书记，快开门，快开门，开门啊。"

仍然没有一丝的声音，院子里寒风习习，雪下得更大了。难于忍耐寒冷的小苗转身去敲别人的房门，但是，所有的宿舍门都冷冷地关着，没有声音，也没有人来开门。这是个小院，几间简单的平房就是小苗他们的宿舍了。这门不开，小苗只能无所依靠地待在院子里，山里的冷裹挟着一阵又一阵冰冷的湿，让小苗再也受不了了，敲门声和叫门声更响了。他的叫声在这样的一个寂静的小站上，显得凄然无助，但工区宿舍却依然静寂无声。

雪落在小苗的身上，很快，他就成了雪人，但小苗始终没有去敲王雨的房门。就在苗志邦已经绝望得不知道该怎么办的时候，平大伟办公室兼宿舍的灯亮了，接着，门打开了，门口站着王雨……

第二天，王雨还是走了。

但不久，王雨来信告诉小苗，她已经说服了自己的父母，同意她嫁给他，嫁给一个秦巴山铁路人。因为，苗子能在这个富有情感的集体里，她很放心。

平大伟深知，这种方式只能用一次。用这种方式留人不是长久之计，也放不到桌面上，但通过这件事，让平大伟坚信了这样的人生道理：事在人为！

不过，安卫东在这方面比平大伟他们料想得要出彩多了，他和孙小萌间就跟点燃的汽油桶，瞬间就炸响了。孙小萌的性格很像重庆的麻辣火锅，要麻要辣必到极致，不喜欢拐弯抹角，黏黏糊糊，遇到不喜欢的，追得再凶，她都是NO、NO、NO，可是，一旦逢上了她心仪的了，那孙小萌就如同燃烧的火焰山直接就把安卫东烧烤得豪情万丈。

孙小萌打小就心怀梦想，想找一个浪漫的但又心怀英雄豪气的白马王子，骑着马带着她，行侠仗义，浪迹天涯，朋友遍天下。安卫东从小就喜欢看些崇尚侠客英雄的小人书，记忆力又好，和孙小萌在一起时，一会儿讲三侠五义，一会儿讲秦琼秦叔宝，一段时间下来，把孙小萌崇拜得不行。安卫东在给孙小萌讲这些大英雄的时候，时不时地把自个儿也想象了进去，一会儿唐朝，一会儿明朝，弄不弄地还穿越一下《封神演义》，又把他当年欺负人打架的事，经过他的再创作重新演绎搞得跟个打抱不平、匡扶正义的大侠似的。孙小萌看他的眼神都变了，如同看一个从沙场归来的大英雄，这让安卫东自己都越发地仁信义正了，就像换了一个人，以前那种跟吃了摇头丸似的，走起路来横七竖八的样子也一改成昂首挺胸了，待人处世更是有板有眼的了。

十七

时间跨入了九十年代，这又是一年的雨季。

平大伟他们养护的这条铁路是一条连接西南、华中地区的重要黄金干线，因沿线山重水复，汛期常是“海陆空”交叉作战现象，洪水肆虐冲毁设备，山体坍塌落石。有道是，怕啥来啥，一场暴风雨袭来，车间整个管辖的线路全被摧毁了，连一百二十八吨重的一座铁桥，也被泥石流卷走了。

狂风骤雨中，平大伟和韩主任分别带着抢险小分队赶赴险情最为严重的地方。此时正值黑夜，汉江水位暴涨，肆虐的洪水翻过护堤，冲进了吴工长金州铁路小区的家里。妻子路爱美拽着年幼的儿子铁蛋，扶着颤巍巍的老母亲，哆哆嗦嗦从齐腿深的水里蹚出家门，来到金州火车站，打通了吴大顺的电话。

“大顺，咱家水淹了，咋办啊?”路爱美着急地叫道，声音里满是无助的哭腔。

“你先别急，别急。”吴工长一时想不出个办法，只得用语言劝慰道。

“你看你，我咋能不急呢，我们现在连住的地方都没有了，咋能不急?”路爱美一下打断了吴工长的话，喊道。

“爱美，爱美，你先稳稳，先稳稳，咱妈好着哩吧，铁蛋呢?”吴工长不放心老娘和儿子。

“都好着哩，你赶紧回来吧，咱家都淹了，你赶紧回来！”路爱美下了命令。

“哎呀，爱美，这时候我咋能回去啊，我这时候回去了，那在战场上，是要被枪毙的。”

吴工长的一句要被枪毙的，还一时真把路爱美吓住了。路爱美也忘了，吴工长现在早已不是军人了，已退伍多年，这里也不是战场，但吴大顺的语气比战场还紧张。路爱美一时间不知道咋办了，忙问道：“那你说俺咋办吧？”

吴工长话哽在喉咙里，半天才说：“你先去你妹家吧，她家位置高。”

吴工长的一句话，倒提醒了路爱美。刚才连吓带急的，早已没了主意，一时间连自己的亲妹子都忘了。有了归处，心里稍稍安稳了些，但一想到被水淹的家，心里又火烧火燎的了。

“咱家咋办啊，东西都在水里泡着呢？”

“现在你还管那些干啥，留得青山在，不怕没柴烧。水肯定会流走的，到时候咱再置办啊。你们安全第一，赶紧走吧。我这儿忙着呢！”

此刻，吴大顺正站在车站值班室里，他知道，线路发生了严重水害，从不断的消息中得知，很多的线路都被洪水冲毁了。当然，他最清楚的是，今天晚上，他母亲还有爱美、儿子只能待在风雨中了。他所说的去妹妹家住，只是一个安慰一个托词，自己家都成这样了，她妹妹家又能好到哪里去？

吴大顺知道自己毫无办法，他就是想回去，也没有回去的路啊，再说了，他这时能回？谁家现在没事？养兵千日，用兵一时，这时谁敢脱离工地逃跑回家，那就不是素质的问题了，直接就地处置了。

他的不远处站台上是早已劳累过度的平大伟和安卫东，他们正在那里等待着轨道车的到来，刚刚又接到抢险通知，三公里处又有一处险情。

轨道车停在了站台上，平大伟回头望了一眼瘫坐在泥水中的兄弟们，平时个个虎虎生威的小伙子们，现在都坐卧在雨地里，疲惫不堪。平大伟知道他们和自己一样，没有睡过一个安稳觉了，几小时前他们才刚刚完成一处抢险任务，疲乏地刚赶回工区，这又接到新的抢险命令。可是，铁路是什么，就是半军事化，灾情就是命令，时间就是生命。他狠狠心，一咬牙，大声叫道："兄弟们——共产党员跟我来！"

说完，他第一个跳上了轨道车，等他回头再看时，没有一个兄弟落下，随着汽笛长鸣，轨道车冲进了夜幕中。

轨道车走走停停，很快就跑不动了，大家提着、背着、扛着设备从轨道车上下来，艰难地行进在已被冲得乱七八糟的轨道上。

除了粗粗的喘气声和重重的脚步声，还有时不时地谁一不小心摔倒的声音，就是风雨声了。

突然，平大伟听到耳边传来了一个声音，"什么共产党员跟我来！我们群众就不能来了，靠！"

平大伟不用回头看，他就知道是谁了，他没有说话，继续行进在风雨中。

黑夜里，器械和道砟的撞击声一直持续到清晨。平大伟、安卫东和他的兄弟们一个个蓬头垢面，像是从泥水里刚钻出来一样，唯有牙齿是白的，眼睛则是红的，那是因为布满了血丝。

抢险结束后，安卫东被提升为桥隧工区工长。

时光如梭，满山绿色的春天还没有尽情地感受，时间早已从天气炎热的夏季进入了遍山红叶的深秋。金秋时节，是硕果累累的季节，在这个季节里，平大伟和王秀文准备结婚了。

王秀文的父母，甚至她的亲朋好友们对他俩的结合开始时都是不看好的。但是，秀文的脾性，她的父母太了解了，当年，那么义无反顾，毅然决然去了陕西农村，那种倔强是几头牛都拉不回来的。当然，这只是一个方面，重要的是，王秀文每一次来信都在讲述着秦巴山的故事，而这些故事的主人公都是平大伟。对于秀文的家人来说，虽然，没有见过平大伟，但熟知已久，似乎早已成了他们家里的一分子了。

那天，秀文父亲的一席话，让大家都在沉默中不再反对了。秀文的父亲说："秀文是我们的孩子，秀文幸福就是我们最大的愿望了。什么地方好，什么地方不好？只要那个爱她的人好，只要秀文心里快乐，只要秀文生活幸福，那个地方就是最好的。"

王秀文的母亲在听到这些话时，她就想到了秀文的舅舅和伯父，心里便隐隐地痛了起来，于是，她没有再说什么了。父母都同意了，其他人还能再说什么呢？

平大伟没有想到，秀文的父母竟然如此的大度，他一直以为，他和秀文的婚事要受到她家里很大的阻力。毕竟，那是首都北京，他心中的圣地。他一直在纠结与矛盾中，秀文的父母能看得起他吗？能接受他吗？但是，回答他的是父母信中的嘱托和希望，希望他们能够慎重对待爱情，彼此尊重，真心相爱，他们祝福他们。

这让平大伟很感激他们，很快，他和王秀文就定了婚期，可是，春天定的婚期都到秋天了，他们还没有举办。铁路上不断开展的各项活动，让他们不得不将婚期一次次地往后推，每次日子都定好了，就等着打招呼通知亲朋好友时，应接不暇的安全大检查让他们将婚期再一次地推后。

王秀文身处其中还能理解，可是，家里人的意见却愈来愈大了，说每次弦都拉满了，可该放箭时却又缩回去了，结婚日子一改再改，也太不严肃了吧。

王秀文把家人的意见转告给了平大伟，最后嗔怪道："你知道不知道，我北京的那些亲戚朋友怎么说的？"

“咋说的?”平大伟问道。

“说现在是皇上不急太监急。”

“那是胡说咧。”平大伟眼睛一瞪继续说道，“皇上都快急死了！你看看，你看看。”

平大伟指着嘴边的一圈水泡，笑道：“你看，这是啥，这是啥？这嘴上的火都是急出来的。”

“什么啊？骗别人可以，哼，我能不知道啊，你那是这几天施工急出来的。”王秀文笑道。

“是，施工有一点急，主要急的是要抓紧时间把你娶回来。”说到这里，平大伟故意把声音压低了，笑道，“晚上一个人太孤独了，真想抱着你睡。”

王秀文一下用手捂住了耳朵，脸色羞红地说道：“讨厌，讨厌，流氓，流氓……”

平大伟轻轻地掰开她捂住耳朵的手，悄悄地说道：“我要做你一辈子的流氓。”

“那，那你还不赶紧娶我。”

脸颊绯红的王秀文在平大伟的眼里更美了，他紧紧地抱着王秀文，说道：“赶紧，我一定赶紧啊。”

“哼，赶紧，赶紧都说了多少回了。”王秀文一推平大伟的胸脯，嗔道。

接着，王秀文嘴巴一噘，埋怨道：“骗子，骗子，你是个骗子，你就是个骗子，你让我怎么给我家人说啊。”

平大伟轻轻地亲吻了一下王秀文，说道：“秀文，你给他们再解释解释吧，一定要理解我们啊。”

“你老让人家理解你，你什么时候理解过人家啊。”说这些话时，王秀文感到鼻子发酸，眼圈一下就红了。

平大伟紧紧地抱着王秀文，轻声说道：“秀文，你看咱这一年虽然耽误了不少事，可是，咱这一年也做了不少成绩呢，光钢轨咱们就换了好几百根……”

“你看你，正说咱俩的事呢，你又拉扯到你的工作上了。讨厌!”王秀文一下打断了他的话，十分不满地说道。

平大伟不好意思地笑了一下，说道:“唉，你看我，我这都成职业病了。”

“什么职业病，我看你是得强迫症了，什么都离不开这两条钢轨，心里根本没有我，全是你的线路你的设备。”王秀文越说心里越感委屈，相爱都几年了，平大伟带她去的最远的地方就是金州，再哪儿都没去过。虽然，也计划了好几次，可每次都被工作的事情搅黄了。这次倒好，婚期还一拖再拖，就是战争年代也没有这么忙啊!

不等王秀文埋怨完，平大伟把王秀文抱在了自己的腿上，温柔地说道:“你看你，又开始胡思乱想了，你怎么能和这线路比呢?你是我的生命，我爱你。”

“你说你爱我，可是，我感觉你更爱你的铁路。”王秀文把头深深地埋在了平大伟的怀里，继续说道:“你和我在一起的时间还没有你和你的设备在一起的时间长呢。在工作和我之间，你哪一次选择的不是工作?”王秀文说到这里，禁不住抽泣了起来。

女孩子的情绪真是变化莫测啊，跟夏秋的天一样说变就变了。平大伟一边想着一边抚摸着王秀文，把嘴唇伏在她的耳朵上轻轻地摩挲着说道:“等我们结婚后，我一天十六个小时和你在一起，晚上一分钟也不离开你，就抱着你睡。”

“讨厌，讨厌，又说流氓话了。”王秀文把绯红的脸紧紧地贴在平大伟的怀里，她感到自己的脸蛋越来越烫了。

这次，平大伟婚假日期是铁定了，不管工作再忙也要在这个月把婚结了。毕竟，自己和王秀文的年龄都不小了。再说了，他听安卫东说，他和小萌这个月也要结婚了，他想和他们一起办了。那天，安卫东瞪着小眼睛对平大伟说："你他娘的还真能沉住气，你也好意思，让人家秀文等了那么多年，早知道你这样，我……"

安卫东硬生生地把下面的话咽回去了，他之所以不敢往下说了，是他看见孙小萌远远地从山坡那边走了过来。孙小萌那毛热火辣的麻辣脾气，安卫东早已领略多次了。这不，人还没到跟前，话音已经到了，"卫东，卫东，干啥子喽？还不赶紧走，磨磨蹭蹭的，去晚了镇政府就下班喽。"

"去镇政府干吗啊？"平大伟不禁问道。

安卫东笑了一下，道："去领结婚证。"接着，忙转身迎着孙小萌答道："走，走，这就走。"

孙小萌这时也看见了平大伟，大声招呼道："平书记好……"

"孙老师，祝贺啊！"

"祝贺个啥子哟，你和秀文也抓紧时间一起办了吧。卫东给你说了吧？"

"说了，说了，我一会儿就跟秀文商量一下。"平大伟忙应道。

"商量个啥子哟，一起办多热闹哟。"孙小萌的声调就没有下来过，满院子全是她的声音。安卫东怕还没咋的，全车间都知道了，便连忙上前拉着孙小萌走了。

平大伟望着两人远去的背影，心里一阵地暗笑，真是一物降一物啊。

刚才，安卫东的当面指责很起作用，平大伟知道自己的确不能再等了，他决定和安卫东同时在秦巴山举办婚礼，用他们的集体婚礼在秦巴山站区搞成一个热闹的节日，让这寂寞的山谷响起快乐的鞭炮声，让这个空寂的山谷多一分色彩，少一点孤独。

和安卫东分手后，平大伟就直奔韩主任的办公室。他想先和韩主任沟通好，把安卫东的建议，也是他的想法跟韩主任说说。

来到了韩主任的办公室门口，他刚要推门进去，就听得里面传来韩主任打电话的声音，听语气不像是工作，像是在和家人说话。平大伟就缩回了推门的手，转身要走，他想等韩主任把家里事说完了他再来。可是，他还没有迈开步，就听得里边传来了韩主任焦急的声音："哎呀，孟红，你先别哭，先别哭，到底是不是还难说，咱再到别的医院看看，再确诊一下，说不定还不是！"

一句"确诊"，让平大伟心里一惊，他没有动，想再听听。但这时里面没有声音了，显然，是电话那头韩主任妻子孟红在说着什么。

说了好久，这边韩主任只是一个劲地"嗯，嗯，啊，好，嗯"地答应。终于，电话打完了。

平大伟犹豫了一下，但他还是一转身把门推开，张口就问："韩主任，嫂子咋了？"

同时，他吃惊地看见韩主任眼眶红红的，神情焦虑地站在那里，两眼失神地望着前方。平大伟进来了，他似乎没有看见更没有听见平大伟在问什么，只是那么无助地盯着前方。

"韩主任，咋了，咋了吗？到底咋了吗？"

平大伟这是第一次见到韩主任这个样子，在平大伟的眼里，韩主任就是一个风风火火闯九州的汉子，似乎在他的面前从没有困难没有恐惧更没有迈不过去的坎。可是，此时的韩主任就那么站着，浑身透着无奈无助，好像瞬间被某种看不见的东西抽去了筋骨。

这时，电话又响了，韩主任身子猛地抽搐了一下，眼睛里露出了一种毫不掩饰的惶恐，好像电话里有什么可怕的东西在等待着他，令他不敢靠近，只是任凭电话铃声不断地响下去。

平大伟连忙抓起电话筒，"喂，哪位？哦，老曹啊，你好，你好，有什么指示啊？"

"哪敢有指示啊，只有汇报啊。"电话里传来了段安全室曹工程师笑呵呵的声音，接着，对方话音一变，很认真地告诉他，局里马上就要开展安全大检查活动了，让他们注意接收文件，提前做好准备。

放下电话，平大伟再转身看韩主任，这时的韩主任已恢复了正常，从桌子上的烟盒里抽出一根香烟，点着，说道："又有新任务了？"

"嗯。"平大伟答应着，在寻找着措辞，他在寻思自己下面应该问还是不问，因为从韩主任的表情上看，他还不想让自己知道这件事的。但是，平大伟清楚地看见了韩主任那努力克制却依然不断抖动的手。

"韩主任，先别谈工作，家里出什么事了？"平大伟不想在老大哥跟前瞻前顾后了，他开门见山地问道。

韩主任默默地望着他，过了好一会儿，说道："韩恒得了肌肉萎缩症。"

韩恒是韩主任的儿子，平大伟非常喜欢，是一个很机灵乖巧的小家伙，常跟他妈妈从金州来到车间看望韩主任。

肌肉萎缩症对平大伟来说是陌生的，在他的心里充其量不过是一个小病症而已。韩主任结婚晚，孩子要得更晚，所以，现在才四岁，四岁的小孩子会得什么病啊，只要认真治就不怕。可是，韩主任后面的一句话，让平大伟亦如受重棒一击，他说："得这个病的孩子，只能活到十八岁，就是出现奇迹也活不过二十岁。"

"什么？二十岁！这，这，这不可能，不可能。"平大伟一个劲儿地说道。

不等韩主任解释，平大伟继续说道："扯淡，真是扯淡，真他妈的扯淡。"

平大伟后来在医学书上认真查找了这个病症：肌肉萎缩是指横纹肌营养不良，肌肉体积较正常缩小，肌纤维变细甚至消失……脊髓疾病常导致肌肉营养不良而发生肌肉萎缩……这些专业术语说了半天，其实，就是一个意思，孩子活不过二十岁。

但是，平大伟和韩主任一样，坚决不相信孩子活不过二十周岁。怎么可能？一个活生生的活泼可爱的孩子怎么可能眼睁睁地看着他走向死亡。再说了，二十年是个什么概念？二十年，天翻地覆，医学界更是日新月异，肯定会有新的药品发明出来的。

然而，当韩主任的妻子孟红从抱着孩子到背着孩子奔波于大江南北，求助于各大医院，甚至于山村神医为幼小的生命寻求延续的希望时，却是一次次的希望点燃，又一次次地破灭。

孟红不止一次地产生了和孩子一起离开人世的念头，想到了许多种方式，跳楼、溺水、撞车、吃药……走了，就一了百了，什么都不知道了，就不会那么痛苦了。可是，每次看着孩子那么稚嫩天真，对生命充满了渴望的眼神，她又下不去手了。

随着孩子的一天天成长，病情却在不断地加重恶化，从开始走路的摇摆，到最后的不能行走，直至瘫倒在家里。

平大伟有一天专程赶到金州韩主任的家里去看望孩子，走到门前，听见屋里面传来了一个老人凄凉的哭声和孩子的劝慰声。在老人难以压抑的哭泣声中，是孩子稚嫩的声音，“奶奶，奶奶，你别哭了，你别哭了，好吗？奶奶，好奶奶，你看我好好的，我还可以活到二十岁的。真的，我可以活到二十岁的！”

孩子天真的劝慰，让老人哭得更厉害了，站在屋外的平大伟更是泣不成声。二十岁啊，对一个正常人来说，才是生命之花绽放的开始，可是，对这个孩子来说，却是生命之花凋谢的暗夜。

看着一个如花的孩子走到二十岁就到了生命的尽头，这对韩主任和孟红来说，那是怎样的一种蹂躏啊！

十八

平大伟和王秀文，安卫东和孙小萌的婚礼在这年的秋天举办了。

这一天，就是整个小站的节日，由于站区地方狭小，他们就将婚礼喜宴安排在了车站站台上。他们早早地就开始杀猪宰羊，满山都飘浮着几口大锅熬制的浓郁的肉香。站台上摆满了桌子，都是从工区，车站，还有周边老乡家里借来的各种各样的桌子，简易的、老式的、木头的、竹子的，可以说就是一个桌子展览会了。每一张桌子旁边坐着的都是喜笑颜开的宾客们，大家的欢笑声，和酒醇肉香融合在了一起，弥漫在高山峡谷之中。

当一趟趟列车从小站通过时，旅客们都从车厢里好奇地伸出头来，看着这小站的喜庆，他们不明白这些人怎么把酒席摆在了站台上，这里在干什么呢？搞得跟结婚似的热闹。

婚礼开始了，录音机里传来了《婚礼进行曲》，温馨的旋律伴着火车的汽笛声在小站上空回荡。

婚后不久，王秀文就怀孕了。但是，令平大伟意想不到的是，那天下雨，王秀文上班途中因为必须要经过那个山坡，雨天坡滑，一不小心滑倒，孩子流产了。

又过了一年，王秀文再次怀孕了，那又是一个雨季前夕。

这条铁路自开通以来，就与水灾断道结下了不解之缘。每年的四月至九月，暴雨一来，洪灾就相继而至。洪灾频发时，一天之内数处断道，搞得大家伙儿是应接不暇。没别的办法，每年入汛前，车间就要组织人员对堑坡、路堤、天沟做全面检查。

在人数不变的情况下，工作量增大，就只能抽调王秀文她们几个女工也参加了检查。王秀文刚怀孕不久，一朝被蛇咬，十年怕井绳，她怕再发生意外流产，就提出想休假几天。韩主任、吴工长也同意了，可是，平大伟却觉得王秀文作为自己的妻子，在这个节骨眼上绝不能显得特殊，怕影响不好，伤了其他人的积极性，就没有同意。韩主任也拗不过他，只好在工作安排上，叫吴工长尽量照顾王秀文，让她就近检查。天有不测风云，人有旦夕祸福，越是担心什么，越是在这方面容易出事。王秀文千般小心，万般注意，平时走了无数次的钢轨路基，这天就是没有迈过去，一个跟头摔在了轨道上，钢轨刚好垫在了她的小肚子上，王秀文又一次流产了。

这对王秀文的打击是摧毁性的，那一段时期，王秀文最怕别人说起孩子的事，一提到“孩子”两个字，她的心就跟刀割了似的疼，就会暗自流泪。得知谁家生了一个大胖小子，谁又有了一个小姑娘，她一连几天情绪低落得提不起精神，这让平大伟又是内疚又是心痛。虽然，后来有了平萍，总算有了些安慰。但是，不管过了多少年，只要王秀文想起这件事，就少不了对平大伟一阵地数落，别的事情平大伟还会争辩一番，但在这件事上，平大伟唯有低头耐心听的份了。

女儿出生后，他们特意给女儿起名平萍，平萍通平平，两个平平，两个平安，他们希望孩子和铁路两个都永远的平平安安。

不知是天意还是巧合，也就在那一年，孙小萌也生下了一个男孩子，安卫东给儿子起了一个响亮的名字，安唯勇。他说，两军相遇，勇者胜，男人，就得勇，唯勇必胜。

几家欢喜几家愁。就在平大伟、安卫东他们喜得千金、贵子的时候，韩主任儿子韩恒的病情却日益加重了……

古人谓人生有三大不幸，曰：少年丧父、中年丧妻、老年丧子。其中的白发送红颜，竟就落在了韩西旺的身上。失独，这残酷的现实，就摆在了韩西旺和孟红的面前。

十九

早上，平大伟还是一如既往早早地来到办公室，后脚还没有迈进门，安卫东就风风火火地赶进来了，张口说道：“大伟，咱得给韩主任说说，这样不行!”

“啥不行?”平大伟被安卫东没头没脑的一句话说蒙了，问道。

“防护落石啊，咱这办法太笨了。”

一提起山体落石这事，平大伟就头大。有很长一段时间了，困扰他们的就是山体落石。他们所处的这一段线路全在山里，两边不是陡壁就是山坡，常有石块突然落入线路，撞坏机车排障器。好在还都是小石头，他们担心的是万一要是落个大石头，砸到客车上，那可就是要命的大事了。平大伟的观点很直接，既然咱是养路工，把路养好那是天经地义的事。为了防止落石造成事故，他们只好在工区设了四个班，每班两人昼夜看守，可是由于周围附近没有老乡居住，又离工区几公里远，吃，没地方吃，住，没地方住，特别是一过火车，风呼呼地刮，别说是冬天，就是夏天的夜晚，冷得也要穿上棉大衣。

一段时间下来，大家伙儿就有点受不了了。有人找安卫东说：“安工长，咱这样看守下去，没白没黑，没月没年的可不是个长久事儿啊。”

安卫东自己也觉得这样下去不行，听了大家的意见，就找到了平大伟。

平大伟听罢，说："走，咱俩去找韩主任去，这事咱们得彻底想个好办法。"

安卫东嘟囔道："这种笨蛋办法你也能想出来。"

平大伟不愿听了，不高兴地说道："那你有啥好蛋办法，你说啊，你咋不说哩。"

安卫东歪着脸瞅了一眼平大伟，坏笑道："我这是秘诀，咋能随便就告诉你呢。"

两人斗着嘴，一起来到了韩主任的办公室，把大家伙儿的意见给韩主任一股脑全倒出来了。听了他俩的话，韩主任也有同感地说道："你们说得是，我这几天也在想呢。这样下去肯定不行，咱们白天还要干活，晚上还要守点，人手就这么多，短期还行，长期肯定耗不起。"

"韩主任，咱还得从根子上解决这个事啊。"平大伟说道。

"咋解，你有什么好办法没？"韩主任猛吸一口香烟，看着平大伟问道。

平大伟扫了一眼安卫东，说道："安大侠有秘诀呢。"

"啥秘诀？"

"好秘诀，提前排危石。"安卫东也没再故弄玄虚、卖关子，直接说道，"昨天，我上线路转，看路边坡上有块石头，虽然没有松动，但要是遇到下雨刮大风的，肯定得下来。我就提前上去把那块石头给撬下来了。"

"这要撬多少块啊？"平大伟知道了他的所谓秘诀后，不无担心地说道。

"多少块也要撬啊，要不，咱天天守着，那又不是守株待兔，还能整个兔子吃，咱这光能喝西北风了。"安卫东调侃道。

韩西旺听了安卫东的话，笑了笑，说道："看来，也只能这样了，你说呢，平书记。"

平大伟知道目前也只能如此了，也就点头答应了。

韩主任这天带着二十个小伙子向山顶攀登，正爬着，走在前面的王志军突然大声地喊了起来：“快躲开，快躲开！”

韩主任一抬头，吓得猛出一身冷汗，只见一块巨石顺着杂草，疾速地向下飞来，这时想躲已经来不及了，韩主任下意识地向身边一个沟壑跳了下去，同时只听得“轰”的一声，石头从他的头顶飞过。韩主任只感到自己身体重重地落在了地上，接着就什么都不知道了。再等他清醒过来的时候，他看见身旁围了一帮人，不断地叫着他，“韩主任，韩主任。”

“你们这是干啥哩！搞得跟遗体告别似的，散开，散开。”韩主任一睁眼，就见自己身边围了一圈子人，整得他心里有点发怵，便连连喊道。

见韩主任醒了，且听声音底气还很足，知道刚才他是一时昏厥，大家就放了心。

“听见没？还不赶紧走，小心把韩主任再吓回去了。”安卫东对着身边的人喊道。

听了安卫东的调侃，大家哄笑一声，四散去了。

“什么再吓回去了？”韩主任听着安卫东话里有话，边往起坐边问道。

“再吓睡过去了。”安卫东没敢说吓晕过去。

“你才吓睡过去呢，哎哟哟，痛死我了。”一阵剧痛，让韩主任不禁叫出了声。

“到底咋样啊，行不行啊，不行就别装烈士了，我找个人把你背回去，算㞞！”安卫东建议道。

“你才算㞞哩！”

这时的韩主任才搞清楚了，刚才自己跳下去的这个沟壑有好几米深，庆幸的是下面全是草土，没有伤着筋骨。但就是这样，这一摔也够他受得了。只感觉浑身的疼，五脏六腑好像都错了位，别提多难受了。

“玉峰、志军，你两个过来。”安卫东对着已散开向坡上走的人群叫道。

魏玉峰和王志军听到叫声，又往这边走来。

安卫东回转头给韩主任说道：“算尿了，我看你还是先回吧。我让玉峰和志军把你送回去。”

韩主任艰难地坐正了，说道：“算尿，算啥尿？娘的，我要是回了，我这一跤不就白摔了。”

韩主任的话把安卫东几个人逗乐了。

魏玉峰和王志军两人上前扶着他活动活动四肢，韩主任自我感觉还成，就跟着大家继续往上爬。可是，等到半山坡时，韩主任的脚已是钻心的痛了。他脱掉鞋袜一看，脚腕都肿了，瘀血一大块。

“哎呀，脚肿了！”王志军惊叫道。

“叫屁啊，别吭声，没事。”韩主任边制止边赶紧把鞋穿上，慢慢地继续往上爬，终于到了一片危石旁边，这时，他实在疼得站不住了。可这里正处在一个很陡的山坡上，往上爬可以，如果想稳稳地站在那里可就没门了，因为腿给不上力，坐下更不行，顺着草坡就往下溜。

韩主任正感为难时，恰好看见不远处有一棵树。他叫王志军和魏玉峰过来，扶着他来到了树跟前。他让王志军扶着自己，要魏玉峰用绳子把他绑在树上。

魏玉峰答应得很痛快，动作更是麻利，捆得韩主任直叫唤，“慢点，慢点，你小子慢点，哎哎，松点松点，你听见没，你松点。”

不等韩主任再说话，三下五除二，已经把他捆紧了，魏玉峰笑道：“咦，怪了，把韩主任绑起来，我咋那么高兴呢。”

“有啥高兴的，你小子敢幸灾乐祸，看我回头咋收拾你。”韩主任眼睛一瞪，说道。

“韩主任，你现在要对俺俩好点啊，否则啊……”

“否则啥，咋，你俩还想上墙？”

“上墙俺俩肯定不会上的，是不是，志军？但是，最起码能让你在这儿待上几天饿着肚子看风景。”

“你俩敢！”

几个人说笑着，在韩主任的指挥下，用铁丝、钢筋把危石网住，然后用八磅的大锤砸成碎块，再把石头一点一点地移到山底。直到把管辖区内所有的危石全部清除了。只是，韩主任就此落了一个疾患，每到阴雨天，他的脚脖子就痛得难受。

韩主任一瘸一拐地刚从清除危石地点回到办公室，就听见电话铃声急促地响了起来，他上前一接，电话里传来妻子孟红的声音，“我找韩西旺。”

“孟红，怎么了？”韩主任从孟红的口气中听出了端倪，这让他的心头一紧。

“西旺，我，我，我不想活了。”电话里传来了孟红的哭声。

“孟红，怎么了，怎么了，你快说啊，是不是儿子……”韩主任一下子心慌意乱了，急切地问道。

自从儿子在四岁时，被确诊为进行性肌营养不良，面对着十三岁瘫痪二十岁死亡，现阶段没有任何有效方式治疗的现实后，韩主任的心就没有平静过。为了医治韩恒的病，孟红携子东奔西跑，走遍了大江南北，只要听到了哪怕一点点关于这病可以治疗的消息，她都会带着儿子不远千里万里赶去，但每次都是希望而去，失望而归。正所谓有病乱投医，这大师那大神的，她也一个不漏地前去拜访，花光了家里所有的积蓄，又借了一大堆的外债。可是，结果却还是孩子的病情一天天加重，今天穿裤子连腿都伸不进去，望着孩子无助的眼神，孟红彻底绝望了。

韩西旺不断地催问道："怎么了，快说话呀，孟红，是不是儿子……"每次话到这里，他就不敢往下说了，他怕听到一个他最恐惧的结果。

孟红在电话那边抽泣着，说道："西旺，我，我，我真的坚持不下去了。"

孟红的话，让韩主任心里一阵的绞痛。是啊，结果明明白白，自己却没有一点儿的办法，这一天天的折磨，对一个母亲来说，这是怎样的痛苦啊。

"孟红，孟红，你先别急。"

"我能不急吗?"电话里突然传来孟红歇斯底里地叫喊。

"孟红，孟红……"韩主任唯有在电话里不断地呼唤妻子的名字，除此之外，连句安慰的话他一时间都找不出来了。

突然一阵钻心的疼痛，让他不得不赶紧坐了下去。他强忍着脚痛，握着电话的手因为脚腕的剧疼而不能克制地颤抖着。

"西旺，你怎么了，怎么了？你没事吧。"孟红很快捕捉到了韩主任的异样，在电话里问道。

"没事，没事，我没事，真，真的没事。"说这话时，大颗的汗珠顺着他的脸颊不断地往下淌着。

"你到底怎么了？你不要骗我，到底咋了，你快给我说！"孟红在焦急中声音越发地大了，相濡以沫的夫妻间早已心有灵犀了。

"没事，脚崴了一下，没事。"韩主任看孟红急了，实话实说道。

"脚崴了，脚咋崴了？重不重？赶紧去医……你赶紧休息一下。"孟红刚想说去医院，但她马上想到了这秦巴山里哪里有什么好医院啊，说出来也是白说，于是，她让韩西旺抓紧时间休养。当然，她知道她依然"说还是白说"，韩西旺是不会听的。

脚崴造成的疼痛，对韩西旺来说还是很"及时"的，因为对他的关心，目标的转移，暂时缓解了孟红心中因对孩子而生的痛。但韩西旺知道，这都是“暂时”的，一想到这些，他的心就跟被刀子一点点地割切，好痛好痛。

韩西旺就这么静静地坐着，望着那架黑色的电话机——久久地坐着，他不知道孟红是什么时候放下的电话，脚腕上的疼痛已经痛得麻木了，他早已感觉不到了。他的眼前全是韩恒的身影，那种心痛无知觉间已让这个高大的男人蜷缩在了一起，那么憔悴无力地靠在椅子上，眼中泪水早已流干，脸上写满了哀愁。

平大伟看晚饭时间都过了，韩主任怎么还不见人，就问身边的职工。和韩主任一起排危石回来的王志军说：“韩主任早回来了。”

还告诉他韩主任排危石时，脚崴了。

“脚崴了？你怎么不早说。”听罢，平大伟扭身就匆匆地往韩主任的办公室走去。到了办公室，门虚掩着，平大伟上前一把推门而入，张口问道：“韩主任，怎么样了，你的脚怎么样了……”

话还没说完，他愣在了那里，只见阴暗的办公室里蜷缩着无力的韩主任，他的手上紧握着一张韩恒的照片，照片上的孩子在灿烂地笑着。当他看见平大伟时，喃喃地说道：“孩子长得真像一朵花儿，可是，花，就要凋谢了。”

平大伟顿时泪水如泉涌，再也克制不住了。

两个中年男人，在夕阳西下的傍晚，在这个阴暗的办公室里，无言地静坐着，构成了一幅沉重的可以炼成铁的剪影。

二十

六月的秦巴山，翠峦叠嶂直插云霄。

早晨，几声清脆的鸟鸣声从一棵女贞树上传来。王秀文把女儿平萍安顿好，走出来定睛一看，枝丫间新增了一个鸟巢，里面有三只刚出生不久的小鸟，它们欣喜地看着这个新世界，张开小嘴叫个不停。

怕惊扰了小鸟，王秀文轻轻地退后，远远地看着鸟妈妈飞出飞进，瞬间，心里暖暖的，她禁不住又转回身去，进到房间，来到熟睡的女儿跟前，轻轻地亲了下她的脸蛋。

昨天晚上，她和平大伟为了让平萍能睡到今天中午，他们硬着心想尽办法逗早已困得不行的女儿，一直到半夜才让她睡。现在女儿正在熟睡中，看样子平萍醒来肯定又是午后了，王秀文稍放宽心，她又把捆绑在平萍身上的布带子调整了一下，尽量不要让女儿感觉到难受。平萍现在一天天地在长大，已会翻身会爬了，万一提前醒了，自己翻到地上摔伤了怎么办啊，把平萍捆在床上这也是王秀文和平大伟没有办法的办法了。

女儿香香地睡着，呼吸声如树叶的微叹，滑溜溜的脸蛋白里透红，眉宇间透着不可言说的可爱神情，诱人的樱桃小嘴微笑着，是多么的可爱啊！王秀文恋恋不舍地再次推开房门走了出来。

平大伟站在办公室的窗前，远远地望着在桥上工作的王秀文，心里百感交集。此时此刻，自己最心爱的两个人，妻子绑在大桥上，女儿绑在床头上，一想到这些，就让他的心里生出了一丝的苦涩。

一阵电话铃声，把平大伟驰骋的思绪唤了回来。是段组织科打来的，说崔段长下午去车间宣布一个组织决定。

决定很简单，但对车间来说，如同一块巨石投入到了湖中，造成了巨大的波澜。因为，韩西旺调走了。

在给韩主任举办的欢送宴席上，韩西旺喝得是大醉。他泪眼蒙眬地抱着平大伟说道："大伟啊，说句实在话，我在这里每一天都想走，不想在这里待一天。可是，真让我走了，我又舍不得啊，舍不得啊。"

平大伟拍着他的肩膀，安慰道："不说了，咱不说了，我知道，我知道。"

已酩酊大醉的韩主任什么都听不到了，只是不断地重复着自己的话，"我，我，我在这里待着，就是知道，知道咱，咱，咱们不来，别人也要来啊。总，总得有人来啊。他，他娘的，既然咱来了，咱就得对，对得起咱的那份工资。你说是不是，是不是？"

望着韩主任发红的眼睛和止不住的泪水，平大伟心里揪着的难受，和这位老哥哥已经共事十几年了。按情理说，韩主任调走了，这绝对是个好事。毕竟，韩恒的病都成这样了，仅靠嫂夫人一个人肯定不行。这老哥哥在大山里工作这么多年，全是为国尽忠了。韩主任老娘身体一直不好，患有糖尿病、高血压。老人身体这样了还依然不顾自己，帮着孟红照看小孙子，直到老人病重离世。

老人去世后，韩主任去收拾母亲的遗物时，才无意间发现一份诊断书，原来老母亲早就知道自己得了肝癌，但她一直隐瞒着自己的病情，强忍病痛照看小孙子，一直到病逝。

那一天，韩主任跪在母亲的遗像前痛不欲生，七尺男儿哭得死去活来。但是，丧事料理完了，他还是按期回到车间，亲自带着一帮兄弟们一头扎进了隧道里、线路上。平大伟望着日渐消瘦的韩主任，劝他休息几天。

韩主任说，唯有工作才可以让他减少痛苦的折磨。

“那你身体呢，身体你不要了，你倒了，嫂子咋办？孩子咋办？”平大伟大声吼道。

“你别劝我了，你别说了……”韩西旺痛苦地说道。

从那以后，韩主任更是少言寡语了，好像和那些安全隐患有着深仇大恨似的，不灭九族誓不罢休。一天干活时，一根四寸长的铁钉扎穿了他的脚掌，鲜血染红了他的整只鞋。大家劝他赶紧回去，他二话没说，从口袋里掏出手帕包扎好，干得更狠了。

平大伟见他这样，又心痛又着急，给他发了几次火，骂他这是自残。又咬着牙，耐着心给他说，将军身先士卒虽然是好事，但也不能天天身体力行啊，这车间一百来号人，需要他坐镇指挥啊。

韩主任每次都是“谦虚接受，坚决不改”。答应得很好，可是，第二天又早早地出现在了工地上。平时大不咧咧的安卫东也坐不住了，找到平大伟，着急地说道：“坏了坏了，这老韩疯尿子了，大伟，你还是劝劝韩主任吧。你看他现在都成啥了，再这样下去，非日塌了。”

以前的韩西旺往那里一站，跟一个铁塔似的，可这几个月下来，人变得黑瘦黑瘦的，活像齐白石老先生笔下的一只大虾，这让平大伟心里很难受。

面对安卫东的担心、提醒，平大伟心里更着急，说道：“是啊，是啊，我也着急啊，可，可这韩主任最近心理压力太大了。可以理解，老太太刚去世，孩子现在病——唉，先由着他吧。”

“这，这，这由他不行啊。你总得想个办法啊！”安卫东大声说道。

几天后，平大伟借去段上开会的机会，找到了袁书记，就把韩西旺的情况给袁书记来了个全盘托出。

袁书记脸色凝重地听完了他的讲述，非常严肃地说道：“韩西旺目前家里的这种情况，我很痛心也很内疚啊，我马上和崔段长商量一下，尽快解决他的困难。高永进你知道吧？以前也是你车间的。”

“知道啊，他不是……怎么了？”平大伟心里一沉，连忙问道。

高永进以前也是平大伟手下的一个工班长，后来，也是在平大伟的热心张罗下娶了一个陕南农村媳妇，生了两个女儿，在秦巴镇安了家。哪知，世事难料，他在一次抢险中不幸牺牲了，留下了妻子和两个年幼的女儿。

高永进遇难后，组织为了照顾他妻儿的生活，让他的妻子顶替接班，在一个叫大树园的小站上当了一名桥隧工。一个八岁的女儿在百里外的岭南铁路小学上寄读小学，小女儿在几十里外的金州上幼儿园。铁路沿线的子女都是星期六下午坐火车回家，星期天下午坐火车去学校。这个周六大女儿坐火车回家途中，不小心睡着了，坐过了站。孩子的母亲在车站没有接到女儿急得发疯。女儿坐火车到了金州，站在站台上找不到母亲更是急得大哭，好在车站职工问清了情况，第二天，帮她找到了母亲。

孤儿寡母在火车站相见抱头痛哭，这一幕恰被袁书记见到了。袁书记知道这是烈士的遗属，问明了事情的原委后，就把她们的情况向铁路局林局长做了汇报。林局长听了袁书记的介绍后，心里长叹一声，一家三口分居三地，那么小的孩子就要独立生活，当即就让人劳部门想办法给予特殊照顾，毕竟这是烈士的亲属啊。后来，把高永进的妻子调到了金州，安排在生活段的浴池上班。终于，可以照顾上孩子了。

袁书记说到这儿，继续说道：“这件事对我们的触动很大啊，林局长在后来的几次领导干部会议上都说起这件事，一定要关心我们一线，特别是在艰苦一线工作的职工们，尽最大努力地去改善他们的工作环境。”

平大伟没有敢把自己找袁书记的事情告诉韩主任，韩主任当然不知道其中的渊源了。崔段长来宣布韩西旺工作调整的决定时，理由也很充分，一切都是工作需要。

韩主任走了，在那个清晨……

韩主任离开了秦巴山车间，一年后，就从安全室主任干到了主管安全的副段长……

谁都没有想到的是，韩西旺临走时，力荐安卫东接替他车间主任的职务。

安卫东走马上任了，立即宣布了两件事，一是立军令状，彻底提升线路质量；二是在整个车间开始禁酒，除了特殊情况外，节假日和重大的活动都不能开禁，平时更是一律不准动酒，谁违反收拾谁。

提高线路质量，这没有人说什么，上什么山，唱什么歌。可是这个禁酒令，那可是捅了马蜂窝了。谁都知道这地方偏僻，大家平时就靠喝酒打发时间，找个乐趣呢。上次，韩主任禁了三周的酒，大家意见大得都闹翻了天，最后，也不了了之了。这倒好，竟然长期禁酒，那不是要让大家憋死啊。

连平大伟都来找安卫东商量，这禁酒的事是不是可以缓一缓？容易激化矛盾。

“啥矛盾？都是毛病。”安卫东不屑道。

平大伟强忍不悦，耐心说道：“你禁酒，我不反对，但总得给大家一个接受的时间吧，我看，该缓一下还是要缓的。”

安卫东斜靠在椅子上，一副满不在乎的神态，说道：“没啥可缓的，擂鼓攻之，鸣金收兵，军令如山！”

平大伟哭笑不得，一看这安卫东是小说看多了，但他作为书记，身份特殊，在这时候一定要维护安卫东。连袁书记、韩主任都分别给他打了电话，再三叮嘱他，一定要好好支持安卫东的工作，说安卫东还是蛮有闯劲的。

现在看他一口回绝了自己，平大伟感觉脸上挂不住了，心里很不高兴，但他一想到袁、韩二人的嘱托，也只得耐着性子，硬着头皮请安卫东再考虑考虑。

安卫东毫无回旋余地，脱口说道：“没啥可考虑的，这事就这么定了。”

看安卫东还是那样一副蒸不熟烤不烂的样子，平大伟知道再争下去也没什么结果，让职工们知道了他们意见不一致，这工作就更难开展了。于是，他不再坚持，静观事态发展，再做调整。

安卫东在交班会上，扯着嗓子喊道：“韩段长在咱这当主任的时候，咱们的线路质量翻了一番，我这当主任了，线路质量不但不能退步，还要更进一步。我今天把话砸到这儿，如果线路质量不提升，我他娘的就背铺盖卷住隧道了。”

不等大家答话，安卫东继续叫道：“咱们在这儿，就是拿工资来干活的，别他娘的谈什么梦想、理想、奉献，咱先把眼前的事情做好了就是最大的贡献。人人都说这线路是改善不了了，连日本人都说要彻底报废了。娘的，咱能信小日本鬼子的话？我就不信这个邪，我今天就把大话给撂这儿了，那就是彻底改善这段线路，先不说别的，一年内，提升到五十公里。娘的，我就不信，弄不成！”

安卫东说完这些话时，空气中弥漫着一股紧张的气息，在座的每一个人都知道，提升到五十公里意味着什么。

有人心道："这安卫东疯了，官迷心窍，当了一个芝麻大点儿的官就不知道天多高、地多厚了。"

还有人直接就说了："不等这小子卷铺盖睡在隧道里，我们先死在隧道里了。"

会开完了，安卫东等人都走了，径直来到了脸色铁青的平大伟面前，也不管他的态度，一抱拳，说道："大伟，我以后就进洞里了，这洞外面的事情都交给你了。"

说完，大步而去。

会议室空空如也，唯有平大伟一个人静静地坐着，满屋缭绕的烟雾和烟灰缸里堆积如山的烟把子，告诉人们不久前这里是怎么一个掎裳连襼、张袂成帷的情景。但不管刚才是怎么众口难调，安卫东自己已是横刀立马了。

平大伟暗自苦笑一声，心道：和这小子搞配合，还真得有个适应过程啊。突然间，他就产生了一个想调走的想法，这让他大吃一惊。

二十一

一方水土养一方人。陕南的雨季长，这种雨水丰富的特点成就了秦巴山区的绿水青山，也使生活在这里的女孩子一个个透着水的精灵。美女出在秦巴山，个个美如仙。可是，对平大伟他们来说，这种雨水如小孩子的眼泪，说来就来的特点却是一种难于言表的灾难。

大家才在雨地里忙活了一天，疲惫不堪地刚从线路上回来，就听见值班室值班的周利荣隔着窗户喊着："吴工长，二号隧道里的道床下沉了。"

吴工长一听，嘴里问着："啥情况？"人已转身向二号隧道跑去。

到了现场，吴工长一愣，没想到安卫东已经在那里干上了，"你咋来了？"

"我咋不能来，就你们这个速度，就是个老牛拉破车，要等你们来，黄花菜都凉了。"安卫东的话把吴工长噎得想打他，可是一想他就是这种人，说话就这德行，也就不跟他计较了，低着头和随后赶到的伙计们干了起来。

等全部干完，都半夜了，安卫东让他们先回去。

"安主任，咋，你不回？"

"回！咋？你还真想让我卷铺盖睡在这儿啊？"安卫东不屑道。

吴工长心道："这小子才乖了几天，这一当上主任了，就这么张狂了。这变化也太大了吧！"

吴工长心里想着，不再理他，转身和工友们回去了。

第二天早晨，等大家都吃完早饭了，却仍不见安卫东。开始大家都以为他昨天累的今天起得晚，也就没有多心。

王秀文给女儿喂了饭，出门时，遇见了孙小萌，小萌怀里抱着唯勇，问她："平书记呢？"

"刚走，去上班了，你找他有事？"王秀文问道。

"没啥事，卫东昨晚没回家，也没听他说要值班啊。"孙小萌说道。

虽然，结婚前孙小萌就已习惯了安卫东他们这种以雨为令，以雪为令的工作特点，但是，不管什么情况下，安卫东都会跟孙小萌打一个招呼的，安卫东对他们娘儿俩心很重。

昨天晚上到现在，突然不明不白地没了音信，自然地，她就想多问一句了。况且，他们住的都是职工宿舍，彼此很近。

两人正说话间，见吴工长从对面走了过来，王秀文便张口问道："吴工长，你见安主任了吗？"

"没见啊。"接着，他扭头看着孙小萌，面带疑惑地说道，"怎么，他昨天没有回来？"

"没啊。"

孙小萌的回答让吴工长心头一紧，昨天晚上他们先回来的，怎么回事？安卫东咋没回来。

再听了吴工长说昨晚他们去抢险，安卫东没有和他们一起回来，这下孙小萌急了，脱口埋怨道："吴工长，你们自己回来了，卫东你们就不管了，你们也太不够意思喽。"

吴工长听了孙小萌的数落，解释不是，不解释也不是，脸憋得红红的。

性子急的孙小萌才不管这些，抱着孩子就要上线路去找，被王秀文一把拦住了，说道："小萌，你先别急。再说了，你抱着唯勇能进隧道？"

孙小萌和王秀文当年一起结婚的，婚后又都住在工区，离得很近，你来我往的早已成了无话不说的朋友。现在见王秀文劝她，虽然心里急得上火，但她还是站住了。

这时，就有青工跑到办公室去找，但办公室里亦是没有安卫东的半点踪迹。平大伟听说安卫东到现在还没有回来，心也一下提了起来，害怕会不会路上出啥事了，这雨天路滑的，赶忙就要派人去找。

人刚要动身，一位去库房取工具的职工又火急火燎地跑了回来，到大伙儿跟前将食指放在嘴边，轻声说道："安主任在库房里。"

"库房里？"

"咋能在库房里？"孙小萌不解地问道。

百思不得其解的他们快步走到库房门口，慢慢推开房门，大家顿时都愣住了。在库房的一个角落里斜靠着的安卫东正酣睡中，他蜷缩的身下是装塑料枕垫的草袋。再一看他的脚边，放着手电、道尺和还湿漉漉的雨衣。平大伟和大伙儿都明白了，管内十几公里的线路安卫东昨晚一个人全部检查了一遍，走了一夜。

小唯勇看见地上的爸爸，顿时兴奋起来，张开小手不断地扇着，嘴里一个劲儿奶声奶气地叫道："爸爸，爸爸……"

安卫东从梦中猛然惊醒，一骨碌跳起来，惊声叫道："唯勇，唯勇？"同时，他看见了孙小萌，茫然问道："咦，你咋来了？"

孙小萌没有吭声，鼻子一酸，眼睛一湿，转身抱着儿子匆匆走了。平时这些喜欢开玩笑、打打闹闹的青工们现在一脸的严肃，悄然无声地上前拿起各自的工具，转身向工地走去。

二十二

当另一个春天即将在雪融化的时节姗姗而来的时候，隧道线路这块硬骨头硬是给啃下来了。

安卫东也不用卷铺盖睡隧道了，后来，孙小萌笑着问他：“人家发飙了，都说什么卷铺盖走人，你怎么不说走人，却说睡隧道，怎么和别人不一样啊？”

安卫东笑了笑，答道：“我是想说卷铺盖走人，可是，这秦巴山是我想走就能走的地方吗？”

禁酒令下了之后，整个工区晚上一下子安静了下来，大家伙儿知道安卫东现在不仅是主任了，最主要是这家伙也能打，大家也怕他。可是，这一不让喝酒了，晚上总得有事干吧？

这话就传到了安卫东的耳朵里，安卫东嘴一撇说道：“这事你们别找我，我是带兵打仗的。你们那些吃喝玩乐的事找书记去！”

平大伟一听安卫东这样说，火都上来了，什么？堂堂的党支部书记竟然在你眼里就是个管吃喝玩乐的，你也太张狂了吧。

气得平大伟晚饭都没有吃好，人在屋里转了几个圈，嘴里不断地念叨着：“不行，不行，这事绝对不行，得找他好好说道说道。”

“说道什么啊？”坐在床边逗着小平萍的王秀文问道。

“说道什么？和他要好好地说说，让他知道，我不怕他。”

“怎么，你要和安卫东当面锣，对面鼓地敲一下？”王秀文问道。

“对，就要和他好好敲一敲，我都忍了那么长时间了，这小子是越来越张狂了，以为我怕他。”平大伟气鼓鼓地说道。

“咋敲啊？用不用我给你准备个脸盆、刷子？”王秀文细声慢语地继续笑道，“你要是感觉一个人不够，我就带上平萍，一人一个脸盆一个刷子，围着工区给你敲，怎么样啊？”

“你烦不烦啊，这时候你还开玩笑。”平大伟满脸怒气地说道。

王秀文把怀里的小平萍轻轻地放在了床上，坐正了，这才脸色严肃地说道：“我看啊，不是他太狂了，是你太自负了。”

“我怎么自负了，我还自负，我再不自负那人就要骑到我脖子上了。”平大伟近乎恼羞成怒地叫道。

他没有想到王秀文会这么说他，连自己最心爱的人都不替自己说话，这让他很气愤。

“你看你，还不自负，我什么还没说呢，就把你气成这个样子。卫东你又不是不了解，他就是那种性格。可是，人到底咋样，你比谁都清楚。你为啥生气，其实就是自尊心，说白了，就是虚荣心的表现。”王秀文的一席话，虽然说服不了此时的平大伟，但是还是让他冷静了一点。

“再说了，人家卫东禁酒完全正确，你看看咱工区以前，天天喝酒，有事没事都喝酒，还美其名为酒文化。自封什么酒司令、酒秘书、酒干事，个个都是酒坛子里的封疆大吏。天天斗酒，看是热闹，实则无聊。你再想想，哪一次没有人喝多，把人喝得又吐又叫唤的有啥好，再说说你自己，喝吐几次了，苦胆都吐出来了，怎么，你都忘了？”王秀文不紧不慢地说道，“还有，你天天喊着人要感恩，可是，人家卫东对咱的恩，你咋就忘了。”

“啥恩?”平大伟脱口而出，但说完之后，他立即后悔了，因为，他想起了那个冬天。

那年的冬天特别冷，即使春节到了，寒冷却依旧稳稳地没有一丝的变化。

从大年三十下午，一家三口回到了富平的父母家那一刻起，老太太高兴得就没有合过嘴，一个劲儿地念叨：“自从大伟参加学兵连到现在，十几年了，终于又一次全家团圆了。”

以前，不但大伟他们回不来，就是大伟的妹妹丽君一家也回不来，全家团圆时，总要少一两家人。丽君夫妻俩都在客运段做列车员工作，那更是一年四季没节假日了，而且，越是遇到节假日，他们越忙。这次，丽君排班刚好错过了这几天，也能回家过节了。但她丈夫吕博还是回不来，现在正奔驰在前往广州的列车上。

不等丽君说话，大伟的弟弟大志跟着说道：“就是，人家说女怕嫁错郎，男怕选错行，这行一选错一生都白搭了。我大哥就是个贝贝牙膏，背透了。”

大志的性格大伟知道，是那种想什么就说什么的人，不会跟他计较，可是，这话让王秀文听起来却不是那么入耳了，特别的别扭。但大过年的，说了就说了，听了就听了，这边耳朵进那边耳朵出，也就忍住没有吭声。

大志以前在富平农机厂工作，平淡地过着三点一线的生活。可是，随着改革开放的窗口打开，他再也不能安逸于那种平静的生活了。身边的同学朋友倒腾得个个成了万元户。这让大志心急火燎，看着以前混得不如自己的兄弟现在却是挂金戴玉的，让他再也坐不住了。把以前自己攒的私房钱全投出去了，又是倒腾衣服又是倒腾香烟，可是，一连试活了好几次，别人都挣了钱，他却不是时机不对，就是错过机会，每次都是血本无归，这让他一段时间是心灰意冷。

平老爷子把他大骂一顿，说咱平家自古就是本分人家，靠的是勤俭持家，血液里就没有那个做买卖的基因，老老实实地待着多好。可咋还没咋呢，就先把工作辞了。现在可好，连个工作都没有。

大志不服气地嘟囔道："农机厂那点收入，还不够我抽烟钱，一年四季拴得紧紧的，我才不想就那么耗一辈子。"

"农机厂咋了，哪里都是干社会主义，人不大心还大得不行。你就是想试活试活，我也不反对。可是，你小子倒好，一上手就先把工作辞了，也不和我商量商量，先绝了自己的后路。"

大志一下打断了老爷子的话，说："爸，我那是破釜沉舟，不断后路，咋能绝地逢生。"

大志不解释还好，这一解释更让老爷子气得怒发冲冠，说道："逢生个屁，还敢说什么破釜沉舟，你就是一个破罐子破摔。铁路最后一次接班，多好的机会，让你接班到铁路工作，你还看不上，说要考大学。志气不小，可咋样，不是还是考不上。我又好不容易托人帮你进了农机厂，没干几天，你又坐不住了，瞎捣鼓，这下可好，鸡飞蛋打，啥都没有了，还他娘的说什么破釜沉舟。"

老平说的铁路最后一次顶替接班是一九八六年七月十二日，国务院发布了国营企业劳动用工制度改革的四项规定，即《国营企业实行劳动合同制暂行规定》《国营企业辞退违纪职工暂行规定》《国营企业招用工人暂行规定》和《国营企业职工待业保险暂行规定》。根据这些规定，从一九八六年十月一日起，国营企业招用工人，"面向社会，公开招收，全面考核，择优录用"；必须实行劳动合同制，废止了子女顶替制度。铁路系统为了解决那些老铁路人的后顾之忧，在规定日期执行前，搞了最后一次职工子女顶替接班。那次，许多铁路职工为了赶上这最后一班车，不惜提前退休让孩子进入铁路。本来，老平是想让大志顶替接班的，无奈大志死活不肯，就只好让不到年龄的丽君改了户口，顶替老平进了铁路工作。

听了老爷子的训斥，大志气哼哼地反驳道："给你说不清，说了，你也不懂，老古董。"

"娘的，你说谁是老古董，看我不抽死你，两天不打就上房揭瓦了。"老爷子骂着就四处找棍子。

大志见状，扭身就窜，人出了房门，嘴里还一个劲儿地叫道："君子动口不动手。"

这两年，父子俩是青春期遇上了更年期，就跟俩对头，大清早一见面就吵，搞得大志妈不知道该劝谁好。最后想了一个好办法，就让大志去秦巴山他哥那里玩几天，散散心，别在家里老待着了，爷俩见了就掐架。

大志也正好不想见他爹，更不想见他那帮兄弟，人家个个成了事，在他面前有意无意地总是显英雄摆大款，这让大志那颗虚荣心都快烧烂了。现在有了老娘的好建议，他二话不说，当天就买了去秦巴山的火车票。

上了火车，大志把背包往行李架上一扔，左右一看，同座的也都是和他年龄相差不大的同龄人，于是，把一盒金丝猴烟打开往外就散，"来，来，兄弟，抽支烟，来，抽支烟。"人不大，跟个老江湖似的。

大志的性格不像他哥平大伟，他是喜欢交朋友，见面熟，待人更是热情爽快，所以，很快就和这帮人成了哥们儿。等到了陈仓，他跑到车下，买了一大包的鸡爪，提了一瓶普太白。有吃有喝的了，再来个酒过三巡，鸡爪下肚，三下五除二，他已和身边的这几个人成了无话不谈的铁杆了。

一个哥们儿就说：“兄，兄，兄弟，哥，哥哥我看你，你人不错，跟……跟，跟哥哥干吧。”

“跟，跟哥哥干啥？”大志醉眼蒙眬地问道。

“你，你，你看，我们都带的啥？”这位一指座位底下问道。

大志扫了一眼，没看清，好像是袋子。就问道：“是，是袋子吧。”

“对对，对了，说对了。你知道我们为啥带，带袋子？不，不知道吧，我告诉你啊，我们是去，去收杜仲。”

“杜，杜仲？杜仲是啥啊？”大志第一次听说，连忙问道。

人家就告诉他，杜仲是一种药材，是一种名贵的滋补药材。可以补肝肾、强筋骨、降血压、安胎等诸多功效。还告诉他，广州那边急需，人家那边生活条件好了，更注意身体保健了。

听明白了，大志胸脯拍得咣咣响，说这事就这么定了，他跟着哥哥们干。

几个哥哥更是豪气冲天，咬牙瞪眼许诺说，百分之一千地保证让他一年挣个万把块。

听得大志是浑身发热，想自己很快就要扬眉吐气了，那个痛快劲，恨不得把头往墙上猛撞几下才过瘾。

可是，等大志酒醒之后，他就为自己终究没有把脑瓜往墙头上撞而庆幸。谁都知道，火车上嘛，南来北往的都是陌生人，谁也不知道谁的底细。大家伙儿在火车上一待几十个小时，加上车厢狭窄，人员众多，寂寞憋屈，唯有通过狂吹乱侃打发时间。所以啊，谁要是把火车上的话当真，谁就真的是脑袋让猪脚踢了。

等到了站，大志和哥哥们握手告别，说好以后再聚，难舍难分的好像几十年的老兄弟，但彼此知道这都是骗鬼的话。那时候，既没有手机又没有传呼，也没有留地址，就是留了也没有人当真。

大志到了金州后，休息一晚上，第二天又倒了一趟慢车去了秦巴山。在工区见到了大伟，平大伟很高兴，就安排他在工区住下了。大伟那几天正忙着施工，也没时间招呼他，就让大志自己转。大志待了才两天，就受不了了，本来他觉得富平很不咋的，又小又穷，没啥玩头。可现在一比，他感觉富平就是北京，就是上海，就急着要回。大伟看他归心似箭，也没有强留。帮他买了票，准备第二天送他回去。

想着第二天大志就要回去了，自己这做大哥的也没有表示一下，可这地方的确也没有什么可表示的，就吃完晚饭带大志到周围转转。周围除了山就是山，两人走了没有多久，大志就没心情了，兴趣索然地说道："哥，没意思，咱回吧。"

"不想转了？"平大伟问。

"嗯，没意思。"大志答道。

"那好，咱回。"平大伟应道。

两人一前一后地往回走着，正走着，跟在后面的大志说道："哥。"

"嗯？"

"哥，我看你还是想办法换个地方吧。"

"咋了？"大伟扭头，问道。

"哥，你看你这是啥地方嘛。说是在铁路工作，可实际上……"大志脸上露出了一副很不屑的神态。

"实际上咋了？"

"实际上跟农村有啥两样嘛，你待在这巴掌大点儿的地方，一年四季的，有啥意思啊。"大志嘴撇着说道。

说实在的，大志对铁路从来就没有个好印象。老爷子在机务段做司机时，那时他还小，在他的记忆里好像就没有过老爹在家的影子，更别说陪他玩了。等老爷子调到了富平车站，工作是稳定了，不用四处跑了，可是一年四季除了三班倒就没个星期天，一天没有几趟车，还要死死地拴在那里。所以，那年铁路最后一次接班时，老爷子怎么劝他，他都不去。最后，还是让妹妹丽君接了班，在客运段做了列车员，一个月一半时间在外面跑，也是累得不行。

比起平大伟来，平丽君在客运段工作更是个难，她们属于铁路一线服务窗口单位，因为直接面对旅客，工作压力更大，稍不注意，就被人投诉了，那就是一起路风事件。

而且，一年四季超时、超劳、超负荷工作的她们没有国庆、没有五一、没有周末、没有寒暑假，连除夕还在列车上为旅客服务。但让丽君一直搞不明白的是，面对担负旅客出行任务最重的铁路，不仅超负荷运转载客，还要承担最低的运费，在这种情况下按理说旅客应该感谢铁路，相反却处处指责，什么服务态度不好了，服务力度欠缺了，稍有情绪就开始骂铁路，骂列车员，恶语相向甚至把怨气都撒在了她们身上，以此作为对她们加班加点、辛苦劳动的一种回报，这让丽君特别的寒心。

一次丽君值乘，有个旅客把方便面油汤洒在铺单上了，丽君知道后赶紧跑过去给他换了，可人家不但不领情，还给列车长投诉说她换得太慢了，把丽君都气哭了。还有的旅客在刚扫过的地板上随意地乱扔瓜子皮、果皮；为了保证其他旅客的健康，她劝那些抽烟的旅客不要在车厢内吸烟，人家根本不理她，不但吞云吐雾，还故意将泡泡糖嚼完吐到地上。

还有一次，丽君更窝火，有个旅客带着几个孩子上了车，孩子们在火车上嬉戏打闹，丽君前后提醒她了好几次，让她一定要注意孩子的安全。那位旅客不耐烦地说她多管闲事，可是，当一个孩子不小心磕伤了，她就找到列车长让丽君赔钱。还把她告到了铁路局路风办，气得丽君直想骂人。可是，委屈归委屈，最终，她还是给人家道了歉。车长说了，谁让咱是服务单位呢，服务就是服从并务必干好。车长的一顿解释，虽然是牵强附会，但丽君心里清楚，车长比她的苦水更多。

丽君的这些委屈，大志是体会不到的。老爸后来托人帮他进了农机厂，农机厂尽管收入也不高，可不管怎么说，八小时上班固定的，起码生活工作有规律。来秦巴山之前他也没有想到平大伟的工作竟然会是这样，这地方要是换成他大志，一天也待不下去。他倒好，一晃就是十几年，他不明白他这个老哥是怎么待住的。

平大伟本想给大志好好解释一下，但又一想，这话给他讲也讲不通，也就没再说什么。大志以为说到了老哥的痛处，便接着往下说道："哥，不行就辞了吧。外面的世界有多大，我不说你比我清楚，我知道你怕回去让人家笑话你，真没啥，我这不是辞了，不是活得好好的。"

"人各有志，我不劝你，你也别劝我了。"平大伟一下打断了他的话。

大志还想劝说，可一想，大伟十几岁时就离家来到了这秦巴山，想必都待傻了，说也说不明白，反正明天就走了，老哥说得对，人各有志，随他自己去吧。便想换个话题，一抬头，见远处山上小树一棵挨一棵的，就问大伟："哥，那是啥树啊？"

大伟说："那是杜仲。"

"杜仲？"大志一下想到了火车上见到的那几个人，跑那么远，不就是来收购这些杜仲吗？这让他的心里一亮，随口说道："哥，我明天不走了，我再待几天。"

"嗯？"

"没事，我想再待几天。"平大志不想把还没有定的事情就给大伟讲，就打了个马虎眼。

平大伟当然知道老弟心里肯定有事，但见大志不想说，也就不问了。但他知道，大志肯定又有了新点子，至于是什么事，深知他性格的大伟，就静等着往下发展了。

果然，第二天一大早，大志打了个招呼就不见了人影，直到晚上才回来。平大伟问他，他也不说，光是神秘地笑笑。一连几天后，平大志才非常兴奋地告诉平大伟，他现在找到了一个发大财的机会。

平大伟问他什么机会。

大志就悄悄地告诉他，他要贩卖杜仲。

这几天，他把周围乡里乡外跑了一个遍，把山里凡种杜仲的人家找遍了，也说好了价格。那天，他在火车上已或多或少，或详或粗地将广州那边杜仲的收购价大概了解了一下。现在的大志还很生自己的气，气那天在火车上咋就没有打听细了。

平大伟听清了来龙去脉，直接劝他别听风就是雨了，毕竟，他知道大志已经在商海折戟沉沙好几次了，早已是遍体鳞伤。这次来到他这里，不用他问，就知道是来疗伤的，本希望他这次能静静心，回去再找个工作安居乐业就行了。看着老爹老娘都那么大年龄了，还在为自己这个老弟操心，他就揪心着急。可他没想到的是，大志这一趟来，又点燃了他的一个致富梦想。

此时的大志哪还能听进去大伟的话，本来，他就打心眼里看不上他的这个大哥。心里都瞧不上，那他的劝说就更没有力量了，软绵绵的，从这个耳朵进，那个耳朵出了。

大志一意孤行，当即从大伟这里借了钱，直接去了广州。平大伟本不想借，可是，一见弟弟那被梦想烧红的脸，就不忍心了。再一想，自己如果不帮他，肯定又回去找老娘了。再说了，大志毕竟还年轻，就是失败了也是一种经历，于是，不但借了钱，还替他买了去广州的火车票。平大志一头就奔向了广州。

大志这次不但去了广州，还跑了其他的几个城市，到药店、制药厂问清楚了收购价。接着，又回到了陕南，从秦巴山深处购买了杜仲。开始时，他直接把装着杜仲的包裹塞到火车车厢椅子下面，一趟趟地来回贩。几年下来，从开始的亲力亲为，到后来的租赁汽车成批运输，而且是越做越大，品种越来越多，最后干脆成立了药材批发公司。

赚得了第一桶金，大志吃水不忘挖井人，一直念着老哥在他开始时的支持帮助。等他生意做大做稳后，他便一次次劝说平大伟也和他一样辞职下海，打虎还得亲兄弟，兄弟俩一起干。但是，平大伟每次的回答都让他很失望。他一直弄不懂，他这位大哥到底是咋了，为什么就那么固执地扎根于山区小站，在那个他连一天都不想待的地方，他还能待住，连家都安在了那里，是人傻啊，还是待傻了，这让大志怎么也搞不明白了。虽然，人各有志是一个理由，可是，人往高处走，水往低处流，更是天性啊。

这些话他不止一次地在平大伟的跟前说起，只要兄弟俩相见，他就会苦口婆心，不厌其烦地劝说一阵大伟，现在他正缺人手的时候，大哥的加入一定是如虎添翼了。可每次，他的话就像是面对空中的一阵猛拳，没有起任何的作用。

大志奔走于秦巴山收集药材，对车间的这些青工来说冲击是巨大的。特别是自从一九九二年小平同志南巡讲话后，为改革开放注入新的活力，中国掀起了新一轮改革开放的高潮，一时间，似乎人人皆商了，胆大胆小的都往“海”里跳。看着大志，白手起家，抓住了一次商机现在也成了老板，这种诱惑是空前的，于是，不少人也就动心了。其中，王志军、文国安两人一商量，便找到了大志，提出想停薪留职跟着他干。

大志当即一口答应了，自己的公司目前正是缺人手的时候，这文国安和王志军这样地熟悉秦巴山了解秦巴山，又是大伟的手下，知根知底地做了他的左膀右臂，那不就是老虎添了翅膀？特别是随着公司越做越大，他愈清楚人才才是最重要的。

文国安和王志军在找平大伟提出来要停薪留职时，平大伟还劝阻了一番，但人心思去，劝阻已没什么用了。铁路局也出台了停薪留职，劳务输出方面的政策。平大伟尽管是一千个不愿意一万个不舍得，毕竟，这王志军和文国安都已是工区的技术骨干了，但面对政策的支持和人家的心愿，他不得不同意了。

这文国安和王志军跟着大志还真不错，不到一年就腰粗腿壮，钱多多了。后来，王志军还在临潼华清池旁边开了一家尝来尝往酒店，一直是生意兴隆。如果不是后来平大伟狠狠地把大志训了一顿，警告他不准再来挖墙脚了，否则，他带的这支队伍还真有一点动摇了。

今天团聚，饭桌上大志又旧话重提，而且是当着女儿的面去数落她的爸爸，王秀文很不高兴。对于自己的丈夫，王秀文很明确，唯有自己可以数落，别人那是绝对不允许的。捍卫丈夫的面子，王秀文是旗帜鲜明的。要是换了别人，她早就要说两句了。可是，面对小叔子，她现在唯有一忍再忍了。

再说了，这种尴尬的情况，她也见多了，每次回北京不也是一样地接受亲戚家人的同情和悲悯吗？好像他们选择了秦巴山就成了另类似的。上次去北京，一位初中时的老同学来家里看望她，聊着说着就聊到了秀文的工作上。

老同学脸上挂满了怜悯的神态问她："你们那边还好吧，待得习惯不？"

秀文故意做出很轻松的样子，笑道："还好。"

老同学又继续关切地问道："那边苦不苦？"

秀文说还可以吧，青山绿水的。

"哦，对了，你在铁路工作，你们坐火车肯定方便了。"老同学笑道。

"嗯，还行吧。铁路上工作嘛，也就是坐火车方便。"虚荣心促使王秀文尽最大努力地美化着她心中的铁路。面子对王秀文来言，和所有的中国人一样是极其重要的。

可是她的话音未落，就听得平萍在旁边叫道："妈妈骗人，妈妈骗人。"

秀文的老同学笑着逗她说："妈妈怎么骗人了啊？"

"哼，那边什么都没有。"平萍嘴一噘，说道。

"怎么没有，有火车啊。"王秀文连忙笑道。

"哼，什么火车啊，坐的都是拉煤的火车，又脏又黑，还直摇晃，还特别慢。"小平萍十分不满地说道。

"拉煤的火车，那是什么火车啊，那车怎么坐啊？"同学听了，有些吃惊地叫道。

听了她俩的对话，王秀文心里仿佛被锥子扎了似的难受。

那是破天荒的一次，她和平大伟趁着星期天休息带着平萍去金州玩。

他们已经答应平萍好几次了，说要带她去金州动物园看小猴子，还有大狗熊。可每次不是因这事就是因那事食言了，后来，平萍都不相信他们了。

甚至有一次，平大伟给平萍讲小人书里的故事《曾子杀猪》时，讲到曾子的妻子去赶集，她的孩子哭着也要跟着去。妈妈对他说："你先在家待着，等我回来杀猪给你吃。"曾子的妻子刚从集市上回来，就见曾子要捉小猪去杀。她连忙上前说道："我是逗他玩的，你怎么真要杀啊？"曾子说："这事可不能开玩笑啊！小孩子没有判断能力，什么都向父母学习，你现在骗他，以后，他就不相信你了，他也会骗你的。"说完，曾子就把猪杀了。这个故事讲完了，平萍就大喊道："我要曾子爸爸，我要曾子爸爸。我不要骗人爸爸，我不要骗人爸爸。"

平萍的一阵乱喊乱叫虽然被王秀文制止住了，但这成了平大伟的一块心病，一直想着怎么改变平萍对自己的看法。好在这次终于有时间有机会兑现，这天早晨，一家三口高高兴兴地坐火车赶到了金州，来到动物园，平萍又是玩又是看的，甭提多高兴了。

看着平萍那么兴奋快乐，平大伟和王秀文实在是不想扫了女儿的兴致，就将金州去秦巴山的那趟慢车给错过去了。等回去时，就只好搭乘了一趟货车回到了秦巴山。

乘货车回秦巴山的情况非常多，他们有时到段机关办事，事一忙，乘车时间误了他们就只能搭货车了，这种现象早已习以为常了。所以，她和平大伟都没有太在意，却没想到那次的搭乘竟给平萍留下了这样的深刻记忆。

现在见同学问了，王秀文连忙解释道："我们坐的是货车。"

"什么？你们坐货车，你们铁路人还坐货车啊？"在老同学的眼里，靠山吃山，靠水吃水，铁路人在铁路上肯定有诸多的方便了。却不知她的老同学王秀文竟然还要扒乘货车？在她的心里，扒货车和当年的铁道游击队以及今天的盲流能有什么两样啊？

王秀文看给同学是解释不清了，她把平萍抱在了怀里，内心充满了对女儿的内疚。可是，他们之所以这样做，不就是为了让更多的孩子不再坐拉煤的火车，也为了那些拉煤的货车和拉人的客车跑得更快更安全吗？

问题是谁会听她去解释，给孩子还是给她的老同学？

现在倒好，连大伟的弟弟大志都肆无忌惮地瞧不起他们了。这好不容易才在大年三十吃上个团圆饭，没想到饭还没有吃到嘴里，就先被大志数落上了，这让王秀文心里特别的纠结、不悦。

大志没有想到自己这边话音未落，老爷子那边一下子先火了，把筷子往桌子上一摔，大声呵斥道："大志，你懂个屁。你以为你赚点钱了就了不起了，你和你哥比起来，你差远了，你最多有点破钱而已。可是，你哥呢，人家那才是真正的事业，他奉献的是这个社会。我实话告诉你，你连和你哥比的资格都没有。"

平大伟一看，大过年的，惹老爷子生气了，连忙赔笑道：

“爸，你别生气了。大志也是为我好，只是人各有志。”

大志亦不服气地反驳道：“爸，都啥时代了，你还在这儿谈什么奉献谈什么理想，傻啊你，我们才不讲你那些虚了吧唧的事情，我们现在看的就是实力，什么是实力，实力就是money。”

“买你娘个屁，什么啥时代了，不管啥时代，也不能忘了奉献忘了理想，没有我们当年的奉献，哪有今天的你？早喝西北风去了。”老爷子一下子打断他的话，大声骂道。

平大伟一看老爷子真火了，他知道老爷子有高血压、冠心病，怕气上头了，别弄出个脑溢血什么的，连忙用眼睛制止大志。大志对大伟的暗示当然心有灵犀，现在尽管有一百个不服气，但还是低头不语了。

大年三十就这样过去了。

大年初一，平大伟遵照父母之意，跑了几家亲戚拜了年。大伟是在富平长大的，所以，同学朋友亲戚多，一天跑下来，时间挺紧张的，就这样马不停蹄，也没有跑几家。好在王秀文家在北京，无须初二回娘家，就说好第二天继续走走。平时工作忙，和很多朋友都因少了联系而断绝了来往。大伟妈的意思是趁这次回来，把老关系都走动一下，毕竟，人在社会上少不了帮衬。

平大伟也答应得好好的，他也知道，平时自己不在家里，弟弟大志、妹妹丽君也是一年四季在外面跑，家里大大小小的事都是老两口自己操持，有什么难办的事了，也是这些亲戚邻居帮得多。所以，也想借这次回家探亲机会把大家都看望一下，也表达自己作为长子的心意。

有道是：“人生之事，不顺心者十之八九。”初二，刚吃完早饭，穿上新衣服还没有出门，富平火车站的一位职工骑着自行车赶到了他家，告诉平大伟，工务段来电话紧急通知，说局安全检查组要来秦巴山工务车间检查工作，请他务必于初四早上赶到工区，和安主任一起迎接检查。

那是一个一没有手机二没有传呼机的时代，传送信息的方式一般都是信函和电报，连电话都很少。好在平大伟的父亲曾是富平火车站的老职工，他们又住在铁路家属院。单位知道他的情况，一般有什么急事就通过车站的职工来传递了。

传话的人还没有走远，大伟妈已是一脸的不高兴了，平萍更是噘着嘴嚷嚷着不走。王秀文心里虽然也是一百个不愿意，可她毕竟清楚铁路工作的半军事化性质，再说了，平大伟作为车间的领导，他没有理由更没有借口不回去啊。

她一句话没说，赶紧就去收拾东西。大伟妈也连忙进了里屋把早已准备好的糖果点心拿出来，装进包裹。一个劲儿地叹气，埋怨铁路没人情味，过年都不让人过踏实了。这让老爷子听见了，不高兴地说道："嘟嘟啥，你又不是不知道，铁路和军队没两样，令到人到，你别在这里瞎嘟嘟扰乱军心。"

其实，大伟妈何尝不知道呢？当年，大伟爸爸参加工作的时候开始是铁道兵，还到过朝鲜，虽然没有直接参加战斗，但其危险与艰苦也不亚于一线的战士。

平大伟爸爸回国后，去了秦岭山中参加修建了共和国的第一条电气化铁路宝成线，宝成线建成后，就地安置时他要求去了机务段工作。后来，为了照顾富平老家年迈的父母，调回到了富平火车站总算安顿了下来。一直跟随着他走南闯北的大伟妈对铁路那是深至骨髓的了解。现在，听大伟爸爸说她扰乱军心，老太太再也憋不住了，对着老头子生气地呵道："谁扰乱军心了，你说，谁扰乱军心了，你说！"

老两口的对话，让平大伟是忍俊不禁，心道人老了，就是老小孩了啊，便连忙笑道："没有扰乱军心啊，咱们的军心咋能这么容易被扰乱啊。"

见大伟打哈哈，大伟妈也就不再言语了。再说，大伟爸见老太太真发火了，早就躲得远远的了。和大伟妈妈生活几十年的他太了解这位老太太的性格了，平时随和谦让，忍辱负重，事事让着他。可是，一旦真把她惹急了，那可就是老虎下山，气势磅礴了。此时，他懂得大伟妈妈的心思，舍不得孩子又要走，心里难受，只好找他吵架发泄了。现在他们自己已到了风烛残年，见一次少一次的年龄了。

很快，行李就收拾好了，平萍还躲在墙角哭闹不想走，王秀文也没有心情哄她，把她往怀里一抱跟着大伟就出了门。门一打开，一股冷风迎面扑来，但两人没再迟疑，一低头冲了出去。此时，平萍的哭声更大了，老太太站在门前抹眼泪；老爷子则静静地坐在椅子上一语不发，只是嘴唇不能克制地颤抖着，眼睛望着前方，许久许久……

平大伟他们一家三口，来到了富平火车站，上了去唐京的火车，等到了唐京已是下午。因为是大年初二许多列车都停运了，好在晚上还有一趟列车去金州。三个人就只能在车站候车室待了几个小时，春节期间，商店也关了门，想买点吃的都没有，平大伟只得将出门时，妈妈给带的大饼、点心拿出来充饥，就这样一直耗到晚上。

等上了车，平大伟稍松了一口气，车上也没有几个人，两人抱着平萍彼此换着或躺或坐地熬了一天一夜终于到了金州。平大伟和王秀文不敢停留，但又没有合适的客车，只得又上了路过秦巴山的一趟货车。给运转车长打了招呼，三个人才上了守车。守车虽然憋屈，又脏又冷，但终究有了个可坐可挡风雪的空间，在平大伟的心里已经很满意了。

平萍这时才两岁，在妈妈的怀里困了睡，醒了吃，吃了玩，不高兴了哭，还体会不到一路的劳累，可把王秀文累坏了。因为大雪，车走走停停，等到了秦巴山已是深夜了。

车门打开，平大伟背着行李先下去，人站稳了，又把王秀文怀里的平萍接过来。王秀文这才抓着被冰裹住的又凉又滑的车把手慢慢地下了车，因为秦巴山车站建在两座隧道之间的桥上，所以，车头在外面，守车还在漆黑的隧道里。

列车稍息停留，便拉响了一声长笛，又“哐当哐当”地远去了。

隧道里唯有平大伟和王秀文，还有秀文怀中已经熟睡的平萍。平大伟把包裹背在肩上，扶着王秀文两人从隧道向外走。到了隧道口，抬头一看，天空飘着漫天的大雪，鹅毛般的雪花将天地间染成一片白色。

从隧道到工区，首先要经过王秀文平时除锈保养的那座黑水河大桥，一百多米长的钢铁桥，往常王秀文几步就跨过去了，但今天对他们来说却是异常的艰难。

铁桥上覆盖着一层厚厚的白雪，雪下面则是冰冷的铁板，雪在铁板上很快冻成了冰，比滑冰场还滑。平大伟背着行李，一手抓着铁栏杆，一手扶着王秀文，王秀文怀里抱着平萍，一步三滑。桥下面就是一百多米深的沟壑，掉下去必是粉身碎骨。雪覆盖在冰上，冰紧紧地抱着桥上面的木板铁板，脚踩在上面如同站在溜冰场上，全部的力量都用在了抓着桥栏杆的手上。

平大伟和王秀文艰难蹒跚地行走在铁桥上，知道不能有一点点的闪失，稍有闪失那就是不可逆转的悲剧，这可是一家三口啊，平大伟的心现在就提在嗓子眼上。终于，当他们一步三晃地走到了桥头，脚踩在了土地上时，再看手表已过了一个多小时了。借着站台昏暗的灯光，王秀文看见平大伟的头上布满了汗珠，在冰凉的夜色里，不断地向上蒸发着滚滚热气。同时，她亦感到自己的内衣已经湿透了。

两人相偎依着，无言地回望静立在风雪中让他们一度心惊胆战的铁桥，再看怀中的平萍，还在甜美的梦中。

回到平大伟的宿舍，打开房门，屋内和屋外一样的寒冷。现在，连生火的柴火都没有，刚才过桥时产生的热量在这冰冷的空间迅速地消失，王秀文已经冻得浑身打哆嗦了。

工区的人都已经熟睡了，平大伟不忍心叫醒这些已经忙活了一天的兄弟们。他悄悄地在工区周围转了一圈，树枝早已在冰雪中湿透，用它们生火显然不可能了。回到房间，再摸小平萍的手已是冻得冰凉，万般无奈下，平大伟只好将一个木凳子拆开了，用斧子劈开生火。火生着了，但这微弱的火光在这个冰冷的夜晚是那么的弱小。

就在这时，随着一阵急促的脚踩雪地的声音由远而近，门外很快响起了敲门声。平大伟连忙上前开门，只见安卫东站在门外，上前二话不说，就把平萍抱了起来，说道："走，走，赶紧走，到我家去。"

也不等平大伟同意，转身就走。来到了他们家里，屋里烧得暖暖和和的，炉子上的锅里给他们烧的姜汤正翻滚着。孙小萌快人快语道：我们都睡下了，卫东突然想起今天你们要回来，这天寒地冻的，宿舍肯定冰冷，就连忙把我也叫起来，赶紧烧上姜汤，把床铺好，就去接你们过来。

孙小萌的一席话，说得平大伟连说："谢谢，谢谢。"

坐在旁边抽烟的安卫东斜着眼扫了他一下，说道："谢啥，有啥好谢的，如果不是平萍和秀文，谁管你这个闲事啊。冻死活该!"

"卫东，你，你咋又开始胡说喽。"孙小萌在旁边连忙制止道。

接着，她歉意地对平大伟说道："平书记，卫东开玩笑呢，你别当真啊。"

平大伟笑道："就他那狗脾性，我能不知道。"

安卫东低头抽了几口烟后，说道："明天迎检时，你要好好表现啊。"

"咋了?"熟知安卫东的平大伟立即捕捉到了他话里有文章，

他清楚这不是安卫东的处事风格。

果然，平大伟很快得知，那天通知他回来迎接工作检查时，安卫东考虑平大伟刚回去，他在这里全权代表就可以了，不要再兴师动众了。就为了平大伟来不来的事和人家争了几句，说什么形式大于内容，两个正职，有一个就行了，非要都到，尽搞形式主义。还说对工作重视不重视，不是看迎检的人数和级别，还是要看实实在在的结果，这让上面很不高兴。已做了多年党支部书记的平大伟深知，他们是处在被检查的位置，这要是让人家不高兴，那就是寻着要撞人家的腰眼。既然，上级要求车间党政正职都要在岗，那就好好落实，认真服从才是硬道理。你现在倒好，还提出了一大堆理由，不是没事找事吗？遇到心胸小一点的，这次检查可就给你架到了火炉上，不搞个底朝天，哪能有个完？本想说安卫东几句，太沉不住气了。但一想安卫东也是为了他好，也就忍住了。

那一晚，平大伟一家人在安卫东和孙小萌的安排下，暖暖和和地睡得香甜。

二十三

王秀文的旧事重提，平大伟声音一下小了许多，但他还带着情绪地说道："是，我知道安卫东的性格，可是，他也不能这样啊，眼里就没有我这个人。我咋说也是个书记啊，比他资格还老，怎么着也要互相尊重吧。"

"什么资格老不老的，再说了，资格越老经验越丰富，心胸越开阔。你忘了，韩段长给你说了多少次了，要你帮着卫东，可你看看你，老是拘在你自己的感受中。"

王秀文的话的确很有说服力，平大伟的心不再是那么的怒火燃烧了。他坐下来想说什么，但又欲言又止。

"我知道你在想啥，不舍得戒酒。什么酒能交朋友酒能解忧愁，可是，酒更多的是误事啊。你想想，哪一次打架不是因为喝酒，也是你运气好，没有因酒出事的，万一谁因为喝酒出事了，看你咋办。"

王秀文的这句话，让平大伟头上开始冒虚汗了，因为，前几天，他从兄弟单位得知，一个巡道工因为酒而误了大事，差一点造成大事故。

"我倒不是反对这禁酒，就是这安卫东做事太霸道，不想……行 了，行了，不说了，这事让我再考虑一下。"

不等平大伟把话说完，门外就响起了急促的敲门声。王秀文上前把门拉开，就见小郝急匆匆地冲了进来，喘着粗气大声叫道："书记，书记，不好了，不好了！"

"咋了？慢慢说。"平大伟心头一紧，知道又出事了，但他尽量表现出平静的神色，问道。

"打，打起来了，他们打起来了。"

"打起来了，谁打起来了？"平大伟暗道，真是怕啥来啥啊。

"俺工区的那几个。"

"走！"平大伟抓起一件衣服披在身上，跟着小郝往外走。

刚走几步，平大伟就闻到了小郝身上的一股酒气，扭头问道："你们又喝酒了？"

"嗯。"小郝低着头应道。

"安主任不是才宣布的，不让你们喝酒了吗？你们咋就忘了？"平大伟这个时候是坚决支持安卫东的。

"没忘，可咱这下班了也没别的事，不喝酒干啥啊。"小郝嘟囔道。

平大伟没有说话，低着头向前走着。不过，他心里和小郝想的一样，不喝酒干什么呢。现在让他们最兴奋的就是开运动会，可是不能天天开运动会吧。再说了，有的人喜欢运动，还有的人不喜欢运动呢。这时的平大伟就想到了韩主任和他们的那次谈话，关于加强文化建设的事，当时自己以工作繁忙为理由坚决反对，现在看来，自己的格局还是太低了。

平大伟心里寻思着，就来到了职工宿舍，离老远就闻到了浓浓的酒气，可是，等到了门口却没有了一点儿的声息。

平大伟不解地看了一眼旁边的小郝，小郝更是不解。刚才他们在一起喝酒，喝着喝着，不知道谁先发了飙动了手，接着，就乱成了一锅粥，也不分彼此，拉着谁就是一拳，掌来脚去的，这下可把他吓坏了。

他不敢找安主任，他知道安主任脾气太歪。于是，他跑到了书记这里。这才没多长时间啊，怎么会没有一点儿声音了。等走近再看，平大伟气得不知道说什么好了，满地躺着都是他的青工。

刚才本就个个喝得九成醉了，站都站不稳，还打架呢。这边一推那边一拉都倒在了地上，接着就呼呼大睡了。

这时，安卫东闻讯也赶了过来，见状，气得连连叫道："起来，都他娘的给我起来，起来！"

连喊带踹，没一个人理他。

平大伟就让小郝把桥隧工区的几个职工叫来，帮着把这些喝得酩酊大醉的青工们扶到各自的房间床上，等什么都拾掇好了已是深夜了。

这次安卫东没有说啥，平大伟自己先急了，他找到了安卫东，提出了自己的想法，说："咱这里环境太差，交通不便，这是客观现状，咋办？但总不能任其这样下去吧，我看啊，只有靠咱自己了。"

"你有啥直说，绕了半天，你也不嫌累。"安卫东一下打断他的话。

平大伟咽了一口吐沫，咬着牙说道："你急啥啊，我这不是怕你听不懂吗？"

"你以为就你智商高。"安卫东抬头斜眼瞄了一眼平大伟。

"你把你的眼神捋直了。"平大伟说道。

"你管我眼神呢，有啥你就直说，你是书记，一言九个鼎。"安卫东还是摆着一副大不咧咧、玩世不恭的样子。

"你十个鼎呢——我意思是咱们得两条腿走路了。"

"啥两条腿走路？没见过一条腿走路的。"安卫东面带疑惑地问道。

"那是因为你见识少。"平大伟不想再和他斗嘴，继续顺着自己的思路说道，“加大文化方面的建设，让大家的心饱满起来。”

“让心饱满？让啥心饱满？”安卫东还是一副搞不懂的神态，接着问道。

“装吧你，就是走心的问题。”平大伟气得都想打他，心说，这人啥时候能有个正形啊。

“走心？啥是走心？”安卫东习惯性地眼睛一瞪，又问道。

“就你那小眼睛，天天瞪啥！”平大伟哭笑不得地答道。

“废话，我不瞪，你们咋能知道我的眼光很犀利。”

“就你那还犀利呢，行了吧——走心，说白了，就是大家伙儿是不是一条心。”不等安卫东再问，平大伟继续说道，“卫东，我这几天一直在思考一个问题。为什么有的人睡在金银财宝上不快乐，有的人窝居深山活得有滋有味？其实，就是两方面的事，一个是物质，一个是精神。物质，本来很简单，有床睡三餐保证有衣裹暖，就完全可以满足一个人的生活了。就这为什么人们还不断地索取索要，就是欲望太强，欲壑难填。可是一味追求物质，忘记了内心的滋补，再富裕也不快乐。我悟出了一个道理，一个人的精神世界必须要充实起来，有精神了人才能有激情，充实精神的唯一办法，就是文化的熏陶。”

“你说了大半天，就是这个吃喝玩乐的事啊？”安卫东嘴一撇笑道。

平大伟一字一顿地说道：“说明这吃喝玩乐的事重要呗。”

安卫东愣了一下，可能他感觉这话好像很耳熟，不过，他早已忘了这话是自己说的。

“老平，说实话，我可真没有一点反对你搞文化活动的意思，我就是怕你这活动一搞起来，让这帮小子们分心。你知道，咱们的线路质量，我现在恨不得二十四小时不睡觉，天天盯着这线路，就这都不放心。万一这活动搞起来………你是不是再考虑考虑？”安卫东做出了一副推心置腹的样子说道。

这时的平大伟就想抽他，心说，以前你是最热衷搞活动的人，和韩主任是一唱一和地说服我，现在可好，装，装吧。但他亦不说透，说道："卫东，咱这禁酒已经开始了，这伙计们晚上不喝酒，一下就没了事，几天可以，时间一长那就受不了了，咱还是搞一些文化活动，就是你以前说的，吹拉弹唱，让大家忙起来。"

"我以前可没说过什么吹拉弹唱啊，你别给我胡编。"安卫东脸一板。

平大伟弄不清这小子是真忘了，还是装的。不管是真装还是假装，这活动必须要开展下去，于是，他又说道："吹拉弹唱你不承认说过，吃喝玩乐听说你还是挺支持的。"

"那是，那是，吃喝拉撒睡玩，人之常情啊。"

看着安卫东眼里满是狡黠的目光，平大伟心里一亮，知道这小子现在是提着麻袋——不断地"装"，便不再和他拐弯抹角，直截了当地问道："娘的，你给我一句实在话吧，到底支持还是不支持?"

"咋，我不支持能咋?"安卫东话音刚落，突然间跟川戏变脸一般，刚才严肃的神态顿时化成了笑逐颜开，大声笑道，"行了，行了，不给你玩了，现在你理解了我以前的意思了吧？韩主任在的时候，让你弄，你就是不弄，还说什么影响工作，现在明白了吧。"

"你，你，你小子……"平大伟手指着安卫东气得不知说啥好了。

人和人相处，靠的是彼此之间发自内心的真的诚意，因为，真诚，什么都可以化解！

平大伟代表秦巴山工务车间，在职工中发出了这样的倡议："我们绝不是生活艰苦、条件恶劣的代言人，我们不要等，我们要用自己的双手创造最美好的生活。”

平大伟给大伙儿鼓劲，说：“当年南泥湾都能变成好江南。今天，咱们把咱的工区建成北京的颐和园。”

平大伟的话让大家都笑了，都说平书记的心就是大，口气更大，能吹破天。

笑后，大家的意见还是再等等，说现在铁路局、工务段在不断地投资改造各个站区的硬件设施，改善条件是迟早的事。

平大伟耐心地给大伙儿说道：“不要再等了，咱们拿出工余时间改造咱们的环境，绝对是一箭三雕的事，一是给了大家一个才、智、能三方面发挥的机会；二是改善了大家的环境；三是自己的环境自己造，更有成就感。”

安卫东哪有这等耐心，对着那些拉破锯、迟疑、反对的人就是一阵地破口大骂：“等屎呢，再等都成老屎了，想干都没有屎劲了。谁不想干，谁举手，我告诉你们，这事是自愿的，不强求。爱干不干！”

面对平大伟和安卫东这一白脸一红脸的一唱一和，大家也就坐不住了，先从架水管引山泉、开荒种菜开始，从生活的最基本要求干起。很快，大家就从观望到参与到尝到了甜头。种上了菜，就再不用跑到很远的地方去买菜了，更不会为几天吃不到新鲜的蔬菜而发愁了。打开水龙头，就能喝到矿物质丰富的山泉水。接着，平大伟又制定了更大的目标，移石运土，开山凿路，又铺建成了一条石板路。

路改善好了，大家在黑水河畔的山坡上，开辟了一座生态园，利用废旧材料制作的艺术品摆放其间。不仅让大家在业余时间有了喜欢的事做，更重要的是美化了环境，丰富了大家的精神生活。工作时间全身投入，业余时间沉醉于自己的爱好中，从此，秦巴山工务车间再没有闲得蛋痛满山乱叫、四处生事的人了。

生态园建成的那天，平大伟让大伙儿把家属们都请过来参观。王雨领着儿子观看了一圈，最后，站在了苗志邦用废枕木创作的一个木雕跟前，给平大伟说道：“自从我嫁给了苗子，总有人问我，后悔不？我说有时候挺后悔的，老是见不上人。可是，也很幸福，苗子很爱我。”

王雨说，苗子对她的爱一直没有改变过。

平大伟心里一动，他知道这话意味着什么。多少曾经的海枯石烂、海誓山盟的爱情经受不住平淡日子的耗浸啊，这是怎样的一种情感承诺和爱情坚守。

这天晚上，平大伟在自己的日志本上，特别写道：承诺不仅是责任，更是一种爱。

二十四

裁不完那无尽的落叶，秋水如刀啊！

转眼间，平萍和安唯勇五岁了。也就在这一年，两人分别被各自的爸爸妈妈送到了学校。不同的是，安唯勇上了她妈妈的那个学校。而平萍在王秀文的坚持下，送到了北京孩子姥姥的家里，王秀文说，让平萍去北京对她的成长更好。

平大伟虽然不是很认同她的观点，但不想在这方面和她争执，再说了，他们忙得也无暇顾及平萍，也就同意了她的建议。

这天下午，得知自己要走的平萍从自个儿悄悄藏匿在箱子中的小布袋里精心挑选了几颗糖果，来到了安唯勇的家。离老远就见安唯勇蹲在家门口的一堆沙子前正忙活着。

平萍走到了他的身边问他："唯勇哥哥，你干吗呢?"

安唯勇用手背抹了一把鼻涕，头都不抬地认真说道："我在建房子哩。"

"建什么房子啊?"平萍问道。

"建个可大可大的房子。"安唯勇的大脑门上全是汗，撅着个肥腚使劲地掏着沙子。

"你房子建好了，给我住吗?"平萍又问道。

唯勇听了平萍的问话，把头抬起来了，满脸都是沙土，跟个大花猫似的，神情非常严肃地说道："我就是要给我们两个建个大房子啊。”

“我们两个，那我爸爸、妈妈呢?”平萍连忙问道。

“爸爸、妈妈的等会儿我再给他们建一个。”唯勇感觉蹲着仰望平萍说话太麻烦，干脆一屁股坐在地上，继续说道，“咱们每次正玩得高兴，他们就让咱们回家，讨厌，讨厌，太讨厌，以后咱们自己有房子了，就不回，就不回。”唯勇斩钉截铁地说道。

“可，可是，唯勇哥哥，我要走了，不能跟你玩了。”平萍很伤心地说道。

“嗯，为啥?”安唯勇没有听懂。

“我要去北京上学了。”

“北京，你说是天安门吗?”安唯勇有些茫然地问道。

“是啊。”平萍重重地点了点头。

“你不回来了?”唯勇又问道。

“嗯。”平萍想再不能每天见到唯勇哥哥了，难过得眼泪都要出来了。

“我不能跟你玩了?”唯勇还在这件事上纠结着，他似乎感觉他要和平萍分开了，可是，这是他的好朋友啊，好朋友怎么能分开呢?

平萍把口袋里的糖果都拿了出来，她知道唯勇哥喜欢吃糖。“唯勇哥，这全给你，以后我不能给你糖吃了。”

说完，平萍“哇”的一声，哭着转身跑了。

安唯勇愣愣地看着远去的平萍。

孙小萌下班回家时，突然发现平时早欢喜着跑过来的唯勇没了身影，她连忙四处寻找，却见屋子的阴暗处，小唯勇在小凳子上坐着一言不发。

“唯勇，唯勇，你怎么了?”

孙小萌赶忙上前用手要摸他的额头，看是不是生病发烧了。

手还没到额头，安唯勇突然大哭起来，喊着要去北京。

孙小萌怎么劝都不行，唯勇不断地哭闹着也要去北京。安卫东回来后，一问清楚了怎么回事，上去就是一脚，骂道："就那点出息，哭啥哭，有本事自己进北京。"

安卫东的那一脚，把安唯勇踢得一连几天都沉默了，这下可把孙小萌吓坏了，直骂安卫东搞家庭暴力，把孩子踢傻了。倒是安卫东心大，说："俺老安家的娃子，就没有那么脆弱的，当年，俺爹给我连着几个扫堂腿，我站起来照样该干啥干啥，谈笑风生于樯橹灰飞烟灭。"

"你是你，他是他，哪都跟你一样，脸皮那么厚的。"孙小萌生气地说道。

"咋能是脸皮厚？你这话我听着咋就那么别扭啊。我们这是心胸宽广，视一切为草芥。"安卫东大不咧咧地说道。

"你——"孙小萌被安卫东气得一时间是哭笑不得，不知说啥好了。

"我，我咋了，我还是我，当年你看上的我，现在还是我，永远不变的我，以前咋爱你，现在还是咋爱你，咋？"

安卫东这席话，又让孙小萌气小了许多。

"去，去，又开始胡说八道了——勇勇这几天老是不说话，你说咋办吧？"孙小萌转头看着熟睡中的安唯勇，不放心地问道。

"咋办，凉办。不管他，过两天就好了，你以为他咋了，我早就看出来了。"

"你看出啥了？"孙小萌连忙问道。

"这小子是喜欢上平萍了，想平萍了，单相思，思的想的。"

"你又开始胡乱说了，唯勇才多大啊，五岁还没有长全，什么喜欢，想的，你也好意思说。"孙小萌嗔道。

"五岁，五岁那就是男子汉了，我三岁时就喜欢上俺院子里的小女孩了。"

不等安卫东说完，孙小萌杏眼圆睁，厉声问道：“你说啥子？你说啥子？你再说一遍。”

“呵呵……给你开玩笑的，开玩笑的，我从一岁时就喜欢上了你，直到今天还喜欢，喜欢死了。”

说着，一拉灯绳，屋里一黑，人已扑了过去。

那天的安卫东还真不知道，自己的那一脚那句话，实实在在地从此烙印在了安唯勇的心里，他长大了一定要去北京。

平萍和安唯勇道别的第二天，她跟着妈妈坐火车去了北京，从此，与父母分居两地，感受着亲情分离的痛楚。

那一年春节，平大伟和王秀文回北京探亲。平萍拉着王秀文的手，跟个小大人似的说：“妈妈，秦巴山不好，它不让平萍和妈妈在一起。”

王秀文感觉自己的鼻子一阵阵地发酸，但她还要强制自己挤出一副笑脸，说：“秦巴山好，秦巴山和妈妈一样，也想平萍啊。”

“妈妈，你和爸爸不要去秦巴山了，我要和你们在一起。在姥姥家好想你们，晚上睡觉老梦见你们，可高兴了。可是睡醒了，你们就不见了，我就偷偷地哭，还不敢让姥姥知道。”

平萍的这番话，让王秀文心里一阵的绞痛，只是一个劲儿地说道：“看，妈妈不是来了吗，妈妈不是来了吗？”

虽然，天还是一样的天，小朋友们还是一样的小朋友，可是，平萍心里却是那么的快乐，天天跟个小鸟似的在妈妈跟前飞来飞去，笑声也在发自内心毫无胆怯中变得肆无忌惮了。有妈妈在一起的感觉真好啊，平萍欢快地想着。

然而，快乐的日子总是过得飞快，短短的探亲假很快就结束了。这时，也是王秀文近乎崩溃的时候。

尽管，她在走之前总是装出不会走的样子，但母女之间的心有灵犀，让平萍总能捕捉到妈妈离去的日子。

这天早晨，当王秀文和平大伟趁着女儿还在熟睡时，悄悄地起来，用眼神、手势和父母亲传递着依依不舍的告别，只是为了不惊醒梦中的女儿。可是，当他们背起行李，打开房门的那一瞬间，平萍突然大哭着从床上跳下来，用小身体紧紧地堵在门口，哭着跟她说：“妈妈你别走，好妈妈你别走行吗？我乖乖的，你说什么我都听你的，你在家再陪陪我，再陪一会儿行吗？”

王秀文唯有狠心地掰开平萍幼嫩的小手，咬紧牙关头也不回地匆匆而去，将女儿的哭声抛在风中。可是，等走出小巷，她就会坐在路边尽情地大哭一场。平大伟只是默默地站在她的旁边，静静地盯着远处一个地方看，直到王秀文哭完，两人才坐上通往火车站的公交车，一路再也无语！

平大伟和王秀文商量了无数次，干脆把工作辞了，回北京打零工也行啊，只要一家人在一起。可是，一夜翻过，忙碌起来，这辞职的事也就搁下了。

二十五

残阳如熏，夕阳下的秦巴山有着另外的一种美。青山绿水在渐行渐远的晚霞中，正淡淡地化作一幅精美的水墨山水。

已过了吃晚饭的时间了，食堂门口，吴大顺神态有些焦虑地站在那里往远处张望着。从旁边走过的平大伟问道："吴工长，看什么呢？那么专心的。"

吴工长答道："玉峰巡视线路去了，到现在还没回来。我寻思着别是线路上出啥事了，他处理不过来。"

"嗯，应该不会有啥大事，有事了，区间电话早打来了。"平大伟看了一下手表，说道。接着，又不放心地跟道："我现在没啥事，我去线上看看。"

"你别去了，我再等等，一会儿他再不回来，我去就行了。你放心吧，玉峰也是老革命了。"吴工长笑着安慰道。

平大伟也没再坚持，知道这事吴工长能处理好，便转身走了。

吴工长虽然这样说，但还是不放心，看平大伟走远了，转身回到宿舍，换上了工作服出工区就往线上走。刚上坡，就见对面走着安卫东和孙小萌，两人领着儿子安唯勇往车站站台走，吴工长上前打了招呼。

孙小萌就让安唯勇向吴工长问好，安唯勇乖巧，马上张口叫道："吴伯伯好。"

“好，我们的乖勇勇好。”接着，就问安卫东道，“安主任，你们这是带唯勇去哪儿啊？”

安卫东答道：“送他去学校。”

吴工长不解地问道：“咋，唯勇不在咱这儿上了。”

“娘的，搞什么大学区，把咱这儿的学校撤了。”

吴工长一惊，“撤了，那孙老师也，也调走了？”

“可不是。”安卫东头一摆，说道。

“哦，那，那，现在唯勇和孙老师还在不在一个学校？”吴工长知道自己问得很多余，一切都是秃子头上的虱子，明摆着不可能嘛。

“没，我调到更远的一个学校了，我们让他去金州上铁路小学，住校了。”孙小萌解释道。

看着小不点安唯勇，吴工长很感慨地说道：“唉，勇勇这么小就要住校了。”

孙小萌长叹一声，说道：“那有什么办法啊，我那儿更远，也只能这么办了。”说着，眼圈又红了。

安卫东见状，怕再勾起她的伤心事，再说了刚才好不容易才将唯勇哄好了，两人再一感慨又生变化，便连忙转移话题，问道：“吴工长，你这是干啥去啊？”

吴工长实话实说道：“这魏玉峰去巡道时间也太长了，我不放心，去看看。”

安卫东一听说魏玉峰还没有回来，心里一沉，转身给孙小萌说：“小萌，你带勇勇去吧，我也去找找。”

说完，蹲下来把唯勇抱在了怀里，使劲地亲了一下，说：“乖儿子，听妈妈的话。”

小唯勇嘴一撇，就要哭。

安卫东赶忙把唯勇塞到孙小萌的怀里，转身对吴工长说道：“走，我跟你一起去找。”

吴工长连忙摆手说道："你别去了，你别去了，你还是送勇勇吧。"

安卫东就好像没有听见他的话，头都不回地顺着路基往前走。

吴工长很愧疚地望了望孙小萌和唯勇，稍一迟疑便紧跟几步追了上去，嘴里还不停地念叨："哎呀，都怪我，都怪我。"

等他们都走到几米开外了，突然，后面传来了安唯勇撕心裂肺的哭声，"爸爸，爸爸，我要爸爸。"

吴工长走不动了，他站住扭过头来，看见孙小萌抱着唯勇快步地往车站走，勇勇在妈妈的怀里挣脱着，伸出小手向他们的方向使劲地抓着、挥舞着、哭喊着。吴工长的鼻子一酸，眼泪就出来了，他哽咽着在后面说道："安主任，主任，卫东，你还是回去吧，去送送勇勇吧。"

"别扯淡了，赶紧走。"安卫东头依然不回地继续大步向前走着，吴工长没有看见，其实，安卫东的眼眶也红了。他一万个不愿意站在列车旁与儿子离别，更不愿意看见听见儿子绝望的哭喊声。

哭声越来越远，当他们穿过一个隧道后，一切又恢复了宁静，唯有山风吹着树叶的沙沙声。夕阳下，渐渐昏暗的蓝天上有一丝白云悠然而去，在他俩的眼里依旧是那幅固有不变的油画：天空、大山、一条远去的轨道。

"魏玉峰会去哪儿啊？"吴工长为了打破两人间凝重的气氛，张口说道。

安卫东没有回答他的问话，似乎还沉浸于刚才的情绪之中。吴工长不再问了，静静地等候着，过了片刻，安卫东凝视着前方的隧道，长叹一声，说道："肯定在这儿，这小子跑不远，吴工长，你在线路那边，我在这边，咱俩好好找找，跑不了这小子……"

“嗯，好!”吴工长答应着迈过了两根钢轨，到了另一边。两人顺着线路边走边往前找，很快，两人来到了这长达五公里深的大隧道跟前了。

安卫东头都不抬地一头扎进了黑乎乎的隧道，线路巡查对养路工来说，一年四季都是一种折磨。夏天更是恼火，钢轨和碎石很吸热，被太阳暴晒后，钢轨温度最热高达六十摄氏度，走在上面都烫脚，一趟巡查下来，衣服湿了又烤干，接着又被汗水打湿。到了冬天，冰天雪地，刺骨寒风，特别是火车快速驶过时，一阵冷风紧接着刮过来，比三九天吹风扇还难受。每天几十趟火车经过，寒风把脸吹得就跟一个耳光一个耳光扇过来似的生痛。

隧道内漆黑一片，唯有吴工长眼前手电筒的一束亮光。除了脚踩在枕木上的声音和个别道砟被踢发出的声音外，隧道内寂静无声。

两人边走边叫道：“魏玉峰，魏玉峰。”

但依然没有魏玉峰的身影和回音。

“这小子会去哪儿呢?”安卫东在静寂中说道。

“我感觉他应该就在这里。”吴工长回了一句。

这时从远处传来了列车的轰鸣声，接着就是列车进入隧道后的刺耳声音，当然，这对于长时间在隧道中工作的他俩来说那就算不得什么了，两人不慌不忙地扭身走进了隧道壁上的避车洞。

人刚进去，列车呼啸着穿洞而过，隧道瞬间变成了一个打气筒，在火车强大的气流压力下，一股股恶臭腐烂的味道扑面而来，让安卫东很不舒服。他用手摸着肚子，心里骂道：狗日的，火车!

列车过去后，隧道内即刻变得安宁，由于刚才列车强烈的轰隆声，把这隧道变得比刚才又安静了许多。

两人各自走出了避车洞，继续顺着路基往前走。突然，安卫东听到了一声很微弱的呻吟声，他一下站住了脚步，大声地叫道：“玉峰，魏玉峰，你他妈的声音大点。”

吴工长听到了安卫东的叫喊，也赶忙站住了。他把手电筒光朝安卫东这个方向照过来，但是，光所到的地方依旧是没有魏玉峰的身影。

可安卫东确实听到了呻吟声，两人又静静地站了好一会儿，就在安卫东开始怀疑自己刚才是否听错或是幻觉时，突然，从他的前方又一次地传来了一声呻吟，这次吴工长也听到了。两人迅速地往发出声音处快步走去，由于洞内很静，所以，声音传得很远，等两人走到了发出声音的地方时，已走了近百米。

在另一个避车洞里，他们看见了躺在地上的魏玉峰，魏玉峰已经昏死了过去，他的头上脸上甚至是身上都淌满了鲜血。吴工长倒吸一口凉气，暗道安卫东跟着一起来太正确了。如果安卫东没有跟着来，就是找到了魏玉峰，就靠他一个人想把他弄出去那将是多么艰难的事啊。如果等他再出去喊人，或者等人再来帮忙时，魏玉峰还能挺过来吗？

现场很简单，也很清楚，魏玉峰在隧道巡道途中，来了火车，他到避车洞避让列车时，却被火车上的旅客顺手丢下的酒瓶子砸到了头上。从列车上抛下来的酒瓶子，在列车急速的行进中由于气流的影响导致其力量发生了巨大的变化，比石头都重，当即就把魏玉峰砸倒了，昏死了过去。

安卫东从兜里掏出手帕，两人给他简单地包扎后，吴工长上前把他背了起来，安卫东在后面护着，两人彼此换着背。安卫东背着魏玉峰，边走边说道：“这小子，太胖了，魏玉峰，你听好了啊，以后少他娘的吃那么多。”

魏玉峰一声不吭。

安卫东继续说道：“吴工长，回去就让他减肥，以后得找人看着他，让他少吃点。”

跟在旁边的吴工长，心道，这安卫东的心也太大了吧，都这时候了，还开玩笑呢。不过，听了安卫东的调侃，他那紧张得快要跳出嗓子眼的心舒服了一点儿。

终于，两人把他背到了车站。这时，已获知消息的平大伟带着几个人匆匆赶到了站台上。他和几个青工接过魏玉峰，连忙让车站值班员向行调要了两分钟的点，使本不停靠的一趟客车在秦巴山停了两分钟，将魏玉峰送上了车。

车到金州火车站，金州铁路医院早已在车站站台上安排了急救车。等把魏玉峰送到了抢救室，脉搏都快找不到了，当即下了病危通知书。

在抢救室门口，医生拿着手术通知单问平大伟：谁是亲属？平大伟忙说，还没有来得及告诉他家人。

医生眉头一皱，说："亲属不在，谁签字啊？没人签字就做不成手术了。"

"这——"平大伟愣住了，他扭头看了看周围的人，和他一起来的几个青工，大家都看着他。本来，吴工长要来，被平大伟阻止了，他说他带几个人来就行了，工区安全工作一分钟不能放松，他这兵头将尾的不能离开了他的阵地。

"他很危险，你们已经送得很迟了，已经拖延了不少时间。如果再晚了，可能就有生命危险了。"医生说这话时脸色很平静，但是，每一个字就像一根针似的狠狠地扎着平大伟的心。

不等医生说完，平大伟一把抓过通知单，边在上面签字边说道："我是他的书记，我来签。"

医生看他签完字，接过通知单，说道："你可要看清啊，这上面写着呢，手术中发生了事情，你签字了，责任你可要承担啊。"

"嗯，我知道。"平大伟咬紧牙关说道。医生没再说什么，转身进了手术室，手术室的门关上了。

平大伟和几个青工坐在手术室门口的椅子上，时间一分钟一分钟地过着，平大伟不断地看着自己的手表，他一会儿站起来一会儿坐下去，心里就跟装了一台发动机似的，跳动得越来越快，这让他有了一种缺氧的感觉。他的样子看着很难受，就像一条抛出水面的鱼，张着嘴使劲地喘着粗气，以至于旁边的几个青工都不忍心看他了。

他真的害怕魏玉峰挺不过去，倒不是因为是他签的字，他要负责任，要给魏玉峰的家人有个交代。重要的是他害怕他再失去一个战友，平大伟越发地害怕生离死别。当年，武连长让他懂得了什么是世事无常，什么是生命脆弱。在灾难面前，人是多么的微小啊！瞬间，可能就是生死两重天、阴阳两界了。特别是那次高永进在抢险中的不幸牺牲，让他更加地对生死产生了敬畏和胆怯了。更让平大伟难过的是，当兄弟们把高永进的遗体好不容易运送回去时，却被族人挡在了外面，当地风俗是客死在外面的人不能回家。那天，看着高永进的尸体孤零零地停放在村外，平大伟百感交集，却无能为力。好兄弟走了，可是，连家都回不去，高永进孤独的灵魂会飘到哪里去呢？

此时，魏玉峰生死一线间，而他只能无助无奈、有心无力地坐在这里等待着消息。他知道，无论多长时间，急救室的这扇门都是要打开的。当这扇门打开时，不喜即悲，冰火两重天。

不知道又过了多久，手术室的门终于开了，平大伟瞪圆了布满了血丝的眼睛注视着门口，想从即将走出来的医生的脸上看出答案，他期待着医生说话，但他又是那么惧怕医生说话，时间就在这一瞬间似乎凝滞了。

终于，疲惫不堪的医生缓缓地走了出来，说道："手术很成功……"

后面的话，平大伟一句也听不见了，他的心在重重地落了下来的同时，他自己已经虚脱得快站不住了。

"谢谢，谢谢……"谢谢两个字，他说了不知道多少遍。

二十六

白天还艳阳高照，晚上却迎来了暴风雨前的电闪雷鸣，就在这次的雷电中，那棵千年的白果树上的一段很大的树枝被击断了，当地的老乡说这不是个好兆头。

果然，第二天一块巨大的石头滚落在了路轨上，同时，一列客车正在雨中快速地行进着，大雨使能见度非常得低，列车向着那块巨大的石头飞驶而来，即将车毁人亡的重大事故就要发生了。

在这险要时刻，一位老山民无意间发现了这块已落入轨道的石头，庆幸的是这位老人曾经听过安卫东提着他的砖头录音机搞的路外安全宣传，二话没说冲着列车驶来的方向，连滚带爬地赶了过去。老人那天穿着他当年学大寨参加大会战时公社发的红背心，虽然穿了多年，已破旧，但是红颜色还在，在雨雾中如同跳跃的一丝烛光，但这一丝烛光却是生命之光。正驾驶铁龙的正副司机同时发现了那个不断晃动的红色小点，职业的敏感性让他们立即拉下了制动闸，列车在一阵巨大的惯性冲击下终于离巨石三米远的地方停住了。

列车和旅客保住了，但平大伟和安卫东因这块落石事件，被同时撤销了职务，这让平大伟感觉特别的委屈和窝囊。可是，他和安卫东作为主要管理人，又都有着推卸不掉的责任。这让他只能咬碎钢牙往肚子里咽了。

虽然被撤职了，但两人还临时负责，以观后效。

当然，安卫东知道这次事故，虽然主要原因是因为天灾，但是，责任心未到的问题也是掩盖不住的。段上之所以这次加大了处罚力度，把他和平大伟全撤了，也是杀鸡给猴看，以引起各车间的高度重视。

尽管，他们被推上了祭坛，平心而论也实在不冤，那么大的巨石落地，巡道工竟然没有发现，还是一个老山民发现的，如果这位老山民觉悟低一点点，结果就不是撤他们的问题了，直接就该拉出去“崩”了，其后果安卫东连想都不敢想了。这可是一列客车啊，那要有多少人好端端地就家破人亡了。

韩副段长来到了车间，把安卫东和平大伟骂了一个下午。连喊了五十个失望后，头都不回地走了。

安卫东这下可红眼了，在车间直接开展了军训，还时不时地在各工区搞个紧急集合。深更半夜，大家刚睡着，安卫东的紧急集合哨就吹响了。连着好几天，这帮青工们就受不了了。只要他一吹哨子，大家就骂骂咧咧、拖拖拉拉的。安卫东站在队伍前也不多话，当即宣布就地解散，重新集合。

一晚上连着几次，大家一看安卫东疯了，不配合非要弄出人命了，就动作稍快些，队伍整齐些，可个个吊个脸，无精打采的。安卫东虎着个黑脸，看着面前这支懒散的队伍，突然大吼道：“咋了咋了，一个个搞得跟他娘的掉河里了，咋，谁有意见谁站出来！咋了，才搞个集合你们就受不了了，要是打仗了咋办？”

“咱又不是解放军，打仗关咱屁事？”人群中有人不服气地嘟囔道。

“谁说的，站出来。”安卫东大喊一声。

有个青工一下子站了出来。

“咦，好小子，你还真敢站出来啊。”安卫东边说边撸起了袖子，把站在旁边的平大伟吓一跳，心道这安卫东是不是要动武啊？还想像以前那样，话不投机就上手，现在要是给职工动手那可就坏了菜了，想着就要上前拦住。

却见安卫东把袖子挽好了，疾步走到这位青工跟前瞪视片刻，大声呵道：“你站好了，让我给你好好上一堂课，让你清清大脑，打仗关咱啥事？”

安卫东边说边在人群前面大踏步走了两个来回，站稳了，对着面前的所有职工说道：“抗美援朝，大家都知道吧？你们知道不知道，抗美援朝庆功会上彭大元帅咋说的？他说，朝鲜战场打胜仗，一半功劳归前方浴血奋战的战士，另一半功劳就归维护交通、保证供给的同志们。”

说到这里，安卫东顿了顿，又说道：“还有美国第八集团军司令，那个，范，范，范啥……”

有青工在底下提醒说道：“范佛里特。”

“对，就是这个范佛里特，老范，他在汉城记者招待会上面对全世界的记者，你知道他咋说的？我给你们背一下，他说虽然联军的空军和海军尽了一切力量，企图阻断共产党的供应，然而共产党仍然以令人难以置信的顽强毅力，把物资运到前线，创造了惊人的奇迹。”

安卫东背诵得很投入，抑扬顿挫的。背诵完后他望着大家，问道：“你们说说，彭大元帅为啥这么说，那个范佛里特为啥这么说？对，就是因为咱的铁道兵。咱的铁道兵咋说的？不管老美飞机怎样炸，咱绝对保证前方战士每天有吃的、有打的！对铁道兵来说，胜利的意义就是让火车每天在铁路上跑。如果火车每天都在跑着，那就是说美国已经败了！听听，听听，你们好好听听，人家是咋说的？”

安卫东越说越来劲，猛一挥胳膊，激动地大声说道："老美以为只要把火车站炸了就可以让运输瘫痪。他们就把所有的车站炸成一片瓦砾。可是，咋样？火车照样开。桥炸了，咋样？火车还是照样开。他们又炸隧道，结果还不是一个样？火车照样开。为啥，你说为啥？"

安卫东小眼睛瞪得溜圆，对着刚才站出来的那位青工大声质问道。

这位青工早已被安卫东的一番慷慨激昂的陈词感染了，听了安卫东的问话，答道："因为有铁道兵，有火车司机，有铁路职工。"

"声音大点，我听不清！"安卫东大声喊道。

"有铁道兵，有火车司机，有铁路职工！"青工放开了嗓子大声地回答道。

"嗯，这还差不多。站直了，好好听我讲。后来，美国一个空军中尉被俘了，还傻不拉叽地说，我们这样地炸，你们的火车还能通，想不通。是的，他肯定想不通。因为责任心，我们的铁道兵、我们的铁路职工做出了他们想都想不出来的事情。"

安卫东这时放缓了语气，神态变得非常庄重地说道："运输是战争的血液，保障运输与前线作战一样重要。我们的铁道兵为什么能够创造奇迹，就是因为我们有一支半军事化的队伍。既然我们是一支队伍，就要有组织有纪律有训练。为什么训练？就是要让我们具有极强的战斗力。战斗力来自哪儿？就是责任心。这次巨石落地，说天灾那是哄人哩，别人不知道，咱们能不知道？他娘的，就是缺乏责任心。没责任心，屌事都干不成！"

讲到这里，安卫东的声音突然一下又放大了，厉声问道："我现在问你们，我们的应急训练应该不应该？说！"

"应该！"在场的所有职工都被安卫东的一番充满了战斗激情的话语打动了，一起扯开了喉咙喊道。

同样的，平大伟也被打动了，他似乎一下子回到了那个热火朝天的岁月，似乎亦和老一代的铁道兵、铁路职工们一起，在朝鲜战场上用生命捍卫钢铁动脉的畅通。

他记得一位参加过抗美援朝的老铁路人告诉他，在朝鲜战场上，中国铁路工人经历了前所未有的残酷激烈的战火考验。

头顶是敌机的轰炸和扫射，身边是美军投下的定时炸弹、汽油弹、子母弹、蝴蝶弹……在近三年的时间里，投弹量相当于第二次世界大战德国投在英国本土各类炸弹数的一点五倍。可以说，每一趟列车的运行都是铁路工人用鲜血和生命换来的。尤其是在反绞杀战中，把炸烂千万次、打断万千次的铁路运输线又千次万次地接通修复，打破了美军的封锁。

“那场景实在是太惨烈了。”老人说道。正抢修中，刚刚假装飞走的敌机又飞回来了，对着正抢修的铁道兵们投下了大量的炸弹。随着炸弹的爆炸，许多的战友被炸得支离破碎、血肉横飞，他也多次被炸弹掀起的沙土埋住了。但是，等飞机飞走后，他们从尘土和牺牲的战友旁站起来毅然再次投入到抢险的队伍中，没有一个人退缩。

安卫东看把大伙儿的热情调动起来了，自己的心也更热了，紧跟着说道：“我再给大家讲一个故事，火车司机的故事。那年，一趟大列在线路上正穿山越岭跑着，突然机车发生了故障，列车呼啸着向避难线冲去，眼看着就要车毁人亡，这时调度台上听到列车上传来了司机与副司机的对话：‘你跳吧，你还年轻，啥都没经过，我老婆孩子都有了，以后国家会管的。你赶紧跳，跳！’他自己为什么不跳车？因为他知道不管在什么情况下，司机都不能跳车，这就是责任。”

激动中的安卫东说的是吐沫星子乱喷，他用手背把嘴巴左右抹了一下，继续大声说道：“人家面对生死，选择的是责任，咱呢？咱的责任心呢？在哪儿？在哪儿？才训练就怕了，还能干啥，干啥?”

安卫东面对早已沉寂的队伍，大声吼着。

半年后两人又恢复了原职，但是这种训练方式却保持了下来，时间一长也就成了习惯。

对每一个人来说，一定要注意自己的每一个言行每一个细节。因为细节会养成习惯，习惯则形成性格，性格决定自己的命运。

（注：避难线，铁路术语。为了防止蒸汽牵引的列车在陡长下坡道上因制动装置失灵失去控制，发生颠覆或与前方车站上其他列车冲突而设置的线路）

二十七

随着镇政府的迁至，更多的山民搬迁而来，车间昔日人烟稀少的山坳，现在早已是炊烟升起，鸡鸣犬吠。短短几年间，已经形成了一个规模不小的乡镇。曾经孤寂的工区周围人气越来越旺。工区也时不时地来一两个老乡一两个孩子，甚至一只小猫一只小狗前来串门了。

李和平就和一个十几岁的名叫娟子的小姑娘认识了，小姑娘开始时叫他叔叔，说她很喜欢李叔叔，一放学就来找李和平玩。

李和平会吹笛子，一个人的时候他就常躲在宿舍里吹那首李叔同的《送别》：

长亭外，古道边，芳草碧连天
晚风拂柳笛声残，夕阳山外山
天之涯，地之角，知交半零落
一壶浊酒尽余欢，今宵别梦寒
长亭外，古道边，芳草碧连天
问君此去几时来，来时莫徘徊
天之涯，地之角，知交半零落
人生难得是欢聚，唯有别离多

开始时，娟子只觉得这歌好听，一听到李和平吹笛子，她便跑来听。李和平看她喜欢，就把这首歌教会了她。从此，李和平吹笛子伴奏她来唱，再后来，无论是在元旦还是春节，只要工区开展文艺活动，他们两人就合作。那时的李和平把她看作是个孩子。

慢慢地，娟子从一个少女长成了一个亭亭玉立的大美人了。修长的美腿，盈盈一握的细腰，面泛桃花，杏目含情，引得多少痴男怨女醋海扬波。中学毕业后，娟子在镇政府帮着做后勤工作，来提亲的媒人把她家的门槛都踩烂了，可是，不论是谁娟子连见都不见，一口就回绝了。

娟子只要有时间就往李和平这里跑，现在学的曲目比李和平的都多多了。和平几次劝说娟子，娟子的悟性好，又勤奋，早都超越师傅了，现在不用跟着他学了。

娟子笑而不答，还是一如既往地来，直到有一天娟子突然不叫他叔叔了，而是改称了哥哥，这让李和平不但不习惯也深知问题的重要性了。

“娟子，你怎么叫我哥哥了，这可不能改，还是要叫叔叔啊。”李和平一边摆弄着笛子一边提醒道。

娟子低着头，脸颊绯红，过了好久才说：“我现在大了啊。”

“你再大，我也是你叔叔，年龄变不了，辈分更不能变啊。”李和平严肃地说道。

“我就要让你做我哥哥，你总是一个人，我想陪着你。”说完，娟子从李和平的屋子里飞跑了出去。

望着娟子远去的背影，李和平的心忐忑不安了，娟子的心思他太清楚不过了，陕南水土滋养出来的娟子单纯美丽，谁见了都会动心，但是，李和平他不能也不敢。他是看着娟子从一个十四五岁的小姑娘长大的，他是她的叔叔，他绝不能也是不可以有这种想法的。

但是，热烈如火的娟子爱得真挚，真挚的爱是不畏惧任何事物的，她天天来找李和平。李和平白天躲，她晚上来；李和平晚上躲，她白天来。

脏衣服见了，抓起来就洗。看着如此痴情的娟子，连王秀文都看不下去了，她私下里给平大伟说："其实，和平也很爱娟子，他越这样躲，说明他越爱娟子。"

平大伟点头说道："我怎么能不知道啊……也真难为他了，可……这事……不好办啊。"

"你去劝劝他吧。"王秀文着急地说道。

"劝他什么啊?"

"劝他和娟子好好谈谈呗。"王秀文想起了那首诗，"君生我未生，我生君已老。君恨我生迟，我恨君生早……"

"这……"

"这什么这，别拖了。"

"这事……"平大伟还在犹豫中，娟子也是他看着长大的，他太了解这个孩子了。可是，毕竟李和平比她大一轮啊，就是和平这个心理坎过去了，娟子的父母也不好说啊。这的确给平大伟出了一个不大不小的难题。

缘分所至，金石为开。娟子的父母开始时是坚决反对的，但眼瞅着女儿为了李和平茶不思饭不想，有事没事就往工区跑，打不是，骂不是，劝又不听。媒人的腿都跑细了，娟子还是见都不见，搞得媒人都不来了。话又说回来，他们也知道李和平除了年龄大一点儿，的确是个可以托付的人，也就顺其自然了。

望着日渐消瘦的娟子和天天情绪低落的李和平，平大伟再也等不下去了，他找到了李和平，开门见山地说道："和平，你给我个准话，你到底咋想的?"

李和平脸都快抽成了压缩饼干，苦楚着脸说道："我敢咋想啊，我咋敢想啊！娟子那就是七仙女落户人间，我可不是董永啊。”

李和平的话把平大伟逗乐了，笑道：“你还董永呢，你就是活该打光棍。好了，好了，我知道你的想法了，我去找娟子她父母谈谈去。”

“别，别……”李和平头摇得跟个拨浪鼓似的。

“行了，行了，别搞得假惺惺的了，等我消息吧。”平大伟说完转身走了。

李和平嘴里一个劲儿地“别”，但身子没有动，一直看着平大伟走远了，甚至，早已不见了身影，他还是那么一动不动地看着，眼睛里充满了期盼和不安。他就那么站着，夕阳西下，他成了一幅剪影。

平大伟见到了娟子父母，坦诚地把李和平和娟子的事全盘托出。娟子的父母也是爽快人，也就把自己的担忧讲了。平大伟听后，说道：“和平是比娟子大，但这样也好，大丈夫小媳妇，娟子不会受委屈，和平不但不会欺负娟子，更会心疼她，娟子的幸福也是二位老人的心愿吧。”

平大伟推心置腹的一番劝说，打消了娟子父母心中的顾虑。平大伟在娟子父母这里得到了明确答复后，心里有了底，回来后，他径直找到了李和平，直接问他，如果你娶了娟子你会怎么做？

李和平说，他要爱她一辈子。

“什么爱她一辈子，说那些虚玩意儿干啥，说点具体的。”平大伟打断他的话，说道。

“对她比对我好，工资发了全交给她，不惹她生气，对她爸妈跟对俺爸妈一样……”

听着李和平啰啰唆唆地说了一大堆，平大伟这才笑道：“这还差不多，行了行了，赶紧备礼物去，我陪你去看看你二位大人去。”

李和平还真是说到做到了，结婚后，几十年如一日地呵护着娟子，爱着娟子，真是放手上怕摔了，含嘴里怕化了。连安卫东都说，这和平和娟子，除了年龄相差大些，简直就是天仙配。

婚后不久，他们就有了孩子。有苗不怕长，又似乎一眨眼的工夫，儿子李明都快跟他爸爸一般高了。

就在平萍和安唯勇上高中的这一年，平、安两家也发生了巨大的变化，平大伟和安卫东两人同时离开了秦巴山工务车间。

平大伟调到了平原工务段做了党委副书记，安卫东则担任了金州工务段副段长。韩段长也调到了路局，担任副局长了。安卫东想起了那年，韩西旺给他常说的那句话来：踏实肯干的都是想离开大山的，调皮捣蛋的都是把大山坐穿的。今天的他更深刻地理解了韩主任当年这句话的含义了。当然，他没有否定那些一生扎根山区默默奉献的铁路人。韩主任之所以这样说，就是要告诉他，人必须要有一种向上的精神，要用自己的汗水、勤奋以及对这个社会的奉献，换来更多人的认可。

平大伟调到平原工务段后，王秀文也跟着他离开了秦巴山，平原工务段处在平原市，生活工作环境好了许多。平萍也从北京回到了父母的身边。在王秀文的心中，她以为从此生活就这样平静平淡，但又是在和谐幸福中慢慢地度过了。唯有平大伟时常给王秀文说，他总是做一个同样的梦，梦见那棵白果树。甚至有一天，他告诉王秀文，梦中的白果树托梦给他，他和松树坡的缘还没有断，他还会回松树坡的。

王秀文就笑话他说，什么白果树托梦啊，就是你自己想回松树坡了。现在条件好了，烧包烧得不知道怎么说好了。

平大伟笑道："你要是说我想松树坡，那是肯定的，毕竟在那里生活工作了半辈子了。可是，你说我还想回去，那是不可能的。人往高处走，水往低处流，你说我还想回去做支部书记，那就是说梦话了。”

平大伟在说这些话时，心情是坦然的。这时候一家三口，其乐融融。平萍已上高三，正是高考前夕，学习压力很重，家里把全部心思都放在了平萍迎接高考上了。

平大伟绝没有想到的是，从没有灵验过的梦，这次还真让他“梦想成真”了。随着企业生产力的重新布局调整，平原工务段给撤了，他又从平原工务段回到了金州工务段，由于段班子成员职数减少，他又回到了秦巴山工务车间继续担任党支部书记了，而且，他的老搭档安卫东也回来干原职了。当然，这时车间的管辖范围比以前大了三四倍了。

两人相见，安卫东指着平大伟笑道：“真他娘的邪门了，好不容易和你分开了，又整一块了。”

平大伟说道：“这说明咱俩的缘分没尽啊。”

“也不知道上辈子倒了多大的血霉，咋就那么和你有缘？”安卫东做出一脸痛苦的样子说道。

“不是你倒霉，说明你上辈子欠我的。不过，我还是那句老话，只要咱俩在一起了，才能平安，平平安安！”平大伟笑道。

两人虽然调侃着说笑着，但在各自心里都在感叹时间的沧桑，两个人都已是五十多岁，人过半百了。安卫东曾经引以为豪的满头黑发现在掉得快成秃顶了，这让他很恼火。他还找了不少的民间秘方，什么生姜水洗头、大蒜片擦头，效果不怎么样不说，还搞得满头的大蒜味。孙小萌差一点儿跟他闹离婚，孙小萌说了，你就是个秃子，我也不嫌弃你。可是，你一天到晚地弄得满身满房子的大蒜味还让不让人活了。睡觉都感觉躺在大蒜坛子旁边，连别人见了她都要问，你家是不是在贩大蒜啊？你总不能为了几根头发，要了一家子人的命吧！再敢在头上擦一次，就两个字“离婚”！安卫东的“护发战役”就此以失败告终了。当然，平大伟也好不到哪里去，虽然，他遗传基因好没有掉发，但是满脸的沟壑，纵横驰骋。乌亮的头发也早已被岁月浸染成了满头的银丝。工务系统常年在室外工作的特点，让他们比同年龄的人更显得苍老。

这时的秦巴山工务车间，对他们来说，虽然，还是那个地方，但早已不是他们熟知的那个车间了。

走在秦巴山站区，平大伟深感时间之快，弹指间人生百变。曾经的老工区只剩下两间老房了，默默地伫立在那里，记录着一个时代的变迁。除此以外，整个秦巴山站区再也找不到昔日的影子了。创业一路也早已翻新，都有了创业五路了。随着不断地开山填沟，这里开阔了许多。

平大伟和安卫东边走边说："卫东啊，这里变化可真大啊，都不敢认了。"

平大伟手抚一棵大树，感慨万千，这是他当年和王秀文一起栽种的，如今已长成了参天大树。

"行了吧，你也不看看你都多老了，还说树呢。"

"我老吗？"平大伟用手缓缓地捋了一下头发，问道。

他的这个动作，让快秃顶的安卫东看着很酸，羡慕得妒忌，说道："老，老得都满头白毛了。"

"咦，卫东，你的头发还黑着呢。"平大伟望着安卫东的头顶做出很惊奇的神态说道。

"行了，行了，别他娘的装了。我羡慕你行了吧。"

"谁给你装了。"

"行了行了，咱俩别斗嘴了，咱还是去拜拜老神树吧，真想它了，这老神树，咱得要好好拜拜啊！"安卫东说到这里，语气自然变得凝重严肃了。

那天，宣布让他回秦巴山工务车间任主任时，他差一点儿跳起来，心道：才逃出那个鬼地方没几天，又要让我回去，还把我副段长职也给撤了，哪能说回就回的，我就做这个钉子户了，我看你们能把我咋了。

安卫东当天下午就跑到了铁路局，去找韩西旺副局长述委屈。

韩副局长耐着性子听完了安卫东的抱怨后，不但没有安慰，直接就骂上了："你安卫东啥时候能成熟了，跑那么远来找我就这事。嗯，现在都是啥时候了你也不想想，没有一点儿的政治敏锐性。改革力度那么大，咱们谁不是这盘棋上的一粒棋子？是棋子就必须服从大局，你倒好，这时候还想着位子呢？"

韩西旺的一席话先把安卫东训老实了，又给安卫东扔了一根烟，叹了一口气，说道："卫东啊，我理解你，不容易，咱都是一步一步干出来的。可是，什么是改革，什么是服从，你应该比我清楚。你记得不，那年撤销分局的时候，有多少身居重位的分局长、副分局长一夜间没了职务，人家不是也一个个坦然面对，你啊你，好好向人家平大伟学学。"

"学他干啥？他在平原工务段美得跟啥似的。"安卫东不悦地说道。

"学他干啥，学他的多了去了。平原工务段也撤了……"

"平原工务段也撤了？"安卫东眼睛一亮，一下打断了韩西旺的话。

"你看你，就这德行。咋，心理平衡了？"韩西旺一语道破了安卫东的心思。

"那倒没。"安卫东声音轻了许多。

"平原工务段撤了，平大伟跟你一样，岗也没了，也回去了，可人家平大伟哪像你，人家一句话没说，欣然接受，高高兴兴地回去了。唉，大伟也不容易啊！"韩西旺轻叹一声。

"他也回去了？去哪儿了？秦巴山？"安卫东连着问了几个问题。

"不是秦巴山还会是哪儿，还是回去做他的支部书记，人家就不像你，那么多的抱怨。”韩西旺一脸严肃地说道。

“你咋知道他没有抱怨呢，肯定有，就是你没有听见，他又不是神仙。”安卫东反驳道。

“对，人家也心里想心里骂心里抱怨，但就是比你强，人家没有说出来，不像你，一点城府都没有，还想干大事，给你个主任我觉得都高抬你了。”

“哎，韩局长，你不能这样贬低我啊，灭自己家威风，长人家志气，再说他咋能比我强，我是有话说在当面，坦诚！”

“坦诚个屁，你就是个没头脑。”韩西旺说到这里，脸上浮现出了老友相见的欣然和快乐，笑道，“滚滚滚，回宾馆好好睡一觉，晚上我请你吃饭。”

安卫东寻了一大圈，最后还是老老实实地回来了，再待静下心来四处一看，知道已是大势所趋，再说了，连平大伟都从平原工务段回来了，心里也就平衡了许多。

重新回到秦巴山之后，平大伟发现这里最大的改变还不是环境，而是人。

早期职工都是以复员军人、城镇待业青年、下乡知青和农村青年为主要结构组成。后来，陆续来了中专生、大专生和大学生，人员组成发生了根本性的变化。这些大中专学生们提供的不仅是新鲜血液，重要的是一种新观念一种新的力量。让平大伟首先面对的就是这些年轻人身上所具有的那种个性，这种个性让他们敢闯敢为。有一些孩子怀着激情梦想来到这里没几天，就耐不住寂寞，再加上已在其他城市工作同学的一劝一拉，连辞职报告都不打，提着包就走了。

有走的，就有留下的。平大伟很快就在留下的这些大学生中发现了菊梅。一次，段上举办技术比武，车间选拔选手，菊梅也参加了工区的选拔赛。结果菊梅的考试成绩很不理想。从排名上看，菊梅是要被淘汰的。不承想成绩公布后，菊梅不断地来找平大伟和安卫东，说一定再要给她一次机会。平大伟劝慰她，不要急，以后还有的是机会。

菊梅态度坚定地说道："我知道以后机会很多，但是，这次机会我不想放弃。"

"年轻人有闯劲儿很好，但是，仅有闯劲儿是不够的啊。"平大伟耐心地劝说道。

"平书记你的意思我懂，我也知道这次初选成绩不好。可是，我知道失败的原因，我更相信我的实力。"菊梅毫不妥协地说道。

平大伟没想到这个看似柔弱的小姑娘却有着如此坚定的信心，可是，他更清楚参加段技术比武不是一件小事。一方面车间从韩主任那时起就有着有旗必夺、有先必争的传统和信念，派出去的选手必须是技术过硬、心理素质好的全能选手，说白了，去了，就要拿第一的。再说，这次技术比武还不是仅限于工务段，还要代表段参加全局的比赛，这事绝不能马虎了。所以，他和安卫东，以及所有的人都非常重视。

"菊梅啊，这事……"平大伟还再寻找着如何说服她的托词，却被菊梅一下打断了。

"平书记，请你一定要相信我，再说了，我有了一次失败的经验，多宝贵啊！如果你不让我去，那我的这次失败不就白失败了，这失败也太奢侈了吧！"

菊梅的理由，平大伟听起来很新鲜。但他细细一品味，觉得菊梅说得也有道理。他以前一直固有地认为失败就是失败，失败注定淘汰。现在看来有些时候失败不仅不应该被淘汰，相反更应该重视，一个人有了失败的经历，他就有了教训，他就不容易再在同样的一个问题上跌倒了。平大伟思索片刻，说道："这次考试，你的成绩很不理想，那么，我想问问你，你的自信来自哪里？"

“实力！”不等平大伟答话，菊梅继续说道，“我相信我的实力，这次成绩不好，我回去总结了一下，不是我掌握得不好，也不是不清楚不会，主要是心态的问题，我知道这个问题我一定会克服。”

平大伟看着菊梅的眼睛，里面透着的是一种自信，目光里没有自负，也没有迟疑。

平大伟略一沉思，换了一个口气，说道：“菊梅，我记得你有孩子时间不长啊。”

“嗯，三个月了。”菊梅点头，应道。

“那么小啊，谁照看啊？”平大伟关切地问道。

“我和我妈。”

“哎呀呀，你看看我，你的孩子这么小，正是吃奶离不开妈的时候，我这关心得也太不够了，本来是应该多照顾你才对，还让你参加比武——唉，我看啊……”

菊梅一下打断了平大伟的话，说道：“是我自己要求的，再说了，这点困难我自己能克服。”

菊梅说得很干脆，让平大伟一下还接不上话了，迟疑中，说道：“嗯，这，这事啊，我先找安主任他们商量一下，不过，你自己还要保持一个正常心态，去和不去都不要影响了自己的工作。”

“工作肯定不会影响，但我必须去。”菊梅笑道。

“唉……你这孩子，还挺倔。”平大伟笑道。但他深感菊梅这一代人与他们的不同，这些年轻人个性突出，更加自信、自我，敢于挑战权威。他决定找安卫东谈谈，给菊梅一次机会。然而，不等平大伟把他的想法说完，安卫东就断然说道：“不行，这事绝对不行。这次比武的重要性，你比我清楚。咱这次一定要挑选出最好的选手，要争取代表段上出去比赛，不敢有丝毫纰漏！菊梅这丫头有信心可不代表有能力啊。”

“你咋能断言她没有能力？”

“扯淡，那成绩不是明摆着嘛。”安卫东说道。

“说不定是个意外啊。”

“就是意外又咋？这次意外，下次还会有意外。你咋了，现在人老了，心也软了，你可别被年轻人忽悠了。心比天大，眼高手低的人，咱还见得少？”安卫东不满地说道。

看安卫东态度坚决，平大伟没再争辩，从烟盒里掏出一根香烟递给安卫东，帮他点上。

安卫东抽了一口烟，问道：“啥意思？以为点根烟我就妥协了，就一个字，不行！”

“赶紧回去补算术去，两个字哦。”平大伟笑道。

“反正一个意思，不行！”

“爱行不行，搞得好像我求你似的。”平大伟说到这里，语气一变，说道，“唉，卫东啊，你现在的胆子怎么比以前小了啊。”

“啥，我胆子还小？”安卫东既不理解又不服气地看着平大伟，等他往下说。

平大伟笑道：“咱以前也年轻过啊，那时候咱怕过谁！咱就是八个字，有先必夺，有旗必争。段上无论比什么，咱那一帮哥们儿都是冲在最前面。可现在，咱咋变得处处谨小慎微了，啥都不敢了？”

说到这里，平大伟脸色变得凝重了，又说道：“是不是咱老了，就怕失败了，怕失败就不敢放开手脚了？可这些年轻人上不去，咱迟早会为后继乏人而败得很惨的。”

其实，平大伟在说服安卫东的时候，也在说服自己。好在终于两个都说服了。

最终菊梅用实力验证了她的自信，不但在段上的技术比武中获得了第一名，在路局举办的比赛中亦夺得头魁。

那天，平大伟手捧着菊梅的奖杯，笑着对安卫东说道：“这个奖杯啊，和咱们第一次拿奖状时的感觉一个样，特别的重。”

“为啥?”安卫东不解地问道。

“为啥，后继有人啊，所以更重。”

“既然那么重，你还一直抱着，赶紧放下吧。”安卫东笑道。

“我还就不放了，咋了?”平大伟笑应道。

“爱咋不咋，又不是我的。再说了，又不是我抱着。我走了，才不听你啰唆了，真是人越老话越多。”安卫东边说边扭头走了。

“你——你才是个老头呢。”平大伟抱着奖杯，对着安卫东远去的背影，嘟囔着。

安卫东刚走到门口，又转身回来了。平大伟以为他听见了自己的话回来找碴儿，便故意做出一副横刀立马的样子，说道：“咋，说你老头，你还不愿意了。你想咋?”

“你看你那天蓬元帅的憨样——唉，老平，你回头找解宝忠聊聊，那小子这两天有点不对劲儿。”

“解宝忠……”平大伟记下了。

二十八

早晨起床洗脸时，平大伟感觉头有些眩晕，他连忙扶着椅子坐了下来，一动不敢动地静坐了好一会儿，才恢复了正常。

他暗自感慨，真是年龄不饶人啊。再有一年就要退休了，怎么时间过得那么快，好像还没有习惯，眨眼间就要步入退休后的老年生活了。虽然，他一百个不愿意，但身体已经不止一次地警告他了，他已不再是身强力壮、充满活力、不知疲倦的那个人了。

昨晚有一个施工，他一直在工地坚持和青工们一起干活，直到完工。以前这种情况太多了，第二天他会依然精神抖擞地直接进入第二个攻坚战，一点不知道累。可现在，已明显感觉力不从心了，这让他有了一种壮士暮年的悲凉感。

到了办公室，他倒了一杯水，吃了两片药，寻思上午找时间和解宝忠聊聊。安卫东都看出他不对劲儿了，到底出什么事了？正想着，门外走进一个人，平大伟抬头一看，正是他想找的解宝忠。不等他说话，解宝忠直言快语道："我要和唐道扬分宿舍。"

平大伟问他为什么。

解宝忠说："这唐道扬不实在。"

"咋不实在了？"平大伟觉得这年轻人很好笑，一句不实在，两个好朋友就要分道扬镳了。

解宝忠态度非常坚定地说道："反正不实在。"

"能不能具体说说？"平大伟耐心地问道。他知道，解宝忠和唐道扬绝不会仅仅因为一个"不实在"而闹到这等地步的。生活在一个工区那么多的年轻人，不可能永远没有矛盾的。平日里大家和谐相处，但长期在一起工作生活，发生一些矛盾与冲突，这也是非常正常的现象，几乎很难避免。相反，如果没有反倒不正常了。

于是，他笑道："宝忠，你吃饭咬过舌头没？"

"咬过呀。"解宝忠答道，他不知道书记问他这个干吗。

"那你怎么办？会不会马上就把你的牙敲掉，或拿着刀子把舌头割掉呢？肯定不会吧。其实啊，咱们能在一起工作都是缘分，就要珍惜啊。珍惜的具体表现是啥，不就是彼此理解彼此宽容吗？你说是不是？"

解宝忠黑着脸说道："平书记，你这牙咬舌头的故事，我小时候就听过多次了，没意思！我现在就想和他分宿舍，别的我不想听，也听不进去。"

解宝忠的回答让平大伟感到很尴尬，他不自然地轻咳两声，片刻，才做出轻松一点的神态说道："分宿舍没啥难的，这事好办，不过，你先别急，你也知道咱们的宿舍挺紧张，单间可能性不大，我先私下里问问谁愿意和他住，咱再调换，你看行不行？"

解宝忠看平书记把话说到这份上了，再催也就说不过去了，于是，点头同意了。不过，人走到门口忍不住还是来了一句："没人愿意和他住，我都不愿意了，谁还会和他住？"

"我们都知道宝忠心胸开阔，男子汉，这是绝对不用怀疑的。"平大伟适时送出的一顶高帽子还是很起作用的，已出门的解宝忠听到了平书记的这一句话，心里面感觉是那么的舒适，以至于他真的开始叩问自己，是不是小题大做了。但又一想到唐道扬的表现，刚刚宽大的心又缩小了。

对这件事，平大伟不敢有丝毫的马虎，他清楚像解宝忠这样的年轻人，从学校毕业走向社会时间不长，一方面他们不谙世事，对社会上的种种事情没有真正地了解，缺乏经验。但另一方面，他们又觉得自己已经成人了，具备判断能力了。所以，自信且自负，稍不注意，就可能形成错误的世界观和人生观，从而导致意想不到的结果。这时候的他们既有叛逆心又有荣誉感，做他们的思想工作尺度的把握非常重要。

唐道扬、解宝忠两人都是毕业于铁道学院的高才生，学的都是同一个专业。不过，一个毕业于北方交大，一个毕业于西南交大，有意思的是，唐道扬来自共和国最南边的海南，解宝忠来自共和国最北边的漠河。而且，南方人北方人的特质非常明显，唐道扬黑瘦，个子矮，解宝忠壮实，个子高。性格更不一样，一个多言一个寡语，一个好动一个爱静，如此鲜明的两个人，同一天分到了工区。也不知是缘分还是巧合，两人住进了同一间宿舍。

唐道扬爱动，解宝忠好静，两人生活习惯上虽然有些拧巴，但两人却成了很好的朋友，这让平大伟开始时悬着的心放下了。他发现这些孩子们，特别是这些独生子，都有着很强的可塑性。虽然，他们在家里都是娇生惯养，但是，当把他们融进了一个集体后，他们便展现出了自己的另一面，待人热情、积极。毕竟，他们接受的教育多，生长环境条件好，自然的眼界宽，看得多，见得多，心胸也就更宽广了。

唐道扬喜欢运动，每天早早地起床活动锻炼，解宝忠喜欢读书，睡得晚，起得晚。唐道扬早上起床总是悄悄地，不开灯，用手机微弱的灯光照明。晚上，解宝忠知道唐道扬睡觉轻，开灯睡不着，就专门等着唐道扬睡着后才打开台灯看书。虽然，都是些小细节，但平大伟知道后很欣慰，这些孩子能够想着别人，这种品质实在是难能可贵。

就这么两个细腻的小伙子却突然间闹得不可开交，甚至找到了平大伟，这让平大伟心里搁不下了。

等解宝忠走远了，平大伟出了办公室来到了工区，去找唐道扬。远远就见唐道扬佝偻着身子站在那里，一副没精打采的样子，和唐道扬刚来时判若两人。

唐道扬在平大伟的眼里是一个比较特殊的年轻人，家是农村的，兄弟姐妹五个。这曾经也让平大伟很难理解，计划生育搞了那么多年了，怎么还会有五个孩子。孩子多了，自然的生活条件就差了许多，况且又生活在农村。但恶劣条件没有限制住唐道扬的发展，小学初中高中学习都属于学霸型的。虽然家里困难，父母并没有因此而让他辍学，直到他考上了大学。

上大学后，家里再也没有能力支付他的学费了，于是，他贷款上完了四年的大学生涯，毕业前，唐京铁路局前去招工时，他和局签了约。

毕业时，他因为不能交还大学四年的学费贷款而只得将自己的毕业证暂扣留在了学校。这样，等他拖着行李来到局里报到时，唯有一张毕业证复印件。

没有毕业证，按照规定是不能报到的，这下可把唐道扬难住了，这边名报不上，那边就是回到学校也拿不到毕业证啊。那天，唐道扬看着别人一个个高高兴兴地报了到，而自己却不知道下一步的归宿，心慌意乱，不知所措，就在他满心绝望时，唐京铁路局考虑到他的困难，决定先让唐道扬报到上班，再让唐道扬从单位借款还了学费贷款，把毕业证先领回来，再从他每月的工资中扣出一部分钱来还单位的借款。这样，一下子就解决了唐道扬的后顾之忧。

唐道扬分到了秦巴山工务车间，来到工区后，心存感恩的他一直是工区的积极分子，什么都抢着干带头干，和同事们关系处得也非常得好。突然间，和他同宿舍的且是铁杆老友却要和他分宿舍，这不能不让平大伟百思不得其解了。

平大伟走到了唐道扬的跟前，笑道：“道扬，忙什么呢？”

“我刚从线路巡视回来。”唐道扬答道。

“最近有啥困难没？”平大伟又问道。

“没。”说着，唐道扬就要走。

“道扬，最近家里还好吧？”平大伟关心地问道。

“还行。”唐道扬答道。

“哦……道扬，你最近有什么好思路，我想听听。”这唐道扬平时喜欢参与工区的各项活动，还时不时地爱给平大伟提一些好的建议，所以，平大伟很自然地就把话题引到了这里。

“没有。”唐道扬情绪索然的样子。

在平大伟的眼里，唐道扬简直是判若两人，以前，那是滔滔不绝的话篓子，可现在说句话跟挤牙膏似的，可这变化也太快了吧，怪不得宝忠要换宿舍。平大伟更加谨慎了，问道：“道扬，是不是最近工作太累了，要不然，休息一下？”

“没有，好着呢。”唐道扬不假思索地答道。

“我看你情绪不太好，你是不是有什么事瞒着我。”平大伟干脆直截了当问道。

“没有。”唐道扬把眼睛转向了一边，明显地在躲闪着平大伟的眼光。

突然，他又把头拧了过来，神态警觉了起来，他看着平大伟问道：“书记，是不是解宝忠给你说啥了？”

“这——你想多了，道扬，和别人没有关系……我看你情绪很差。”平大伟知道自己说是和不是都不合适，便没有直接回答他的问题。

但是，唐道扬已然明白了平大伟找他的意思了，直言道：“平书记，如果解宝忠不愿意和我住，你就随他吧。”说完，就要转身走。

“道扬啊，我记得你前段时间在段团委举办的座谈会上，还讲了请珍惜在一起的日子啊。”听了平大伟的这句话，唐道扬站住了，他扭头看着平大伟，但他最终还是欲言又止，不等平大伟再说什么，转身就走了。

望着唐道扬远去的背影，平大伟知道这事很蹊跷，但又一时找不出个头绪来。远处松树坡上的那棵白果树在山风中轻轻地摇曳，似乎在向他点头致意，又好像在告慰他，不要急，不要急，慢慢来。

平大伟平静了自己的思绪，转身向工区办公室走去。他想找他们的工长谈谈。自从吴工长退休后，现在的工长是梁文广。

梁文广听了平大伟的询问，想都没想，立刻说道：“这段时间唐道扬是有一点儿变化，精神提不起来，但变化不是很大啊。前段时间，宝忠是给我提出想换宿舍的事，我也没有上心，想他说说而已。没想到他还真当成一件大事了，都找到你这儿了。”

这时的梁文广才感到问题的严重性了。“平书记，我先去了解一下吧。”

“嗯……还是我去吧，我看啊，这小唐好像隐藏着什么事。”平大伟略有所思地说道。

傍晚，吃完晚饭，平大伟在篮球场上没有见到唐道扬。以前，这个时候他会和几个喜欢运动的年轻人在这里玩一会儿。平大伟就转悠到了青工宿舍，推开房门，见解宝忠还是跟以前一样，在窗户底下的桌子上看书，再看唐道扬静静地躺在床上。

平大伟以为他睡着了，轻轻地把头探过去一看，唐道扬眼睛睁得挺大望着天花板，眼前突然冒出了一个脑袋，把唐道扬吓了一跳，赶紧坐了起来，同时叫道：“平书记，平书记你咋来了？”

平大伟笑道：“道扬啊，怎么那么早就躺下了。”

说着话，他拉了一个凳子坐在了唐道扬的床边，这时一缕余晖从窗户射了进来，打在了平大伟的身上。平大伟那头曾经乌黑的头发已被岁月浸染泛起了白霜，在夕阳中点点滴滴地闪烁着时间的影子。高堂明镜悲白发，朝如青丝暮成雪，岁月无情啊。

唐道扬望着书记被微风撩乱了的满头银发，不禁猛然地心痛。那一瞬间，他想到了自己的父亲，心更加地酸痛了。

他听工区的老师傅们讲，平书记在这里已经干了三十多个年头了，他在想人一生能有几个三十年啊。那天，他在工区的老照片里见到了英姿焕发的平书记，年轻帅气。今天，在他眼里的平书记已经老了，额头上布满了岁月的沟壑，时间怎么那么的无情呢？听他们说，平书记走了一段时间，没过多久又回来了。都说，他和这里的缘深。

解宝忠已经给平大伟倒了一杯开水，递了过来，说道："平书记，你先喝点水。"

"好，好，谢谢宝忠啊。"说着，平大伟接过了解宝忠手中的杯子，其实，他不想喝水，才吃完晚饭不久。今儿晚饭时，他喝了一大碗稀饭，自从他又调回到秦巴山车间后，王秀文没有跟他来，留在家里照顾即将参加高考的平萍。他在这里又成了单身汉了。

平大伟之所以很诚挚地接了过来，他知道任何人没有理由去拒绝别人的热情和真诚。接受，亦是一种美德。

平大伟象征性地喝了两口水，就把杯子放下了，环视一圈后，笑道："时间可真快啊，你们来秦巴山也快三年了吧。"

解宝忠点了点头，唐道扬低着头没有说话。

"道扬，怎么变得越来越腼腆了？不是你的风格啊。"平大伟朗声笑道。

不等他答话，平大伟故意做出很神秘的样子，问道："你们知道不知道，你们梁工长以前还是一个大老板呢。"

果然，一句话逗起了两人的兴致，都很关注地看着平大伟，等他继续往下说。平大伟也不卖关子，继续笑道："梁工长不但是大老板，而且人家一直做得非常好，可不是你们想得那样，以为后来不行了，倒闭了，才又回来了。”

平大伟的这句话还真说到两人的心里了，两人有些不好意思地笑了一下。

“那几年，全社会经商热，发高烧，烧的是热火朝天的，咱秦巴山也难免不受影响，像你们梁工长，还有你们不认识的文国安、王志军都先后下海了。那时候也鼓励停薪留职，劳务输出。当年出去的，干得最好的就数你们的梁工长了。先是服装，后来是餐饮，再后来是工程，让好多人看着眼红。钱挣海了，可是，有一天他回来了，给我说，他把他的那摊交给儿子了，回来还要干自己的老本行。”

说到这里，平大伟端起杯子，喝了一口水，继续说道：“我问他，为啥？干得好好的，咋说不干就不干了，是不是让钱烧得了，烧傻了。”

解宝忠和唐道扬两人听了，会心地一笑，继续听平书记说道：“你们的梁工长说，平书记，我一点没傻，我就是不快乐啊。我问他，咋不快乐呢？他说书记啊，以前，我以为有钱就有了一切，其实真的不是那么回事啊。钱最后对我来说就是银行的一个不断变化的数字而已，除了满足一下虚荣心外，和幸福快乐没有关系。甚至最后发展到挣钱对我来说不是快乐，而是痛苦了。身边的人除了金钱关系，没有一点儿真诚，天天在商场上是斗智斗勇的，身心太累。不像咱这儿，简单，钱是挣得不多，但绝对够了。后来，我就在想，人生一世短短几十年，为什么非要把自己搞得像个斗士，简单简约才是根本，想明白了，我就像当年下海时一样，壮士断腕，干净利索，转身回家了。咱这儿就是我的一个家。”

平大伟说到这里，笑着问道：“家的概念是啥？你们两个说说。”

问完，平大伟看着他们两个，等着他们的回答，但是，两人沉默着，没人应答。等了片刻，平大伟深情地说道：“家就是港湾啊，有一本书上写得好，世界上没有一处地方比得上家的温暖、宁静、舒适和随意了，家拒绝孤独和生疏啊。”

两人都明白了平书记今天来找他们的目的了，不等他们有所反应，平大伟继续笑道：“咱们常说，能在一起工作都是缘分，特别是咱车间的人更是缘分，大家来自五湖四海，最后汇聚在了这个地方，你们说说不是缘分是什么？都不容易啊，一年四季，基本上都待在这里了，可以说我们在一起的日子，比我们和家人在一起的时间都长。我们一定要彼此信任彼此信赖啊。有什么事不要藏着掖着，一定要沟通，咱车间任何一个人的事情都是咱大家的事情，要相信每一个人。不沟通就是彼此不信任的表现，就容易产生误解，本来大家都是好朋友好同事，却因为误会有了隔阂，伤了友情，说遗憾都太轻了，说重点，那就是犯傻啊。”

说完这些，不等二人答话，平大伟已站了起来，自嘲道：“好了，好了，让你们听我唠叨了半天，都烦了吧。唉，看样子我真的老了啊，那么爱絮叨的。好了，我走了，不耽误你们的时间了。”

说话的同时，人已走出了房间。

那一晚，唐道扬和解宝忠都失眠了。第二天早上，唐道扬早早地来到了平大伟的办公室。

原来，唐道扬前段时间休假回了一趟海南的家，虽然，回家了家人相见格外幸福。可是一见爸爸妈妈身体比以前更差还要下地务农，自己又帮不上什么忙，感到很愧疚。回来后，望着高山蓝天，想着自己曾经为之梦想的事业就耗在了这一段钢轨和小站上了，感觉自己是大材小用，觉得不甘心。可是，他又不能走。当年，在自己最困难的时候，是铁路给了自己工作和希望，嘴上天天喊着感恩，可一遇到事情，就只顾自己了，他唐道扬也做不到。

事业上没有了盼头，再加上几个弟弟妹妹还需要他接济，搞得他的压力格外的重。这样，唐道扬一下子失去了精神支柱，似乎他被某种看不见的力量抽去了筋骨，哪里还有什么动力？见什么，不顺心；干什么，没兴趣，天天无精打采的。解宝忠开始还挺关心他，可是，问他，他不说；劝他，他不听。阴霾天天挂在脸上，一次两次，一天两天，解宝忠还能忍耐，可时间一长他就受不了了，也就没了好脸色。至此，两人冷战开始，宿舍天天寒冷得跟冬季雪前的阴天，没了阳光似的。解宝忠再也待不下去了，便有了换宿舍的念头。

昨天，平书记的一段春秋笔法，还真起了作用，唐道扬一夜无眠。反省后，知道平书记一番良苦用心都是为了自己，再想想解宝忠对自己平时的关爱，越发觉得自己做事欠缺了。便主动找到了平书记，倒出了自己心中的苦闷。

平大伟知道了事情的原委后，一整天心情就没有平静下来，晚上躺在床上还辗转反侧不能入睡。说实在的，唐道扬说的这些事，他们曾经也遇到过，家庭与工作的矛盾，现实与梦想的碰撞，生活中百般的不如意、万般的不顺心也一样地侵扰着他们。但那时的他们很快就表现出来了，不是自己说出来，就是在工作中表露出来了。平大伟知道，人不怕有事，就怕把事情在心里掖起来藏起来就是不说出来，怕钻了牛角尖。不管什么事情只要堵在心里不通过一种渠道疏导出来，就会慢慢地发酵，便会在不断地发酵中将本来不是什么事的小事最终酝酿成了一件大事。

那时的他们比较简单，彼此间就是有了矛盾有了隔阂，也都在喝酒中，借着酒疯发泄一下，大不了干一架。虽然，方式简单粗鲁，但毕竟把事情都暴露在了阳光下，不用让人猜来猜去的。反之，如果大家的关系形如大海，势同火山，表面风平浪静，底下却是惊涛澎湃，直等到海啸了、火山喷发了，大家才知道。那时的后果就不是说一两句话就可以解决的事情了。唐道扬这些大学生们都是受过高等教育的年轻人，本身素质就高，很多事情都装在心里自己处理，这便又是双刃剑了，一方面让大家感受到一团和气，但同时，又容易因想不通而钻进了牛角尖。

再说了，这些年轻人跟平大伟他们当年是一样的，年轻，有朝气，精力充沛。和他们又不一样的是他们的思想更复杂，有更多的想法。这里的环境让他们难以摆脱掉的是孤独，是寂寞。正如安卫东当年所说，不论铁路怎样地发展，只要秦巴山工务车间不撤销，他们就必须扎在这里，尽情享受千年万年不变的高山流水。

这话听着挺浪漫，可是，再美丽的风景也经不住日复一日的欣赏。话说三遍都淡如水了，更别说一道风景了。问题是，他们如果还像当年那样，带领这些年轻人去开山凿路，甚至不断地搞各种文艺活动显然是不可能的了。那么，怎么能让这些年轻人在工作之余，通过做更多的他们愿意做的事情去疏通发泄他们多余的精力？平大伟想了一夜，最后，他觉得解铃还得系铃人，既然这些都是从大专院校走出来的高才生，个个都是一肚子的学问，那就干脆给他们找一个“倒”学问的地方吧。想到这里，远处已经传来公鸡的打鸣声，平大伟苦笑一下，又失眠了！

开完交班会，平大伟就拉着安卫东进了自己的办公室，把他的想法准备一五一十地给安卫东讲，不等他说几句，安卫东眼角就立起来了，说道：“我知道你的意思，就是想说这些人太闲了，闲了好办，给他们一人一块煤拿到河里面去洗去。”

“谁说他们闲了？我是说他们下班后这段时间……”

“下班后咋了，你没看看大家最近忙的——这帮熊孩子们也个个累得惨兮兮的，你就别给人家没事找事了。”安卫东说道。

平大伟笑道：“咦，行啊，你也懂得心疼人了？卫东，你没明白我的意思。我咋能不知道咱们的工作量，这一天下来也真够他们受的了。”

“你知道还找事，我看你是不是太闲了，不行，我先给你弄块煤，你先拿到黑水河里洗一洗。”

“洗你的大头啊，卫东，我给你说正事呢。工作再累，只是一种累，但这些大学生们在咱这里不能一个个都大材小用了。以前，以少为贵，人家都是来咱这儿镀金的，很快就走了。现在可都是和咱们干一样的活儿，就是镀金时间也长了。咱不能把他们的学业就在这天天重复的工作中荒废了。别的不说，四年大学不能只做个找工作的敲门砖，不能让他们把学的知识付诸东流了。那样也太可惜了！”

平大伟的这一番话，说的真是推心置腹，安卫东不再打哈哈了，问道：“那你的意思是啥？”

“我想这样行不行，专门开设一个工作室，让他们自己制订课题，专项调研，给这些年轻人有一个更好的用武之地。同时，让他们在工作中，也帮助提高别的青工。咱天天喊着科技兴路，科技是第一生产力，可咱总得把这些口号最终落到实处啊。你说是不是，卫东？”

“这，这事好是好，可你知道不知道，这工作室不是咱俩说办就能办的，这搞调研攻关，没有设备没有仪器没有资金，那也是说了白说，让人家无米还要做出香米饭，那不是难为人家吗？”

“所以啊，我这不是来找你了吗？”平大伟笑道。

“找我，我能给你变出来？你又不是不知道，咱车间哪有这钱？”安卫东皱着眉头说道。

“我找你不是要钱，我是要请你这位老将出马了。”平大伟笑道。

“什么需要我这老将出马啊？”安卫东一时没搞明白。

“你是老将出马一个顶俩呀！”平大伟继续笑道，“这事必须要得到段上的支持，我早就想到了，这成立一个工作室不是光说说就行的，需要资金支持，还要有设备，更重要的是要有结合实际的攻关课题。所以，要请你出马给段上呼吁一下。”

“让我呼吁，你说不就行了吗?”

“我是书记，你是主任，你说更有说服性啊。”平大伟笑道。

“什么啊，我看你是……”

平大伟一看安卫东又要嘴里吐不出象牙了，忙一下打断他的话，笑道：“谁能横刀立马，唯我安大将军。哈哈，你就别推了，你横刀立马，我给你搞好后援。”

“你以为你是支援军啊，还后援呢?”

“是志愿军，不是支援军，你有没有文化啊。”平大伟大笑道。

很快，安卫东就把他和平大伟的想法给段上说了说，也是不谋而合，段上也正在琢磨怎么安排好这不断分配来的大学生，给他们创造一个发挥长项的空间。不久，工作室就成立了!

也就在这一年，平萍参加了高考，并如愿以偿地进入了交通大学，之所以说是如愿以偿，是因为安唯勇和她一起考入了这所大学。

二十九

平萍和安唯勇两人青梅竹马，两小无猜。

那年，平萍去了北京后，安唯勇开始时跟着妈妈在镇小学上学，后来，学校撤并建大学区，他又转到了金州铁路小学住校。安唯勇从小到大一直有个志向，就是一定要考进北京。

那天，当安唯勇收到大学录取通知书后，他第一个不是告诉爸爸妈妈，而是，立即把这个消息告知了平萍。

平萍听了电话里安唯勇通报的好消息，高兴地喊着："太好了，太好了。"

平萍比安唯勇早几天知道了自己考进了交通大学，这两天，天天和安唯勇打电话不断地询问录取通知书下来了没有。

几年前，孙小萌就已经知道了儿子和平萍一直在联系着，她还很感慨，没想到这两个孩子缘分还那么深。"真不容易啊，五岁分开都那么多年没见了，人家俩人还能联系着，这也算得上是感天动地了吧。"孙小萌笑道。

"行了，行了，两个小屁孩儿，不好好学习，瞎联系啥，不能早恋啊。"安卫东眼睛一瞪，说道。

"谁说人家是早恋了，人家是互相鼓劲，好好学习呢。"孙小萌连忙说道。

“你咋知道是互相鼓劲，好好学习，不是互相你爱我，我爱你的。”安卫东不服气地说道。

“你以为谁都跟你一样，光想着恋爱呢。”孙小萌白了一眼安卫东说道。

安卫东看着眼前这位已进中年，日渐丰腴的夫人，深有感触地说道：“唉，你还别说，连唯勇这小子都懂得了早恋了，咱们真的老了啊。”

“什么意思，嫌我老了？”孙小萌不高兴地问道。

“你看你，怎么现在变得那么不自信了，一惊一乍的，怎么可能呢，咋能嫌你呢，我咋想都想不通俺老婆咋就那么会长，几十年不变啊。再说了，你不嫌我老，就不错了。”

安卫东的嘴里抹蜜的这一特点，几十年不变。虽然，孙小萌知道安卫东在拣好听的说，可是，即使她知道他在逗她，但她就是喜欢听，而且是百听不厌。

现在听了他的话，笑道：“去去去，谁信啊。到现在你还甜言蜜语、油嘴滑舌的，你真成精了。”

“你就是我的妖精，迷死我了。”

“去去去……没正形。”

两人斗着嘴，安卫东却也在私底下惊叹儿子的心机，不知道他是怎么把平萍的联系方式讨得的。知道平萍联系方式的，不外乎平大伟和王秀文，只是不知道这二位可否清楚，唯勇和平萍的关系好像不仅仅是朋友了。真要是和平大伟成了亲家？娘的，难道和他的缘分这代还完不了，还要往下续，真他娘的怪了。

当然，王秀文早已感觉到了女儿的变化，她从女儿的谈话中，或多或少地感受到了女儿对安唯勇的牵挂，知女莫如母，这让王秀文的心先不静了。

从心底里讲，她很喜欢安唯勇这个孩子，对安卫东和孙小萌那更不用说的熟知。可是，如果让平萍和安唯勇成家，她怎么想心里都不是那么舒畅。她对安唯勇太了解了，虽然，孩子不错，也挺懂事，可是，从一个小山沟里成长出来的孩子，他就是飞得再高，他能有多大出息啊。毕竟，成长环境制约着他的格局和视野。

所以，她总是时不时敲打一下平萍，但是从效果上看，很不尽意。她幻想着等平萍在北京上了大学，安唯勇和她的距离更大了，到那个时候，就是她不说，平萍也不会同意了。就是平萍同意，安唯勇自己能好意思了？她知道唯勇是一个自尊心很强的孩子。然而，对王秀文来说，事情总是不心想事成，安唯勇和平萍考进了同一所大学，圆了两个年轻人的梦，却同时打破了王秀文的梦。

晃眼间，两人大学毕业了，并同时考上了研究生，这倒拦住了王秀文的嘴。这时的王秀文已退休回到北京好几年了，她也思量好了，两个孩子既然相爱有缘就由他们吧。等他们研究生毕业了，在北京找个工作安了家，等有了孩子，她就当个全职保姆，她的一生就知足了。

然而，让王秀文再次纠结的是：人世间，心随所愿的事，为什么总是那么的难呢？

三十

此时此刻，王秀文心情就跟窗外北京上空的雾霾一样，阴郁得都可以滴出水来。

她坐立不安地在房间里来回踱着，此时，她不知道自己的心情可以用什么词汇来表达了，似乎“酸甜苦辣”几个字对她来说都是那样的肤浅，如手上早已被她揉搓成一团的那张纸了。

这一切均来自一个小时前平萍的那个电话，虽然，王秀文早就知道女儿大了不由娘。可是，她怎么也想不到平萍竟是如此的倔强顽固，一个小时苦口婆心地劝说竟没有打动女儿的心。难道，真如平萍的导师严教授说的那样吗？“如果每一个孩子都听大人的话，照着父母说的那样做，那么，清华大学、北京大学要建几万个都装不下了。要是那样的话，这个世界将变得多么单调啊，都是鲜花，谁来做绿叶呢？其实，就是因为孩子们的叛逆才让这个世界变得丰富多彩啊。”

说这话时，严教授一脸的温情，花白的头发在阳光下闪着顽皮的光泽，那一瞬间，似乎那些孩子都是他的。虽然从理论上说严教授讲得很有道理，可是，当一个叛逆的孩子出现在自己家里，又要做出一个毫不妥协的决定时，那就不是说说而已的轻松了。王秀文的心情，就像刚才她硬砸开的那个核桃，一下子全被砸乱了。

这时，门外响起了钥匙开门的声音，随着进门脚步声，一个她极为熟悉的声音传了进来，“秀文，秀文。”

对于王秀文来说，少年夫妻老来伴的平大伟这种招呼已没有任何回答的意义了，仅是一个标志而已，标志他们两人谁也没有失去谁。

平大伟叫着“秀文”的同时，在门口换了鞋，到卫生间洗了手，就向卧室走去。当年，在隧道患的风湿病到了他这个年龄已开始全面地展开攻势了，这让他不得不随时为突然冒出的疼痛而疲于应付。

初春的季节，往常的北京在这个时段里虽然依旧有些凉意，但天不会是这样雾蒙蒙、沉甸甸的，让人有一种说不清的惆怅。刚才电话里的妈妈竟然变得那么的狂怒，这种声嘶力竭的声音让平萍是那么的陌生，让她不得不把手机离耳朵越来越远。

当然，平萍清楚地知道妈妈为什么会这样，知道自己的选择对妈妈意味着什么。可是，毕竟自己已经成人，知道自己的选择不是一时的冲动，更不是头脑发热。因为，她必须去，因为，她没有理由。

但她没有想到的是，当她刚说出来毕业后要去秦巴山工作的话，一刹那间，就好像把水洒进了滚烫的油锅，把点燃的火柴投入到了汽油桶中，瞬间爆发的同时，让她再也控制不了局势了。

她不知道妈妈在电话中喊着什么，颠三倒四，语无伦次，反正就是三个字的意思：“不同意！”

这让她理解的同时更不明白了，在家里，不论是动态的还是静态的、固态的，一切标志都离不开秦巴山。关于秦巴山的照片、影视、书籍信件，甚至家里成员间常年的对话都关乎到了秦巴山。可是，当她今天说出自己想要去秦巴山工作时，却让妈妈有了被电击的感觉，好像那里有着什么猛虎野兽，生生要把她吃了似的。这对别人来说，可能还真给吓住了，可她是谁啊，她是在那里生在那里度过童年的平萍啊。那里有她的童年还有她记忆中的伙伴，尽管她的童年少了一些色彩，但依然有梦想有欢笑有歌声啊。妈妈值得发那么大的火吗？连自己再往下解释的机会都不给了，至于吗？

平萍正苦恼间，手机铃声再次响了，从她特制的铃声中，她就知道是安唯勇打来的电话。她和妈妈之间这么大的冲突还不是因为安唯勇引起的吗？

“喂，干吗？”平萍没好气地问道。

“想你了呗。”手机里传来了安唯勇爽朗的声音。

安唯勇的回答，让平萍气一下子消了一大半，不等她说话，安唯勇又笑道：“怎么，你没有感觉到耳朵热啊？我们一直在念叨你呢。”

“我们？你和谁啊？”平萍不解地问道。

“我和我的心啊，我们两个天天、时时、分分、秒秒地念叨你呢。”安唯勇笑道。

“又贫嘴，讨厌，不和你说了。”平萍嘴上这么说着，但脸上已绽放了微笑。

“我就喜欢你现在这个笑的样子，跟盛开的鲜花一样。”安唯勇在电话中很肯定地笑道。

“你怎么知道我笑呢？你看见了，你在哪儿？”说这话时，平萍抬头四处张望着，从安唯勇说话的口气中感觉他正看着自己。

手机里再次传来安唯勇朗朗的笑声，笑声中他说道：“虽然，我现在不在你的身边，虽然，我和你相隔一千米。但是，你的粉妆玉琢、红飞翠舞、玉貌花容、如花似玉、花枝招展、沉鱼落雁、闭月羞花每时每刻都展现在我的眼前哟。”

“贫，贫，贫，行了行了，油嘴滑舌的。”

平萍嘴上这么说，而且，她也知道安唯勇这样说就是为了逗她开心，更知道这话里的一大半都是安唯勇不经过大脑蹦出来的词，可是，就怪了，咋就那么喜欢听愿意听。

“谁油嘴滑舌了，我这是小崔说事，实话实说。”

“行了，行了，你和我隔一千米？你现在哪里？”平萍突然又想到了妈妈刚才的一番怒斥，心情一下又低落了下来。

安唯勇立刻捕捉到了平萍情绪的变化，情人之间最大的一个特点就是心有灵犀一点通。尽管，他知道女孩子的心跟风中的云一样，变幻莫测，但是，所有的变幻一定都是有根源的，他从平萍的口吻中，就知道平萍现在遇到了不愉快的事情。于是他变得小心翼翼了，问道：“怎么了，平萍？”

“还不是因为你！烦死了，烦死了！”平萍尖着嗓子叫道。

“嗯……是不是……秦巴山？”安唯勇一改刚才的轻松愉快，非常艰难地吐出了这三个字。

他很清楚，秦巴山已悄然横亘在了他和平萍的中间，更确切地说，应该是他和平萍，还有她所有的亲人之间。

秦巴山对他而言也是一种艰难的选择。他从秦巴山走出来，这二十几年来，之所以让他坚持着从小学、初中到高中，甚至大学、研究生，在一次次的考试中奋力做到“有分必争，有分必夺”，不就是想通过应试这个手段让自己走出秦巴山吗？

那一年，安唯勇终于走出了秦巴山，雪耻了爸爸在他五岁时的那一脚和训斥，考到了北京——共和国的首都，他梦寐以求的地方。并且在这里他度过了他的大学时代和研究生时代，如果按照他以前的计划，毫无疑问他应该永远地留在北京，成家，立业，让他的梦想成真。

这个世界很有意思，对每一个人来说，有一句话总结得很好，那就是一生“不如意事常八九，可与语人无二三”。安唯勇考上了研究生后，就开始了一边学习一边联系工作的机会。可跑了一圈下来，他才发现结果与他的想象天差地别。曾经的天之骄子，现在只剩下莘莘学子了。一次，他在和平萍聊天时，很有感触地说道："平萍，以前我常喜欢用莘莘学子这个词，弄不弄就来一句我们莘莘学子怎么怎么的，还以为这词是专用于大学生的。昨天，我词典上一查，把人羞死了，人家的意思就四个字，形容众多。现在的大学生、研究生，也就是个众多咧，多则不贵啊。"

多则不贵，不贵便碰壁多。世界很大，北京很大，他只是浩瀚海洋中的一朵小小的浪花。后来，他才明白曾经给他以动力和激情的励志电影、书籍中所讲的那些道理，只不过是一段段自娱自乐的情节罢了。那些所谓的励志小说、影视剧中一个个出身于贫贱，但通过努力终就实现辉煌事业的男女主角，其实都是编剧、导演的艺术创作而已。

特别是当他知道了他最为崇拜的偶像，标榜生长在崇尚自由、民主、个人价值发展的美国的比尔·盖茨，他的父亲威廉·亨利·盖茨不但是当地的著名律师，他的母亲玛丽·盖茨还是银行系统董事，他的外祖父J·W·麦克斯韦尔更是曾经担任过国家银行行长。比尔·盖茨一出生就站在了他安唯勇遥不可及的起跑线上，在这个"龙生龙、凤生凤"的真实现代版中，他对自己彻底地没有信心了。

安唯勇毕竟是一个有抱负的人，他不想将自己十几年的学业就这样付诸东流，直到那天，他遇到了大学时的同学邢云。邢云在学校时是他们学校书法协会的会长，写得一手好字的同时，还有一副好身材，魁梧精神。那时候同学们就说，谁都可能找不到工作，邢云不可能。

同学相遇格外快乐，聚餐小抿是免不了的。其间，安唯勇就问邢云最近做什么。邢云的回答让安唯勇心顿时"瓦凉瓦凉"的，邢云告诉他，最近在一家酒店做保安。

做保安工作本没有什么，但让安唯勇心凉的是这工作技术含量太低，就是高中生、初中生也都能做了，只要身体好。一个曾经的天之骄子度过了四年求学生涯，选择这样的工作，总令人惋惜。邢云倒没觉得什么，告诉他这已经很不错了，说毕业时也找到了一家和专业对口的工作。可是，工资实在是太低，一个月下来，工资不够租房用的。在酒店做保安，最起码吃住不用考虑了。最近，他正考虑离开北京，回家乡工作。既然这边不适合自己，最好的办法就是抓紧时间调整，否则，时间越长赔进去的精力越多。

不等安唯勇说话，邢云又说道："其实，好多同学不回去，主要还是因为面子，觉得当年好不容易考到北京了，雄心勃勃的，胸脯拍得当当响要干出一番新天地来，现在回去了有点灰溜溜的感觉。"

说到这儿，邢云头一摇，嘴一撇，道："说句实在的，这样想，那实在是个傻，面子顶个啥，识时务者为俊杰，什么是成功？在适合自己的舞台上跳出自己最美的舞姿，这才是成功，其余的都是虚的。"

分手前，邢云一举酒杯，笑道："别搞得那么愁肠百结的，其实，我回家是最好的选择，一是那边正是建设时期，需要人才。再说了，那是我生长的地方，自然就形成了我的人脉，人脉就是平台。来，干杯！"

邢云的处境和选择不得不让安唯勇对自己的未来有一个重新的审视，特别是那句"在适合自己的舞台上跳出自己最美的舞姿，这才是成功，其余的都是虚的"让安唯勇连着几天失眠了。

似乎亦是天意，就在安唯勇面对选择的同时，唐京铁路局到他们学校来招聘了。他深思熟虑后，觉得回去到铁路工作亦是一个不错的选择。毕竟，北京、上海、广州这些一线城市，像他这种人已经饱和，其他的沿海以及省会城市也是人才济济。一个没有任何背景，没有任何人脉的人在那里打下一片属于自己的天地，的确太艰难了。

位于西部的唐京铁路局对他来说，机会相对更多一些，毕竟，那里有他的老爹，还有老爹的同事朋友。虽然，老父亲退休多年，但是毕竟人熟地熟，还有他的高中同学，更重要的是他熟悉那个地方。况且，作为交大的研究生，学得又是隧道线路，正值跨越发展时期的西部铁路就是他安唯勇施展才华最适宜的地方。再三权衡之后，他决定毕业后回唐京。

得知他的打算，孙小萌开始时是坚决反对，说好不容易进了北京，又在那里学习生活了六七年了。再说了，平萍家就在北京，她爸爸妈妈退休后也回去了，好不容易聚在了一起，肯定不会同意他们离开的，还是想办法留在北京吧。

安卫东听了安唯勇的解释后，觉得有他的道理，当即同意了。他的理由更简单，何处黄土不埋人，到哪里生活工作都一样，重要的是不是适合自己，有没有适合自己的平台。如果没有平台，你就是生在美国也是下苦力的。虽然，在北京生活的条件相对更好一些，可是，如果没有自己追求的事业，那就没有尊严，没有尊严的人生，你就是再舒服，也是无聊的一生。现在有很多的父母省吃俭用把孩子送出国学习，甚至毕业后留在了国外，自己觉得很有面子，却失去了天伦之乐，一年四季沉浸在思念之中。失去亲情滋养的人生，就是物质再丰富又有什么意思呢？

孙小萌冷静下来想想安卫东的话，觉得也有道理，再说唐京铁路局管辖大了，便也不再坚持，顺其自然了。

有了老爹的支持和老妈的不反对，安唯勇更坚持了自己的观点。

他给老爷子说了，他不但要回来，还要去秦巴山。既然回来了，那就到最能锻炼人的地方。

“好小子，一看就是我的种，娘的。”安卫东高兴地说道。

旁边的孙小萌可是心里愈听愈凉，等安卫东放下了电话，幽幽地说道："唉，我这是咋整的，遇上了两个二货。"

"谁是二货？你说谁是二货？"安卫东听了这话，自尊心受到了严重的伤害，不满地问道。

"你说谁是二货，你自己最清楚了。这唯勇回来就回来吧，还要到咱这山沟里来，这里还没有待够。"孙小萌更生气。

"就没待够，咋了，我要我的子子孙孙待下去，咋了？"安卫东又习惯性地瞪着小眼睛说道。

"咋了，你说咋了，你自己不求上进，还让儿子跟你学，也不求上进。"孙小萌气得大声说道。

"咋能是不求上进！这里更能锻炼人，唯勇虽然是研究生，但现在研究生多了去了，算啥？可是，到这里就稀罕了，更容易出成绩出成果。咋能是二货？女人就是头发长见识短，咋就不能往远处看看。"安卫东今天是少有的耐心。

"谁是头发长，见识短了。"孙小萌一下子急了，虽然，安卫东说的有他的道理，但是这话，却是她最不爱听的。

"急啥啊，急啥啊。好好的，咋又开始找事了。"安卫东看孙小萌真生气了，嘟囔道。

"我咋是找事？我咋能不急？我咋是头发长见识短了？你那二货儿子非得要回来，你不但不反对还支持，你这一支持，他回来了，人家平萍能跟他回来？就是平萍愿意，秀文能同意了。唉，平萍这孩子多好，你爷儿俩就没这个福。"最后，孙小萌长叹一声说道。

"什么俺爷儿俩没这个福，她能嫁给咱家唯勇，那才是她家的福呢。"安卫东大声说道。

"行了，行了，你就是个属鸭子的，蒸熟了，烤烂了，嘴还是硬的。"孙小萌气得不知道咋说他好了。

"你也别下结论那么早，到底咋样，谁都说不清。"安卫东不屑道。

“这还叫早，人家平萍能舍弃北京跟着唯勇回来？这还用猜？唉，你们爷儿俩啊，说不成。”孙小萌长叹一声，回卧室睡觉去了。

但不管他俩怎么吵，安唯勇已经铁了心了，几千年前，孟母就知道了择邻而居，环境造就人的道理，更何况今天，名师出高徒，他安唯勇不怕苦，怕的是站错了平台。喜欢历史的他知道，当年同样是黄埔军校出来的，为什么有的成了开国元帅，有的成了阶下囚，不就是因为不懂得选择造成的？话又说回来，他前面已经有许多的大学生选择了秦巴山，并在那里干得如火如荼的，他不想放弃可以施展才能的这个舞台。同样，他更不能放弃平萍。那几天，他的心纠结着，他不知道如何向平萍说清他的想法、他的选择。他怕平萍反对，更怕平萍因为他的选择而选择放弃他，那么，他即使有了事业依然是残缺的。

只是令他没有想到的是，当他把自己要去唐京铁路局的想法告诉平萍，并希望带着平萍一起去的时候，平萍竟然很爽快地答应了，这让他准备了许久的理由都没了用武之地，那些“纵横驰骋”的措辞也就生生地咽了回去。

平萍说：“去就去吧，只要能和你在一起。”

平萍的理由很单纯，她说：“只要两个相爱的人在一起，哪里都是天堂。”

那一瞬间，安唯勇唯一的动作就是把平萍紧紧地拥抱在了怀里。他没有想到，平萍会那么地迁就他，这让他有些内疚。他知道平萍爱他，爱得死心塌地。而他在爱与事业的面前，天平显然倾向了事业。但这并不能说明他对平萍的爱，没有平萍对他的爱那样的纯粹。他一样地深爱着平萍，他之所以最终有了这样的选择，恰恰是为了他心中的爱情。他认为，一个男人必须用事业来回报爱他的人。

当然，安唯勇心里也很清楚，即便平萍同意了，可是平伯和王姨绝对不会轻易答应的。在这个人人都是削尖了脑袋瓜子，想尽一切办法进北京或出国的年代，而她却要选择离开，安唯勇稍一冷静就觉得“悬”。

平萍安慰他说，父母最疼爱她了，什么都依着她，这事肯定是她说了算，她这一生就跟定他了，他走到哪里，她就跟到哪里。

安唯勇只能用更激烈的拥吻回应她的一往情深，但是，他坚信阳光灿烂的日子里依然会有狂风暴雨。果然，今天，从平萍手机里的口气中，他已经知道了答案。

一轮圆月像一个晶莹剔透的玉盘挂在夜空中，校园里的一切如同镀上了一层金属银泛着既明亮又有些朦胧的光，显得静谧而和谐，但两人的心却不再平静了。

两人手牵手在校园里不知道走了多少圈了，下午，通完电话，安唯勇就从老校区的图书馆赶到了新校区后面的小树林，这是他们常常约会的地方。等见到了安唯勇，平萍就把妈妈的态度向他简单地讲了讲，没敢说妈妈已是怎样的暴怒，就这，安唯勇感到自己受到了一种前所未有的压力，无言地漫步在校园里。

银白的月光洒在大地上，建筑物呈现出一种梦幻般的色彩，不同的灯光化作了音律弥漫于空中，织成了一个柔软的网，把身边的高楼，以及校园深处的亭台楼阁都罩在了里面，形成了一曲无声的交响乐。

心情是焦虑的，但这并没有影响平萍的情绪。虽然，妈妈今天的态度让她很烦恼，她也不知道下一步如何去说服妈妈，但和心爱的人在一起，那种快乐已经化解了所有的不快。她和安唯勇此时的心情是不一样的，她只是向安唯勇讲述了一件事情，讲完了，她便用沉默来享受这夜幕下的美景。她眼睛所看到的都变得轻柔温馨，这片模糊、空幻的色彩，把一切都隐匿了，让人有了一种如梦如幻的感觉，也让平萍不觉间把安唯勇的手拉得更紧了，头轻轻地靠在他的左臂上，沉醉在爱情的氛围中。

安唯勇的心情却是沉重的，他眼中的校园，校园中的高楼、操场都是“具象”的，真实而硬冷地存在在那里。他深爱着平萍，他希望平萍能和他一起走，一起去唐京铁路局一起去秦巴山。他还没有告诉平萍，就是四个小时前他已将自己的申请书递交给了唐京铁路局到交大负责招聘的工作人员手中了。

“平萍……”

“嗯？”平萍把身子向安唯勇又靠了靠。

“去秦巴山的事……”

平萍一下打断了他的话，说道：“怎么？你还在想这事啊。放心吧，我爸妈那里我肯定能摆平，没事——你看今晚的月亮真圆啊，你看，你快看。”

安唯勇没有一点赏月的兴趣，但他不想扫了平萍的兴致，便敷衍着抬头看了看。他不安的情绪，平萍立即就捕捉到了，把他的左胳膊使劲一拉，拦在他的面前看着他，很郑重地说道：“唯勇，你不要多想了好不好，我知道你担心什么，但你要知道，我就是在秦巴山生秦巴山长大的，我的爸爸妈妈就是秦巴山人啊。”

望着平萍清澈而深情的眼睛，安唯勇的心感到好暖好暖。

恋爱着的女人，心中唯有熊熊燃烧的爱情和飞蛾扑火般的激情，往往把她们烧得忘却了理性的评判，但就是因为这种闪耀的奋不顾身的爱，才让这个冰冷的世界灿烂得令人心痛。

三十一

王秀文今夜无眠，睁着眼睛一直望着窗外。这晚是十五，月亮格外的明亮，像这样晴朗的夜空，对雾霾笼罩的北京来说就显得格外的稀罕了。

没有一丝睡意的王秀文索性从床上坐了起来，听隔壁卧室里传来平大伟的呼噜声，王秀文心道："这位主儿真能沉住气啊，都这个时候了人家睡得还跟没事人一样。"

王秀文走到凉台上，往远方望去，小区马路之隔就是奥林匹克公园，成片的树木静静地沐浴在银色的月光里。他们家住在北苑，这是北京十年来迅速发展的一个区域，沿地铁线再向北就是天通苑了。

几年前，这里正待开发，房价开始时也就几千元一平米。也是平大伟慧眼看得远，那时，他们还住在朝阳区的一个老胡同里的一座四合院里的老宅子，房小不说，还不方便。一次他们在大街上闲转，有人就给他们发了一个楼盘宣传册。本来，王秀文要扔，但考虑路上走累了需要坐坐时，这纸可以充当个坐垫，便带上了，不经意间就带回了家。

回家后，平大伟也是闲来没事，就认真地阅读了这个广告宣传册，看完后，心就动了。他从目前的发展趋势上预测，北京肯定会像个大煎饼似的越摊越大，现在这地方是偏远些，以后发展起来也是繁华地段。于是，他说服了王秀文拿出两人一生的积蓄，按揭买下了这个一百多平方米的房子。刚搬进来时，地铁还没有通，生活不方便，王秀文没少埋怨他，可随着时间的流逝，越发地证明了平大伟当时的远见。现在不但地铁通了，交通也越来越方便了，房价更是飞速地飙升，不几年光景，房价都涨到几万元一平米了，他们什么都不做就成了拥有数百万资产的人家了。

此时，已下了楼的王秀文沿着小路来到了小区中心花园。虽然夜已深，但楼下院子里依然还有几个聊天的人。王秀文漫无目的地走着，整个世界仿佛都沉浸在了银色的光海中，烘托着这寂静的夜，偶尔院外马路上划过一两辆汽车打破了寂静，但很快一切又回归安静了。

月光浸染着整个大地，王秀文的周围被月色照得雪亮，她置身于这月亮之海，月光轻轻地洒满了她的衣裙。但是，这温柔恬静的月色并没有让王秀文一直浮躁的心归于平静，相反，让她的心更加地凌乱了。

她想起了曾经在一本书《请珍惜在一起的日子》里看到的一段话：趁着孩子还小，抓紧时间牵着孩子的手吧。有一天，她不会再让你牵了，因为她大了，她飞走了。

那时的王秀文还没有太多的感触，然而，随着年轮的增长，她突然发现孩子真的大了真的要走了。最让王秀文心酸的是，似乎在她的记忆中，她好像就没有好好地拉过平萍的小手。那天，在小区院子里，她见到了一个邻居的小孩子，她上前一握小孩子那柔软细嫩的小手时，不知道为什么那一刻，她的心竟一阵的酸痛，鼻子发酸，眼睛里浸满了泪水。因为，那种感觉在自己的回忆里竟然是那么的少，甚至找不到了。

一想到这些，王秀文走不动了，她站在了那里，捂着脸，她想大声地哭，但她又怕哭出声影响了别人。她就那么站着。夜空，依然是安静的。

王秀文听到后面有脚步声，正转身要看，身上就披上了一件衣服。平大伟已站在了她的旁边，帮她把衣服披好后，轻声说道："刚才我听你房间没有一点儿声音，过去一看你果然不在，猜你就跑出来了。"

"唉，睡不着，出来转转。"王秀文轻叹一声。

"在凉台上坐坐就行了嘛，还跑到外面，也不怕坏人把你领走了。"平大伟嗔怪道。

"坏人才不领我呢，现在我啊，也就在你面前还能被记得是个谁，别人都忘了我是谁了。"王秀文情绪低落地说道。

"咦，咱啥时候变得这么不自信了，你以前可不是这样啊。"平大伟笑道。

"以前是以前，现在是现在，早不是一回事了。"王秀文边说边来到了不远处的一把石椅子旁，坐下了。

"咋不是一回事了，你以前是我的宝，现在还是我的宝。咋！"平大伟声音故意放大了。

"你小声点，那么大声干啥，还以为咱俩吵架呢。"王秀文赶忙压低声音说道。

"吵架是小事，你没看看现在几点了，人家谁要是看见咱俩现在坐在这儿，肯定以为咱俩偷情呢。"平大伟笑道。

"又开始胡说了。你赶快坐下吧！"王秀文嗔笑道。

等平大伟坐下了，王秀文轻叹一声，说道："时间可真快啊。"

"可不是，转眼即逝，你看，大半年又过去了。现在这日子跟高铁一样，跑得太快了。"平大伟点了点头，跟道。

"你看，咱家平萍转眼间就成大人了。"

"可不是，当年如果你早点嫁给我，她现在应该都四十了，哪能像现在这样，三十不到。"平大伟的话虽然是开玩笑，但也是实情。两人结婚晚，王秀文又遭遇两次流产，等有平萍时，平大伟已经三十五岁了。所以，平萍和他们那些同年代的同学同事的孩子来比，整整小了十岁。

平大伟刚把话说完，心里猛地一动，他知道自己玩完咧，又说漏嘴了，说了他不该说的话，心里“咯噔”一下，没敢再往下说。

果然，一句话带出了王秀文无限的委屈。

“唉，如果不在秦巴山，孩子早就有了。”

平大伟没敢接话，当年，因为自己的关爱不够，导致王秀文两次流产，这已成了他心里永久的愧疚。也成了每次王秀文埋怨他的理由。

还好，今天王秀文没有顺着这话往下说，往常如果他胆敢把王秀文这个话匣子打开，那平大伟就甭想好了，王秀文会数落他大半天，从事情的开端一个字不落地讲到最后。把她当时想休息，平大伟怎么不同意，自己开始是怎么的委屈到无可奈何地参加，两人的对话，自己当时的所思所想，以及自己摔倒在钢轨上又是怎么担心孩子的细节，在得知孩子保不住了再一次流产后，自己那种伤心欲绝、要死要活的心情详细地述说一遍，有情节有内容有描写，一幕幕如放电影似的给平大伟再播放一遍。这时的平大伟是一个字都不敢再解释的，甚至不能辩解，否则，王秀文会再一次地用更加详细的叙述来证明平大伟就是这件事上的罪魁祸首。以至于平萍在母亲的一次次述说中对父亲都有了意见，认为父亲太不近人情。直到她长大懂事后，她才开始理解并同情起自己的父亲，知道愧疚对一个人的惩罚是多么的沉重。

“平萍这孩子，唉，太不懂事了——我以前就有过担心，觉得她跟着安唯勇肯定不会有什么好结果。”王秀文叹息道。

平大伟明白了今天王秀文为什么没有数落自己的缘由了，原因是王秀文的心思现在还纠结在平萍的身上。

“为什么？”平大伟明知故问道。

“他一个在山沟里长大的孩子，眼光能长远了？我怎么也没有想到他目光会那么短浅，短到要回秦巴山。”

“秦巴山怎么了，我觉得挺好的啊。”平大伟跟道。

“你说什么?”王秀文声音一下放大了。

“嘘，你声音小点，把人家都吓着了。”平大伟连忙笑着阻止道。

王秀文声音虽然放低了，但还是非常严厉地说道：“你咋也有这样的想法，我现在才明白了，怪不得咱家平萍一直那么顽固呢，都是你在后面给撑着腰呢。你到底是不是她亲爹啊，看着女儿要往火坑里跳，你不但不拦，还要往下推，你这是安的什么心啊?”

“你这样说就不对了，你咋能说平萍到秦巴山工作就是往火坑里跳呢?”平大伟耐心地说道。

“怎么不是火坑，那地方你能不知道？别人不知道，咱俩能不知道？冬练三九，夏练三伏，一年到头天天忙。到现在只要我一想起来就能感到那里冬天的寒冷，又湿又冷；夏天更别说了，一个夏天下来，皮肤黑得能让人想起伏尔加河上的纤夫。”

“呵呵，你真是俄罗斯小说看多了，伏尔加河上的纤夫都出来了。哪个服务行业都是这样，只是你不知道罢了，你看那电力、石油也一样，也是冬练三九，夏练三伏啊。再说了，铁路是有恩于咱家的，咱们的吃住行都是铁路给咱的。”

说到这里，平大伟长叹一声，继续说道：“你看你，我还没有说啥呢，你就直接给定性了……再说，那边其实也挺好的——嗳，秀文，你看看今晚的月亮那么圆那么亮那么美，可是，咱们多长时间才能见到啊。在咱的秦巴山，这种晴朗的夜空，你自己说说，是不是常有啊。你记得不？那天晚上，也是这样的一个月夜，咱俩第一次站在那里看月亮。”

平大伟的一席话让王秀文沉默了，特别是平大伟的最后一句话，将她的思绪拉向了很远很远。

过了许久，还是平大伟打破了这种沉静的氛围，他轻声说道："唉，这几天，我又老梦见白果树了。真想再回去看看了。秀文，咱们多久没有回去了？"

"我忘了。"王秀文长出一口气说道。

但平大伟知道，她不可能忘的。退休后，他们回到北京，再就没有回去。但是，他们却没有一天不想那个地方。王秀文更不理解的是，自己对那个地方如此的眷恋又是那么的抵触。

不等平大伟答话，她又轻声说道："我也老梦见那棵白果树，大伟啊，你说这是为什么呢？"

"因为，咱们的铁路情结啊。"

"铁路情结。"王秀文一时百感交集。

在王秀文来铁路工作之前，她所认知的铁路，就是每次往返北京间，在车站买票时遇到的售票员，剪票上车时接触的客运员和到站开门组织乘降的列车员，至于什么值班员、调度员、列检员、信号员……压根儿就没想过也不知道，就连工务段她都搞不懂是什么性质的单位。直到她参加了铁路工作，在初期的培训中，在厚厚的《铁道概论》里，她才明白自己对铁路的了解仅仅是冰山一角，才知道围绕着铁路有车、机、工、电、辆不同工种不同性质的工作。

直到一纸指令递到她的手上，上面清晰地写着"桥隧工"三个字时，她都不知道这是一个什么概念，更不清楚桥隧工的她在秦巴山能干什么。然而，当她来到了秦巴山车间，跟着师傅们每天爬到一百多米高的钢梁桥上刷油漆；在隧道里作业，列车一过，洞里满是烟雾滚滚，呛得人喘不过气来；在隧道边墙上打分格标，每隔五米一个，一天要打三十多个，干下来腰酸背痛，手上的血泡一个挨着一个，泡破了，血水和手套粘在一起，每当脱手套，一阵又一阵撕心裂肺的疼痛让她不能忍受时，王秀文终于搞懂了，自己的职业究竟是干什么了。

“可是，再艰苦的地方，依然有快乐啊。记得有一句话是这样说的：任何事情都有它最美的一面，我们应该学会用最美的心去旅行一生啊，而不应该老盯着它的另一面。要是那样，我们是不是也太狭隘了。秀文，你说呢？”

平大伟的这番感慨，让王秀文沉默了。

“我想让平萍考博士……”王秀文唐突地更改话题，一下冲乱了平大伟正沉浸其中的回忆。

“考博士，为啥考博士？你咋又想让她考博士了？”平大伟一连串地问道。

他实在不理解，这女人的思绪怎么跳跃得那么快，他刚刚才在这个轨道上终于能和她同步了，没想到，一眨眼工夫，人家已经在另一个轨迹里冲刺了。

王秀文本来想说，平萍考博士了，这些让她心烦纠结的事也都不是事了。无论平萍考上考不上，都要沉下心来学习，这去不去秦巴山就可以搁下了。安唯勇既然想去，就让他自己去。安唯勇走了，平萍这边的工作，她就可以慢慢做了。只要给她时间，她相信她一定会说服平萍的。可是，平大伟紧跟着的一句话，让王秀文坐不住了。

“你是不是想让平萍成个剩女啊？”

让平萍成个剩女，这可是王秀文最不愿意听到的话了，她厉声问道：“啥，啥剩女？你说啥？”

虽然，声音不高，但是，平大伟已经感觉到了她心中的强烈不满。

“你想啊，你让平萍考博士，不就是这个结果吗？”平大伟轻声答道。

“你想啥哩？咋能是这结果？你，你，你咋就爱胡想乱说呢？”王秀文气得不知道说啥好了。

“我咋是胡想乱说了，你想啊，你让平萍考博士，你的意思很明显吗，就是想让平萍最好和安唯勇断了，是不是？”

“我——我没说……”

“你没说，但你的意思很明显啊。可是，你想过没有，咱家平萍都多大了，她这个年龄的小伙子有几个没有对象的，就是有，好的也基本上都被人家挑走了。”

不等平大伟说完，王秀文不屑道：“你的眼光也太短了吧，什么都挑走了！平萍要真的能考上博士，她身边优秀的小伙子更多了。你说说，能上了那个平台的，人能差了？那个个都是精英中的精英。”

“你这话没错，能考上博士的，那肯定都是人中蛟龙了，这我不和你争。可是，你想过没有，这世间讲个阴阳、黑白、高低……”

王秀文再一次打断了平大伟的话，说道：“我才不听你那一套呢，你少给我来啊。”

平大伟自打退休后，就开始学习研究起了《周易》，天天是天人合一，顺其自然，大道非道的。王秀文是既不反对又不支持，平大伟有事做就好。她觉得《周易》太深奥了，研究也是白研究，好在对平大伟来言总算找到了一个消磨时间的方式了，总比天天满屋子瞎转强。但从心里说，她从没有把平大伟的“研究”当成正经事。

现在，见平大伟又开始了太极阴阳，所以，不等他展开说，就直接制止了。

平大伟并没有因为她的态度而放弃，继续耐心地说道：“这太极阴阳就是告诉我们这世间的一切都是有规律的，有白就有黑，有强就有弱，有男就有女。男主外，女主内，这就是顺其自然，反之就是反其道而行之，就不好，就难行通了。”

“咋不好，女强人还少了？那么多……”

“是不少！可是，对于这些女强人来说，付出的就太多了。按阴阳有道来说，女主内，相夫教子，把家操持好，男的在外面就可以安心地冲锋陷阵，这家里就很平稳。相反，女的主外，男的主内，这家就容易出事。所以，自古至今，已形成了它的规律，一般男的都喜欢找比自己弱一些的女孩子做妻子，特别是在学历、职务上，这是每个男的心里都很在乎的事情，只是不说而已。如果平萍上了博士，你想想，能比博士再高的那更是凤毛麟角了，很多都已经成家了，单身没对象的基本上都是稀缺资源了。你自己说说，你是不是逼着平萍往剩女路上走吗？当然了，如果平萍自己主动想考博士，咱也不能反对，可是，如果是因为你那小九九，我看你还是算了吧。”

“谁小九九了？你又开始胡说了。”

平大伟的这番话，王秀文不管接受不接受、同意不同意，但她很清楚这的确是她不能回避的现实。她身边有很多非常优秀的女孩子却最后一个个成了女汉子，就是因为太能干了、太优秀了。于是，也就成了“孤家寡人”了。

世界上很多事情就是这么的奇怪，从道理上讲，怎么讲也讲不通，但是，却就那么根深蒂固地存在着。

让平萍考博士的议题，也就在平大伟的一番“太极阴阳”中，夭折了。

那夜，当王秀文和平大伟相依偎着蹒跚而归的时候，淡青色的天空还镶着几颗稀落的残星，天就要亮了。

三十二

北京，一场夏雨过后，空气清新。这场雨来得突然，今年的北京少雨，持续高温，整个北京城一直被酷热笼罩，把个王秀文热得不知道往哪里去，只能天天待在空调屋里不敢出来，泡在电脑上。

下午，一阵风来，带来了一片雨，雨后天晴，顿感凉爽了一些。站在凉台上的平大伟望着窗外湿润的树枝绿叶，正要叫王秀文过来一起欣赏风景。不承想，不等他话出口，就听见还在电脑前浏览的王秀文一阵地大叫，“大伟，大伟，你快来，你快来！”

平大伟闻声赶紧跑了过来，忙问：“咋了，咋了？”

王秀文指着电脑屏幕，说道：“你看，你看，这里有一篇写咱家的文章。”

“大惊小怪的，我以为出啥事了，你别搞得这么神经兮兮的行不行，老吓我。”平大伟嘴上虽然这样说，但他还是老实地坐在了王秀文的旁边，这是一篇发表在报纸上的散文的电子版，但是，一见上面《金州晚报》四个字，平大伟不知道怎么的，心里立即就有了一种说不上来的亲切感。

这篇散文的名字就叫《秦巴山区的钢铁桥》，上面写道：

到过铁路上的朋友，都会注意到那一座座如同彩虹般的各式桥梁，这些桥梁形态各异，有大有小，特别是那些造型独特的钢铁桥梁给我们留下了深刻的印象。

从远处眺望，在重叠连绵的山峰之间是一道又一道的彩虹，彩虹下面则是碧绿清幽的江水缓缓东去，桥影如月映在水中，随江水而展开一幅幅美丽的风景画。这些多姿多彩的铁路桥是贯穿铁路运输大动脉的钢锁链。它们像一条绸带从群山险峰中穿越，把江河两岸默默相望的大山连在了一起。

就在这众多的纽带中有一座桥——黑水河铁桥，它横亘在险峻峥嵘的两山之间，桥下是奔腾而去的黑水河，几朵淡淡的云从桥下悄然飘过，即使你没有恐高症，只要你向下看一眼，你就能晕眩半天。如果恰遇列车通过，沉重的电力机车裹挟着劲风呼啸而来，那一瞬间，似乎所有的钢梁都弯曲了，每一颗螺丝似乎都要折断，每一根钢梁的连接处你都可以清晰地听到金属的呻吟声。那一时刻，你一定会惊恐得喘不上气来。

就在这样的环境条件下，有这么一群铁路女职工，她们身悬空中，以毫米为单位养护着这座钢铁桥。二十多年前，有一位女职工有了孩子，因为没有入托的条件，她只好用一根布绳子把孩子拴在床头，而她自己则被安全绳拴在大桥上。

她的孩子和所有铁路人的孩子一样，打小就枕着火车的轰鸣声入睡，住的地方叫铁路小区，上的学校是铁路小学，爸爸妈妈坐着火车去上班，一走就是好几天。后来他们长大了才知道，那是跑通勤。无论多长的铁路线，无论白天还是黑夜，有火车的地方，就是爸爸妈妈工作的地方，他们的工作没有日出而作，日落而息的界限。他们知道，铁道边长大的孩子是没有爸爸妈妈的陪伴的，但是，他们的心愿会伴着远去的列车，沿着钢轨，跟着爸爸妈妈走得很远。

今天，女工的孩子早已成人，女工也已退休了，但这座钢铁桥依然坚不可摧，因为，她们在这座桥上留下了一种精神，一种魂魄，那就是“奉献，责任与荣誉”！

“你看，这里面写的不就是我吗?”王秀文惊喜地大叫道。

“是啊，是啊。”平大伟连连说道。

正在这时，随着一阵钥匙开锁的声音，门打开了，接着，门口闪出了平萍的身影。

“平萍，你快来，你快来看!”王秀文急促地大叫着。

平萍一惊，鞋都没来得及换，连忙跑到了跟前，嘴里喊着：“怎么了，怎么了?”

等她趴到电脑跟前认真看了，不禁笑道：“哎呀，你俩别搞得那么感性好不好?我以为你俩怎么了呢?”

平萍说他俩感性，王秀文却听错了，听成了“性感”了，不高兴地说道：“谁俩性感了，胡说啥?”

“性感?哈哈哈……”立即，平萍就知道妈妈听错了，再一看他俩那表情跟一对情到伤心处的老鸳鸯似的，逗得她再也控制不住了，捂着肚子一阵的大笑。

“笑，笑啥笑，有啥好笑的。”王秀文嗔怪道。

“哈哈，太好笑了，我妈妈太好笑了，呵呵……”平萍忍不住继续大笑着。

王秀文不满地看着她，说道：“笑什么笑，你懂什么啊?”

“我怎么不懂啊，你们就喜欢忆苦思甜，好像过去的那些事都欠了你们似的。”

“你——”王秀文还想往下说，被平大伟制止了，说道：“你们别争了，这就是代沟，你的感觉你的体会，平萍是永远不可能理解的。”

“唉，这孩子就是不懂事，啥时才能懂事啊。”王秀文感慨道。

平萍边翻阅页面，边笑道：“妈，你还别说人家写得还挺真实的，我记得我小时候，你就是这样对我的，你们心也真够狠的了，也不怕我乱动，绳子弄到我脖子上把我勒死了。”

平萍的话一下触到了王秀文和平大伟的疼处，两人一下愣在了那里，面面相觑。

平萍见状，大笑了起来，说道："呵呵……哎呀呀，给你们开玩笑的，看把你们认真的。我知道，你俩那时也是没有办法啊。"

说着，平萍转身到门口换鞋去了。

"这孩子……"平大伟长出一口气，没再往下说。

"什么都不知道，净在这儿瞎胡说。"王秀文跟了句。

"我怎么不知道了，这些事你以前天天给我说，说得我耳朵里都磨腿子了。"平萍换完鞋又走了过来笑道。

不等王秀文答话，平萍继续笑道："哎，妈，你说这人写这篇文章，没有经过你的同意就把咱家的隐私写出来了，算不算侵权啊。"

"去，去，去……越说越不像话了，什么侵权啊，人家能写，说明我们的事迹感人，让更多的人通过学习了解我们当年艰苦奋斗的经历，去爱岗敬业，扎根山区，这是多好的事，还什么侵权，你也能想出来。"王秀文断然说道。

"妈，你是不是开会呢？说这些假大空干吗啊？"平萍跟道。

"咋能是假大空呢！你怎么越来越不像话了。"王秀文急了，大声说道。

"咋不是假大空，你说得那么漂亮，做不到就是假大空，就是说些漂亮的话骗人。"平萍嘴一撇，不屑地对王秀文说道。

"什么？你说什么，谁说漂亮的话骗人了，你说，你说我怎么骗人了。"王秀文怒发冲冠，热血上头，再也克制不住了，厉声追问道。

"你急嘛啊，你自己想想，你是不是漂亮话儿说了一大堆，什么爱岗敬业，什么扎根山区。可是，一到你自己你咋就做不到了。"平萍说到这里，伸胳膊拿起桌子上的杯子喝了一口水。

平萍的这些话，让王秀文很生气，她刚才还沉浸于这篇文章所带来的一种很神圣的感觉中，这篇文章让她回忆起了难忘的岁月。人真的很有意思，快乐幸福的时光不但过得飞快，而且，总会那么容易地把它忘记。相反，艰苦困难的生活，会随着时间的流逝变得更加的清晰，最终成为生命中的一部分。重要的是那种痛苦已经找不到了，只有岁月的痕迹，并在一次次地咀嚼中变得有味道且充满了乐趣，从而让自己的人生因为有了这一段而变得饱满，甚至，因为战胜或者说度过了那段艰苦岁月，于是，自己变成了一个强者。因为成了一个强者，便在不断地回忆中有了可以炫耀的资本。

本来，王秀文正沉浸在这种近乎精神鸦片的陶醉中，却被平萍的一席话，搞得很不愉快，很伤自尊心。于是，她立即质问道："你凭什么说我漂亮话儿说了一大堆？凭什么说一到我自己就做不到了。"

这话说到最后，声音不自觉地提高了半度，平大伟连忙提醒道："声音小点，又不是吵架，让邻居听见了笑话。"

好面子的王秀文连忙把声音压低了，但她还是愤愤不平地说道："你看看，这孩子越来越不像话了，还说我骗人了。"

"你就是骗人了。"平萍才不管那么多，更不顾忌妈妈的情绪，说道，"爸，你说说，我妈是不是骗人了，她让人家是爱岗敬业、扎根山区，可是一轮到我要去，她就一千个不同意一万个不愿意，你说说，我妈是不是骗人呢。"

"你……"王秀文一下子没话说了。

"我，我怎么了，爸，你说我说得对不对？"平萍义正词严地说道。

"好了好了，你俩快别争了，搞得跟开民主生活会似的。呵呵，平萍还没吃饭吧，秀文，赶紧给女儿做晚饭去吧。"

在这个家庭里，平大伟早已有了经验，两个女人只要争执起来，那是不可能立即判断并给出结论谁对谁错的，否则，会一直争吵下去。最好的解决方式就是先分开，至于对错，回头再说。

平大伟的这句话很起作用，王秀文站起来了，别的可以不做，但给女儿做饭，那是她王秀文天大的事。可是，还没迈开步子，就听平萍笑道："我今天给你们带的比萨，妈就别做了。"

"饼上抹点菜，哪能吃饱了，我还是给咱们熬稀饭去。"

"哎呀，妈，你——我妈真好玩，你这是中西餐结合啊。"平萍无奈地笑道。

三十三

工务段早就给安卫东在金州分了新房，但是，退休后，两人还是常住秦巴山。安卫东说了，他就是死也要死在秦巴山，埋在秦巴山。他说，他老了喜欢静，不喜欢金州市那闹哄哄的。

孙小萌也拗不过他，便只好把金州装修得好好的房子闲置在那里，跟着他生活在他们这老屋里。

不过，她也很习惯这里的生活，虽然，老屋老点面积小点，可是，这里有着她最美好的回忆。就是在这秦巴山，他们度过了青年中年，以至老年，唯勇也是在这里成长，并从这里走出去的。这屋子里的每一个角落都有着他们的味道。

周围青山绿水，白云悠悠，尽管没有大城市的繁荣，但也没有大城市的喧哗。以前，这里交通不便，现在公路早就通了，而且高铁正在紧锣密鼓地建设着，明年也要开通了，等这高铁开通了，去哪里不是说走就走的事。

这几天，安卫东一起床就往人家高铁工地跑，每次回来，就不断地咂嘴，说："现在这设备太先进了，叫什么全断面敞开式掘进机，太厉害了，以前十年才能挖通现在两年就好了，太猛了，太猛了。"

孙小萌就笑他，"你看你，都退休好几年了，把自己的事管好就成了，还操人家高铁的心。"

“咋能是操高铁的心，操高铁的心就是操我自己的心，咱先不说我还是个老铁路，就是冲着咱家唯勇以后回家方便，我也得关心这高铁。”安卫东不服气地说道。

“你不是让唯勇回来了，咋，你又不让他回来了？”孙小萌眼睛一亮，问道。

“我管他回来不回来呢，我主要是考虑我的亲家，我亲家回来和我喝两盅的机会总得有吧。”安卫东说道。

“谁是你亲家啊，你真是剃头担子一头热，尽想美事，你以为你是谁，说啥都算？”孙小萌嗔道。

“我说得不算，大伟说得也不算，但总有说算的。”安卫东语气肯定地说道。

“那你说说，谁说了算？”孙小萌不屑道。

“白果树说了算。”

“白果树？”孙小萌一愣，她当然知道这棵千年白果树在这群人心里的重要位置。

“我昨天晚上做梦了，梦见白果树给我说，不但唯勇回来，平萍也要回来，我那个老亲家平大伟也要老老实实地给我滚回来了。唉，真想这个老家伙儿了。”话说到最后，安卫东长长地叹了一口气，声音里充满了兄弟想念之情。

“你啊，真是个老精神病，人家平书记在这里的时候，你是天天跟人家吵，人家一走了，你就想。”孙小萌数落道。

“你懂啥，我们就是打起来了，那还是亲兄弟，我们是越打越亲。”

“又开始乱说了，不理你了。”孙小萌说着转身走出了房间。

“哼，不理就不理，我还懒得理你呢。连我的话都不信了，真是的。”安卫东看着孙小萌的背影十分不满地悄声嘟囔道。

安卫东自己都没有想到，他这次还真的全说准了，他的准亲家平大伟和王秀文真的回来了。

自从两人看了那篇文章后，一下激起了平大伟想回来看看的热情。人道，落叶归根，虽然，秦巴山不能算是平大伟的故乡，但是，从学兵连开始，他在这里已生活工作了四十多年，可以说是他整个人生最为重要的时期。他常给人家说，这里才是他真正的故乡。

平大伟把自己想回去看看的想法告诉王秀文后，开始时王秀文还很反对，觉得平大伟这个时候回秦巴山，简直就是不懂事。平萍天天闹着要去秦巴山，在这个节骨眼上，你这不是火上浇油吗？可是，等她冷静下来再一想，觉得又是一个好事情。

作为母亲的王秀文对女儿的所有心思都了如指掌，再说她也少女过，她也怀春过，她也情窦初绽过，她更理解"女大了不能留"的古训。现在对女儿来说，最亲近的不是她和平大伟，而是那个安唯勇。只要安唯勇选择了秦巴山，那么，平萍一定也似装了个秤砣铁了心地跟着走了。

可是，为什么明明知道自己不可能让女儿回心转意，还要费尽心力要去阻止她呢？就是因为她对女儿的爱和愧疚。当年，因为秦巴山，她欠得女儿太多了，好不容易他们将家安在了北京，为女儿还有女儿的未来在北京过着平静祥和的生活打下了基础。凭什么，命运又要将她们骨肉分离？这让王秀文怎么也想不通。

既然平大伟想回去，那不妨就回去看一看，走一走。毕竟，她和大伟两个也是"老梆子"了，平萍不放心肯定也要一起去，就顺势把她带上，说不定平萍回去再一体验那穷山恶水之地，你让她去，她也不去了。

心里有了主意，王秀文就踏实多了。于是，她很慎重地打电话把平萍叫回家，当面告诉她，她要和她爸爸一起回秦巴山。果然，平萍不放心他俩单独回去，提出一定要让她陪着。

王秀文也就"爽快"答应了，等平萍回头找安唯勇让他也一起回秦巴山时，安唯勇立即就拒绝了，说道："我还是别一起去了。"

"为啥啊，一起回多好啊，你刚好回去把安叔孙姨也一起看了。"平萍不解地问道。

"咱俩回没问题，旁边跟个你爸和你妈，我约束。"安唯勇笑道。

"呵，啥时候搞得腼腆了，不像你啊。"平萍笑道。

"自从你给你妈说了我想回秦巴山之后，你妈对我就没好脸过。"安唯勇实话实说道。

随即，他又笑道："你们先去，我把这边的事情处理一下，就过去，咱们在秦巴山见。"

说到这里，安唯勇告诉平萍，他爱她，他会尊重她的任何选择。"如果……"安唯勇说，"如果，你最后决定不去秦巴山，我也不会埋怨你的。因为，也许你今天的选择是对的。"

"你胡说什么啊，你都说了只要相爱的人在一起，哪里都是天堂。秦巴山就是我的天堂，因为那里有你。再说了，你安家如果没有我们平家，怎么能平安啊。平，安，平安，平安在一起了，才能平安啊。"说着，平萍把脸深深地埋在了安唯勇的怀里。

山，永远是那座山；路，永远是那条路。不同的人，眼中却有着不同的风景……

三十四

列车稳稳地停靠在了秦巴山车站，平大伟、王秀文、平萍三人下了车。平大伟很吃惊地看见站台上来了许多的人，笑容满面地迎着他们走了过来。正在平大伟不知所措时，一位中年男子快步走到跟前，一把握住他的手笑道：“老书记，欢迎你们回家！”

“欢迎我？”平大伟不解地问道。

“是啊，我们知道你要来，我们早就准备好了。你看！”

顺着这位中年男人的手指方向，平大伟看见有两个年轻人手里拉着一个横幅，上面写着：热烈欢迎老书记回家！

鲜艳的红底白字横幅在蓝天白云下，显得格外夺目。

这时，旁边一位长得非常俊帅的小伙子上前介绍道：“平书记，这是我们的车间书记周潼书记，我是养路工区的工长李明。”

“平书记，这李工长也是咱老秦巴山人的后代啊。”周书记笑道。

“嗯，你是谁的孩子？”平大伟问道。

“平书记，你记得不？当年，咱们开运动会的时候，我给咱举过牌子呢。”李明工长笑道。

“那是什么时候的事了，你那时才多大啊，老书记咋能记起来啊。平书记，他爸爸你肯定记得，李和平李师傅。”

“哟，是和平的儿子啊，这么壮实了。”平大伟吃惊地说道，转身又对王秀文笑道，“秀文，你快看看，这是和平的儿子啊，都这么大了。”

“你以为你还年轻啊。”王秀文在旁边笑道。

“秀文，你看，这孩子多像他爸爸和平，帅！”

“我看啊，更像他妈妈，漂亮。”王秀文笑道。

两人把李明说得都不好意思了。

“和平呢，你爸爸呢，他好吗？”平大伟又连忙问道。

“我爸爸前年就去世了。”李明的声调变低了。

“什么？怎么前年就走了，和平，他，他……”平大伟心里一紧，嘴里急切地又问道，“和平那么年轻，怎么走得那么早……什么病啊？”

“肺癌，肺癌晚期了，查出来没多久就走了。”李明说道。

“晚期？怎么没早发现？”

“早发现了，可是，可是他就是不去医院。”

“这，这和平——怎么没给我说呢，我应该来送送和平啊。”平大伟喃喃地说道。

“爸爸临终前特别叮嘱我，不让我告诉你们，他说，不要因为他再麻烦大家了……”

“咋能是麻烦呢！唉……”一想到李和平，平大伟的心就揪在了一起。他还想问，但他努力克制住了，他知道当年他们长期的身体透支，早已严重地损害了他们的健康。退休后，随着年龄的增长、体能的衰弱，这些隐藏在身体内部的病魔就开始嚣张了，曾经和他工作过的好几个老兄弟都被病魔击倒，永远地离开了他们。平大伟的心这时隐隐地痛了起来，脸色变得很难看。

“老书记，你没事吧。”周书记扶着他的胳膊，关切地问道。

“哦，没事，没事，我没事……”平大伟看到周围那么多人都在看着他，连忙转了话题，说道，“嗯——对了，你们怎么知道我要来的？”

平大伟想起了自己并没有通知任何人，怎么连车间的人都知道他们要来。

“你说我们咋知道你要来的，你那些秘密在我们这里就是地球人都知道。”

仅闻声音，平大伟就发自内心地笑了，他顺着声音笑道：“老安啊，咋啥地方都少不了你的掺和啊。”

“少了我的掺和，哪中？”安卫东从人群后面露了出来，那一瞬间，平大伟眼圈发红，眼睛一下湿润了，但是他强忍住了，没有让眼泪流出来。此时，站在他面前的安卫东身上哪里还能找到当年那个穿着喇叭裤，烫着爆炸头，一走三晃见谁都不服的安卫东了，苍老的就是一个老态龙钟的老头了。

头发已经少得不能再少了，唯有象征性的几根围着他的后脑勺排列着，但每一根都精心地梳理着，跟列队操练的士兵一样精神抖擞。走起路来，还是边走边摇晃着，但这时的摇晃不是故意的，是不得不晃了。

“你腿咋了？”平大伟看着安卫东脱口问道。

“狗老先老嘴，人老先老腿，这还用问我。你拿个镜子，先照照你，老成啥了，知道的是老头，不知道的还以为是老妖呢。”安卫东的一席话把大伙儿逗乐了。

可不是，平大伟心道，自己觉得老安老，他自己又能好到哪里去？他的关节炎治了好多年了，不但没有治愈，相反，随着年事愈高，越来越严重了。凉气蹿到了腰上，有时候痛得腰都直不起来了。特别是今年，变得异常严重了，湿邪之气从膝盖到了腰间。晚上睡觉时，腰缩成一张弓，身子骨常常是瘆凉、僵硬的。早上，弯腰连袜子都穿不进去。上厕所，坐到坐便器上就站不起来了。

不等他答话，安卫东看着王秀文笑道：“嗳，还是人家秀文会长，从年轻到现在，几十年过去了，一点变化都没有，还是那样的年轻漂亮。”

安卫东不切实际的赞美把王秀文听得心花怒放，连忙笑道：“什么啊，我要是几十年不变真就成了老妖精了。”

“妖精好，妖精好，妖精都是美女。”安卫东笑道。

这时，平萍赶紧走上前去，向安卫东问好。

安卫东笑道：“好，好，看着平萍这么好，我现在就是世界上最幸福的人啊。”

大家都知道安卫东的儿子安唯勇和平萍正在恋爱中，所以，都知道他所说的幸福意味着什么，于是，大家都会心地笑了起来。

但王秀文却笑不起来了，一想到女儿跟着安唯勇又要回到这秦巴山，心里一万个不高兴。可是，又不能在人前失态，虽然也跟着大家笑，但笑得很勉强。

安卫东早已捕捉到了王秀文的心理变化，咳嗽几声，说道：“笑一笑，十年少。走，到家里去，慢慢说，慢慢笑。”

由周潼书记陪着，几个人来到了安卫东的家里。离老远，孙小萌就跑了出来，大笑着说道：“我本来要和卫东一起去车站接你们的，卫东就是不让，非让我在家里给你们熬稀饭，说平书记最爱喝咱家的黑米粥。”

这黑米粥说起来是有“典故”的，平萍不知道，王秀文最清楚了。当年，这二位还年轻气盛的时候，彼此不服气，时不时就要比画一下。可是，他们生不逢时，没有生在隋唐绿林好汉时代，不能有事没事就撸袖子干一架。于是，这二位就选择了一个还算文明的竞争方式，斗酒。一直坚持到平大伟做了党支部书记，安卫东也就不好意思再摆擂台了。

两人的酒量，不分上下，基本上是输赢对开，只要平大伟喝醉喝输了，安卫东都要把他搀到宿舍里，给他熬黑米粥喝。所以，熬黑米粥，那就是平大伟的走麦城。

孙小萌哪里知道他们的这些道道渠渠的，张口就来了这么一句，王秀文听了一阵暗笑，心道：都老了老了的老老头了，还整这个呢。

果然，平大伟不愿意了，转头对安卫东说道："老安，我给你可说清楚了，你家的黑米粥，我就喝过两次。"

"三次。"安卫东头都不抬地说道。

"两次，真的两次。"

"三次。"安卫东脸色一板，平静地答道。

旁边的周书记听着他俩的对话，一脸的茫然。

等到了家里，满屋弥漫着黑米粥的清香，平大伟也就不想那么多了，一连喝了好几碗。

安卫东坐在旁边，说道："咋样，老味道没变吧。"

"什么没变，这又不是你熬的。"

"名师出高徒，小萌的手艺就是我一手调教出来的。"安卫东说完就咳嗽了起来。

平大伟不放心了，问道："你老咳嗽是咋回事？去医院看了没。"

"放心，绝不是肺癌也不传染。这还用去医院？老毛病了，你又不是不知道。"安卫东无所谓地答道。

"你当年哪像今天这样，咳嗽得这么厉害。"平大伟还是不放心地说道。

"就是啊，安主任，你还是去医院检查一下吧，检查了，让人放心。金州不行，就去北京看看，彻底检查一下。"王秀文也说道。

"你们尽管放心，我说没事，就绝对没事，安心喝你们的黑米粥，再大的问题，只要和大伟在一起，那啥问题都没有了，俺俩在一起，那就是两个字平安，四个字平平安安。"

平萍在旁边一直没有说话，眼睛盯着手机，不是看微信就是看微博、聊QQ。这几个大人之间的对话，对她来说，实在是没有任何意思，一个黑米粥就能说半天，喝两次、喝三次值得费那么大劲地争吗？

几个人正闲谝着，这时候一个职工匆匆地跑了进来，对周潼书记说道："周书记，不好了，那边又闹起来了。"

"怎么了？"周书记一急，站了起来，问道。

"乡民把工程队围起来了。"

"哎呀，怎么又围起来了，走，我去看看。"说着，周书记转身对平大伟说道，"平书记，你们先谝着，我去工地看看。"

话音没落，人已走出了房间。

平大伟不解地望着周书记快速离去的背影，问道："怎么回事啊，咱这儿还会有人干涉施工？"

平大伟说这话也是有理由的，当年，他和安卫东在这里的时候，和地方的关系处理得非常融洽，和谐得都成了一家人。连安卫东都是地方的女婿，更别提镇上很多的女子也是铁路的儿媳了。

安卫东咳嗽几声，说道："唉，还是那棵树的事。"

"哪棵树？"平大伟一惊，其实，他马上就想到了那棵树，但他还是不相信地追问了一句。

"白果树，咱的平安树，老神树。"

"老神树咋了？"

"建高铁，一不小心，这棵老神树正好落在规划的线路正中间了。"安卫东眉头紧皱地说道。

平大伟再也坐不住了，连声问道："那咋办，那咋办？"

建高铁的事情他是知道的，按照国家建设规划，现在正从榆林过西安，安康建设一条纵穿南北的高铁大通道。

“你说咋办，你这都是老铁路了，你能不知道咋办？半军事化要的就是命令如山，你敢违抗？”安卫东无奈地说道。

“可是，能不能通融一下啊，老神树可是……”

“行了，行了，这树在咱们的心中是神树，可是，在人家的眼里那就是一棵普通的树，为了一棵树，让人家改道可能吗？施工队，人家只管施工，都是按图纸来的。你少忙活了。该想的我都想过了，没法。”安卫东说的也是实情。

“能不能把老神树迁移了。”

“我问了，专家说迁移了也是个死，真他娘的……”说到这里，安卫东下面的话，被一阵咳嗽声打断了。

“老安，你这咳嗽还真得去看看了。”

“行了，行了，不说这——”安卫东不耐烦地打断了平大伟的话。

平大伟知道这老安头的脾气，没再往下说，片刻，说道：“嗯……不行，我得去看看。”

说着，平大伟就站了起来，他现在一分钟也坐不住了。

“别去了吧，那边乱哄哄的。”孙小萌劝阻道。

安卫东没有说话，他深知平大伟的性格，如果不让他去，他会憋出病的。

出了工区家属院，他们向后面的松树坡走去，松树坡上的松树更加浓密了，离老远望去，一片绿色。那棵白果树静静地耸立在松树林的边上，显得一种灵动的美和厚重，挺拔的枝干，茂密的叶子，无一不彰显这棵银杏树的魅力。特别是此时正值夏日炎炎、骄阳似火的时候，银杏树已长得枝繁叶茂。它的主干挺立修长，树干分成许多树杈，树杈上又分出许多小枝，小枝上面长满了深绿色的扇形叶片，形成了一把天然的绿绒大伞，将火辣辣的阳光挡住。清风徐来，那叶子微微轻颤，似乎在向平大伟打招呼，这让平大伟的心里有了一种久违了的亲切感。

在白果树的下面，站满了人，很乱，什么声音都有，平大伟快步上前，只听得有人叫道："这白果树是我们这里的神树，保佑我们，你们要是砍了，我跟你拼命！"

还有人喊道："白果树在这里都几千年了，都没事，你们一来就要砍树，你们试试，谁砍，我就砍谁。"

"哎呀呀，各位老乡老表啊，咱们火药味先不要这么重好不好啊？什么砍啊杀啊的，我们这是建高铁，建高铁知道吧？"一位身穿迷彩服的中年男子大声地叫道。

"我才不管你建啥呢，你爱建啥建啥去，不要动我们的老神树就行。"人群中有人喊道。

"哎呀，这树不动我们怎么建呢。"中年男子嗓子都喊哑了。

"你们可以改道啊。"

"我们是施工部门，我们要严格按图纸施工，这事我们说了也不算，我们的任务就是要按时把高铁建好。再说了，我们都给你们保证了，你们需要补偿多少钱，我们出啊我们给啊。"这位中年男子继续耐心地说道。

"谁要你的钱，我们就要我们的老神树。"

中年男子脸憋得通红，迟疑片刻，突然对着面前的人群喊道："你们既然这样不讲理，我们也没有办法了，我们就硬上了。"

说着，一转身对着身后的推土机叫道："上！"

推土机在轰轰隆隆的声音中，就要启动了。没动两下，又停下了，因为，瞬间在白果树的下面，坐下了一大堆老头老太太。

"哎呀呀，你们这是阻碍施工，我……"但是，他的声音很快被淹没到嘈杂的声音中了。

站在人群外围的平大伟突然觉得眼前的这位中年男子特别的面熟，其神态长相都像他心中的一个非常重要的人，猛然间，他的脑海一亮，一把推开身边的人匆匆走上前去，站在了中年男人的面前。

这位中年男子还在哑着嗓子使劲地喊着："大家听我说，大家听我说……"突然，抬头看见一位头发花白的老人向他快步走来，他一愣，下意识地将身子一拧，说道："你要干啥?"

平大伟看他紧张的神色，知道他误会了，尽量用很温和的语调问道："请问你贵姓?"

"你问这个干什么?"中年男子还是很警觉地反问道。

"你很像我的一位老领导，你是不是姓武啊。"

平大伟的"武"字刚一吐出，中年男子一下愣住了，有些茫然地点了点头，应道："是，我姓武，怎么?"

一听说他就是姓武，平大伟心里猛地一紧，声音都有些发颤了，他强烈地控制着，尽量保持着一种平静的语气又问道："你的父亲是不是叫武新权啊。"

中年男人大惊，问道："你怎么知道我父亲的名字，你是?"

他的父亲虽然英年早逝，但是，父亲的名字，那是永远忘不了的。

父亲在他很小时就离开了他，在他的记忆中，不曾有过父亲的印象。但是，他从母亲那里知道了父亲的故事，知道父亲是一个英雄，是因为救别人而牺牲了自己。他模糊记得在很小的时候，他曾跟着奶奶、妈妈来到一个有山有水的地方，给父亲送行。以后对父亲的所有回忆都是母亲的述说了，记忆是断断续续的。

那年送别父亲后，奶奶就病倒了，很快去世。不久，他的母亲也病倒了，被舅舅接到了东北。没有几年，母亲和大伯相继病逝。老家和父亲的故事就成了他心中的回忆，武新权这个名字，他一直以为只有他一个人知道了。

平大伟上前一扶他的左臂，轻声说道："走，你先跟我走。"

面对这位老人的要求，中年男人已然没有任何拒绝的能力了，他转身给身边的人说："你们先等着，等我回来再说。"

平大伟转身向松树坡上走去，王秀文和平萍还想跟着上去，但被安卫东悄悄拦住了。

两人一前一后上了松树坡，一抬头，就看见坡上那座烈士陵园了。曾经的小路经过一次次的翻修，现在已经非常的平整了。显然，平大伟退休走后，他的后任们对烈士陵园进行了不断的修葺，这让平大伟的心里有了一种欣慰感。他知道，秦巴山人没有忘本，忘记过去意味着背叛，那么，忘记英烈那应该就是罪恶了。在物欲横流的时代，一些人在自觉不自觉中就忘记了那些为今天的美好生活而曾经浴血奋战的人们。人的忘却有些是无意的，但更多的是有意的。人们之所以不愿意去回忆，就是因为回忆意味着要感恩和承担。心怀感恩的人，就要有底线就要有原则就要有所收敛。这对一个贪婪的人来说就是一种心灵上的痛苦和折磨。于是，他们选择了忘却。心中没有了对英雄和烈士的敬畏，人就肆无忌惮了。

平大伟后来有了一个近乎顽固的评判标准，看一个城市的格局品性，不用去看它外在雄伟和现代化的标志，只需走一趟烈士陵园。如果烈士陵园已是荒草萋萋时，他坚信这个城市建设得再宏大也是外强中干的，色厉内荏的，是缺乏良知的，一个缺乏了良知的城市，绝不可能走得太远。

等两人走进了整洁的烈士陵园，平大伟站在了烈士纪念碑前，认真地整理了一下衣袖，向所有的烈士鞠了三个躬，接着，他在每一位烈士墓前点上了一支香烟。最后，他轻车熟路地径直走到了武连长的墓前，神情庄重地又鞠了三个躬，最后，他坐了下来，手扶墓碑心怀歉意地说道："老连长，我来看你来了，好久没有来了，你生我气了吧。"

旁边的中年男人猛然看见墓碑上"武新权"三个字时，他感到所有的血液一下子集中在了他的头部，一阵眩晕，胃痉挛地痛，呼吸都困难了，像一条跃出水面的鱼，张大了嘴巴。父亲，父亲就在这里吗？曾经他问过舅舅无数次，爸爸在哪里？但舅舅从没有给过他一个准确的答案，今天，父亲就在他的面前了。他不需要任何的解释，甚至他不需要任何的证明，从这位老人的眼睛中，他坚信他所听到和看到的一切。此时，整个陵园悄无声息，平大伟坐在地上举目远眺，对面的秦巴山车站，以及山坡下的整个乡镇都一览无余。

平大伟长出一口气，说道："武连长，你看看，咱的秦巴山变化多大啊。以前，我在这儿的时候，有人说咱这里一年一个变化，当时我是不识庐山真面目，只缘身在此山中。今天一来，才明白了什么是翻天覆地、日新月异啊。好像一闭眼一睁眼间，就到了另一个陌生的地方。可是，不管这里发生什么样的变化，你们在这里，这个地方的精神和灵魂就在这里啊。记得你给我们说过，人要有使命感，要有精神。还说，人生就是一个过程，重要的是在这个过程中，我们能为这个世界做些什么。我照你的话做了，今天回头再看，真的，充实踏实啊！"

平大伟说到这里，又点上一根香烟，放在墓前，说道："武连长，今天是个好日子啊，我把你的儿子领来了。你看看，这儿子长得多好啊！"

说到这里，平大伟站起身来，走到中年男子的跟前，庄重地给他说道："这里埋着的就是你的父亲。"

中年男子什么都没有说，双膝一弯，跪下了。

"爸，我找了你好久啊！"声音中透着悲哀、委屈和凄凉。

平大伟的心里一阵痉挛难受，他痛苦地捂着胸口坐了下来。他想起了那个生死瞬间，想起了武连长对他的有力一推，他活了，武连长却永远地埋在了这里。

中年男人正喃喃地述说着，就听见了外面的一阵脚步声。平大伟诧异地抬头向陵园门口望去，很快，随着脚步声就传来两个人的对话。

“是这儿吗？真是这儿吗？”一个年轻女性的声音。

“是，没错！他们都说他到这儿了。”一个年轻男子的回答。

随着话音，两个人影出现在了陵园门口，平大伟定睛一看，是两个年轻人，一男一女。当他们看见跪在地上的中年男子时，一下都愣住了，年轻人快步走了过来，叫道：“爸，爸，你这是干吗啊？”

还没等他们走到跟前，只听得中年男子轻声断喝：“望川，过来，给你爷爷磕头。”

旁边的平大伟瞬间明白了，心里非常的欣慰，武连长后继不但有人，而且一代胜一代啊，小伙子长得清新俊逸、一表人才，在他们父子身上他看见了武连长的影子。

中年男子告诉平大伟，他叫武思秦，年轻人是他的儿子，叫武望川，这个女孩子是他儿子的女朋友刘宝玲。两代人在这里团聚，让平大伟唏嘘不已。

三十五

平大伟绝对没有想到，在秦巴山他竟然和武连长的儿子、孙子相见了，一个人给予了两个人的生命，这两个人又将武连长未竟的事业传承延续，这让平大伟对生命的意义有了重新的认识。人固然有一死，有的人死了，他的所有行踪、痕迹和他的躯体一样，从此消失得无影无踪。有的人死了，但消失的只是躯体，他的思想和精神则融入到了更多人的心中，永远地延续下去。他之所以几十年来一直不放弃，不就是因为武连长让他懂得并明白了人来到这个世界上就一定要有使命感，一定要奉献，从而让一个普通的生命变得更有意义。

“以前不懂，以为人活着是为了物质。后来，随着阅历的加深，体会的加深，才逐渐懂得物质只能带来更多的欲望，而不是充实的生命，人必须要有精神。”坐在武连长的墓前，平大伟给武思秦说道。

平大伟坚信，武连长的那种人格力量一定在冥冥中影响着他的儿子。

武思秦边听边默默地点着头，他明白平叔所说的这些，他知道，所谓一个人的奋斗过程，其实，就是战胜自我的过程。唯有心存敬畏、信仰、人格、尊严的人，他的内心才会强大，才会具有坚定的信念和控制自己欲望的定力。

当平大伟把大伙儿为什么将这棵白果树视为神树的原因告诉了他们，特别是当讲到武连长牺牲后埋在了这棵白果树下的第二年，这棵从没有结果的老神树竟然长满了白果时，武思秦和武望川两人都沉默了。

过了好一会儿，武思秦打破了沉默，他给武望川说道："望川，你听明白了吗？这不是一棵树的问题了，这是一个图腾啊。"

"爸，你不说了，我知道应该怎么做了。我们修建高铁，建设高速发达的交通网，其实目的都是一个啊，不就是要让当地老百姓更方便更高兴嘛？"武望川答道。

听着这父子俩的对话，平大伟没有明白怎么回事，愣愣地望着他们。武思秦笑着对平大伟说道："望川是这条线的设计师之一，现在我们父子俩也都在为铁路服务啊，我在工程局，他在设计院，我们家三代和您一样都是铁路人啊。"

"这样啊，太好了，太好了。"平大伟高兴地大声说道。

一切似乎都是天意，一切又似乎是心诚所至。在思秦和望川父子俩的共同努力下，图纸做了一些修改，那棵千年白果树继续纵情地向天空舒展着自己的繁枝茂叶。

长期被失眠困扰的平大伟，在秦巴山的这一夜竟然睡得那么的香甜，以至于当清晨即将来临的时候，他久久地不敢挪动一下身体，生怕打破了这种让他久违了的感觉。

晨光终于来了，在秦巴山的东方慢腾腾地呈现出了一片柔和的紫色。接着，黎明的玫瑰色彩和着天空奇妙的颜色显现在了一片油油的绿光中。东方开始发白，墨色的天宇渐渐在褪色，如退潮的海浪，空气里充满着茉莉花香。

早起的职工们的脚步声在润湿的草地上微微响起，野草在轻轻地颤动，四处都笼罩在温润的薄雾中。一只喜鹊，仿佛和星星会合在一起了，在高高的白果树间歌唱，寥廓的苍穹好像也在屏息静听这生命的吟唱。

晨曦中，怒放的秦巴山兰上，晶莹明亮的露珠闪烁着，显得生机勃勃。一切，正如俄罗斯诗人普希金所言：早晨，一列列的云彩在等待太阳，好像群臣在朝拜君王。

窗外，渐渐泛白。树枝间，云雀的歌声还是把平大伟吸引了出来。他打开房门狠吸一口秦巴山清晨的空气，那种清新爽快让他有了一下子年轻了好几岁的感觉。他来到院子里，很安静很空旷。他想去看看当年他维修过的铁路，念头一闪，他已顺着创业一路，当年他和他的兄弟们修建的那条小路向线路上走去。一路上，他听着百鸟的鸣叫，嗅着巴山兰的清香，尽情地体会着心旷神怡的快感。

当他埋头上了护坡，抬头再看时，他发现自己并不是一个人，就在他的前方，那座黑水桥上正走着一个人。但显然不是工区的职工，因为这个人太老了。无须走近，他已经兴奋地大声叫道："吴工长，吴工长，真的是你啊。"

"哟，平书记，你好啊，前几天就听卫东说你要回来，还以为他胡说哩。"吴工长笑道。

"回来了，是要回来看看了，想你们了！"平大伟深情地说道。

"秀文呢，她也回来了吧，平萍呢，平萍现在上班了吧。"吴工长一连问道。

"秀文也来了，平萍还没有上班，今年研究生毕业，正在联系单位呢。"平大伟实话实说道。

"哦，好啊，是在北京吧？"

"嗯，是，是在北京。"平大伟答道。

"好啊，好啊，在北京好啊。记得那年，你给咱开会时说，咱现在辛苦得值啊。咱把基础打好了，以后孩子们就不会受苦了，咱要让孩子们感受到，人来到这个世界上，除了受苦之外，还要有享受生活的权利！"吴工长的眼睛已经很浑浊了，但是，他在说这些话的时候，眼睛里闪烁着光泽。

“哎呀呀，吴工长啊，没想到我当年随口一句话，你记到了今天了。”平大伟激动地说道。

“是啊，一直记得呢。那几年，每当我没有信心的时候，我就想到了你这句话。我们受点苦算什么，我们是在给孩子们创造一个好未来啊。”吴工长边说边和平大伟一起往回走。

“嫂子好吧?”

“还行吧，现在也是一身的病。”吴工长轻叹一声。

“年龄大了不饶人啊，对了，铁蛋呢，他现在做什么呢?”平大伟关切地问道。

“就在咱秦巴山车间当主任呢。”说这话时，吴工长一脸的自豪。

“就在咱车间?”平大伟惊喜地说道。

“是啊。”吴工长微笑着重重地点了点头。

“将门出虎子，铁蛋有出息啊。”平大伟由衷地感叹道，接着，他又说道，“我记得铁蛋后来也上大学了。”

“是啊，他上的是西南交大，在学校学的是铁路桥隧专业。毕业那年，我让他还回铁路工作，这小子就是不听我的，好像跟铁路有仇似的，说什么都不来铁路，非要自己选择。”吴工长拉起了家常。

两人这时已下了坡，来到了路边一座小亭子旁。这是段上在生活线、文化线建设时给职工们修建的一个赏荷亭，吴工长在亭子里先坐下了。

“唉，真是岁月不饶人啊，才走了这么一段路腿就痛了，想当年，十几公里的区间，一天走个来回，跟没事人似的。”吴工长用手轻捶两腿，说道。

平大伟也坐在了旁边，笑道：“可不是啊，想当年吴工长你可真是虎虎生威啊。”

“呵呵……先别说我了，书记，你那时才是少年出英雄啊。年纪轻轻地就做了书记。”

“那时也不是什么少年了，也是二十好几的人了。”平大伟谦逊道。

“二十好几，在咱现在的眼里可不就是个大孩子嘛！”吴工长感慨地说道。

“是啊，这些当年穿开裆裤的小娃娃们都成了骨干，挑大梁了啊。昨天，我见和平的儿子了，现在也是个工长了。和平，唉……真没想到啊。”一想到李和平那么早就走了，平大伟的好心情转瞬即逝。

“嗯，是啊，谁能想到啊，和平比咱们都小——他退休后，还在这里待了一阵子呢。儿子给他也在陈仓买的房，他说什么都不回。”吴工长望着前方，轻轻地说道。

不等平大伟答话，吴工长继续说道：“和平说了，在陈仓听不到火车叫声，睡不着觉。”

“这和平，这两天一想起他，我就想起他当年那模样……才几天啊，咱们就老了——”

吴工长再次打断了平大伟的话，继续说道：“咱们这帮人啊，就这贱命。别说和平了，我刚回金州那一阵子也是不习惯，天天失眠，吃饭也没味，身体跟虫子天天咬似的难受，差一点去了西天。毕竟咱在这里生活工作了三四十年了，一土一叶一石都融入到骨头里了啊。”说到这里，一直喃喃不断述说中的吴工长沉默了，两人都不再说话了，沉浸在了对昔日的回忆中。

“铁蛋后来怎么又到铁路上了？”过了好久，还是平大伟打破了这里的安宁，问道。

“呵……命呗，呵呵，不听我的话，在社会上混了几年，又是自己干，又是和别人合作，我看就是瞎折腾，都快把专业荒废了。我就给他说，铁蛋啊，是铁路养育了你，没有铁路，就没有咱家的今天，老爸我还在农村修理地球呢。是铁路把我从一个农民变成了工人。是铁路给咱发工资给咱分房子，你小子是在铁路医院出生的，小学、中学、连大学都是铁路的。咱家对铁路只有感恩啊！我还告诉他，咱那个时候的工作是辛苦一些、条件差一点，但今非昔比，今天的铁路早已不是那个时候的铁路了。”

吴工长的一席话，让平大伟听得频频点头。

吴工长脸上这时露出了欣慰的笑容，说道：“这小子最后还是听我的了，回到了咱铁路上。刚好，这几年铁路大发展，给了他一个展示的机会。后来他又主动要求来到了秦巴山车间，段上给他们这些年轻人提供了很好的平台。这小子有积极性，肯动脑子，把他所学的理论用到工作上，解决了不少的生产难题。你知道咱这隧道只有一侧有排水沟，一下大雨，隧道另一侧排水不好，水就漫上道床了。”

“嗯，是，是，我知道。”平大伟点头说道。当年，建这段铁路时，由于条件所限，有些隧道只有一侧有排水沟，限制了排水，这也是困扰他们许久的一个问题了。

“这小子就上心了，最后研制出了一种叫什么隧道……隧道渗水导流器，把这个难题解决了，段上还给他了奖励，这小子是越干越有劲。段上也是大胆起用年轻人，就让铁蛋担任主任了。”

“是啊，咱铁路为什么发展越来越快，和越来越多的这些有知识有文化有热情的大学生们分不开啊。”平大伟由衷地赞叹道。

吴工长含笑点头道：“咱们这代人思想单纯，有干劲儿有激情，但是文化底子薄，干些基础活没问题，但要再上一个台阶，就显得力不从心了。”

平大伟轻轻地点了点头，突然问道：“韩振亚和菊梅现在怎么样了？”接着，他又说道：“对了，唐道扬、张颢、解宝忠现在干吗呢，孙盼盼、曹佩也好久没有他们的消息了。”

平大伟打听的这些年轻人吴工长肯定是不知道的，吴工长比平大伟退休时间要早得多。现在见平大伟问起这些人，只能茫然地跟道："你说谁？我怎么都不知道……"

"吴工长，您肯定不知道了，他们是后来分来的大学生。"

两人随声音望去，只见周潼书记不知道什么时候已走到了他们的跟前，继续笑道："平书记，你说的这几个人现在都猛得很啊。"

"嗯，咋猛？"

"他们几个不是在局机关就在段中层任职，唐道扬现在都是唐京工务段的副段长了。"

"是不是？太好了，太好了。"

知道了这几个年轻人的近况，平大伟的心里甭提多高兴了，想想吴工长他们这一代人，再看看铁蛋、周书记他们，心里越发地欣慰了。

突然间，平大伟就想到了平萍，一种说不清的滋味油然而生，他发觉自己在吴工长的面前显得自私而狭隘了。

吴工长的儿子铁蛋本来不愿意来到铁路工作，吴工长以人要心怀感恩之由让儿子回到铁路，建设铁路。应了那句"献了青春献终生，献了终生献子孙"。自己呢，平萍要来，不论是因为爱情还是事业，她选择了回来。他却和王秀文一起想尽办法阻止女儿回到铁路，回到他们自己曾经梦想启航的地方。是什么原因让自己的格局变得那么的狭小了，变得那么世故了？

看平大伟沉默了，周书记以为他还在想着唐道扬那帮曾经的年轻人，便笑道："我们都知道，这都是平书记你们当年打的基础好，人家都说了，咱秦巴山现在是人才储备库了。"

平大伟重重地点了点头，说道："我们都知道，发现人才、培养人才、使用人才直接关系着一个企业的发展，咱秦巴山就是要大张旗鼓地宣传我们的这个观点，在工作中不断地去发现和培养人才。自古就有一句话嘛，千军易得，一将难求啊。"

不等周书记答话，就听远处传来平萍的叫声，“爸，爸，你怎么跑到这儿了，安叔叔还找你吃饭呢。”

“哟，这就是平萍啊？长这么大了。”吴工长笑容可掬地说道。

“平萍，过来，给你吴伯伯问好。”平大伟叫道。

“吴伯伯好！”平萍连忙走上前去，向吴工长问好。

“好，好，平萍是越长越漂亮了啊。”吴工长笑呵呵地说道。

“走吧，平书记，吴工长，咱们该去吃早饭了。”周书记说道。

“好，咱走。”平大伟答应着，跟着周潼书记往回走，刚走几步，他转身对吴工长说道，“对了，铁蛋，我咋没见啊？”

“吴主任啊，他去北京参加铁总举办的一个英模报告会了。”周书记在旁边解释道。

“啊，英模报告会，成英模了，好，真好，真好。”平大伟连连点头，笑道。

三十六

秦巴山工务车间会议室里坐满了人，气氛很庄严，大家静静地等待着。周书记早就给大伙儿说了，今天要请一位秦巴山的老书记给大家上一堂课，给同志们讲一讲秦巴山铁路人的过去和历史。

没等多久，平大伟在周潼书记、李明工长的陪同下，步入了会议室。

平大伟坐下了，面对这些年轻陌生的面孔，心里怎么也平静不下来。他的眼前有些模糊，这些年轻的职工们渐渐隐去，接着，又慢慢地清晰了，清晰的是那些让他熟悉的面容，有武新权连长、宋合营排长，还有袁书记、韩西旺、李和平、魏玉峰，就连安卫东、吴大顺、苗志邦也是那般的年轻，他们都面含微笑地望着他……

会议室很安静，所有的眼睛都默默地注视着坐在主席台上的平大伟。大家都清楚地看见了他眼睛中的泪水，正顺着脸颊慢慢地流淌了下来。此刻，一百多号人的会议室里是那么的静谧，大家连呼吸都放得很轻，生怕打扰了老书记。

过了好久好久，平大伟终于打破了这里的宁静，轻声说道："我们老了，真的老了，我的一些曾经就在这个地方和我一起工作生活过的兄弟们已经走了，有的永远地走了。我想他们了……”

说到这里，平大伟哽咽了，他紧咬着嘴唇，想控制住自己的情绪。但是，一种强大的悲伤迅速袭击了他，一时间他竟坐在众人的面前泣不成声了。整个会场变得更加寂静、更加肃穆了。

坐在下面的平萍面对父亲的突然失态一时间不知所措，她不知道自己此时此刻应该怎么办，上前提示、安慰，还是默默静观？再看妈妈，眼圈红红的，身体急促地颤动着，显然在努力压抑着自己激动的情绪。平萍更加紧张了，慌乱中，她猛然注意到周围的人一个个都低下了头，以默默无言的形式表达他们对老书记的理解和敬意。这让平萍的心平静了下来，她很感谢他们。因为，他们懂父亲。

平大伟没有想到自己还会那么的敏感，他以为时过境迁，岁月的尘埃会把自己的心灵变得迟钝而粗糙，但是，当他再次坐在这里，他才发现自己从来没有离开过。

又是好久的沉默，平大伟长出一口气，稳了稳情绪说道：“我们这一代人，已经或正在逐渐地退出舞台了。许多人回头再去看我们的时候，总说我们傻，不懂得生活，不懂得安逸。其实，他们错了！我们一样有七情六欲，一样懂得花前月下的浪漫、天伦之乐的幸福。可是，为什么我们曾经守在大山，在艰苦的环境里一待就是几十年，为什么？因为——责任啊！”

说到这里，平大伟不觉间把胸膛挺直了，继续说道：“什么是责任，责任就是人对自身和社会的一种义务与职责。好像在今天这个时代，再提什么责任、义务，甚至精神都落伍了？但我作为一个和你们一样曾经年轻过的老人告诉你们，一个人，一个集体，一个国家永远不可能离开负有责任感的精神。”

此时此刻的平大伟目光里燃烧着一种激情，声音充满了力量，“有一首老歌的歌名很好，叫《再回首》。回首过去，感受今天。比起那个时代的我们，你们的设备先进了，工作环境改善了，生活条件提高了，变化之大让我是目不暇接啊。令我欣慰的是，什么都变化了，但有一种东西没有变，那就是咱的精神。尽管，我老了，但秦巴山依旧，青山绿水，依然张扬着青春的活力，还是那么的年轻，那么的富有朝气。因为，有了你们！”

伴随着树枝间清脆欢快的鸟鸣声，又一个黎明悄然而至了。平大伟和王秀文、平萍三人伴着花香、鸟鸣、甘露，来到了秦巴山山巅之上，遥望远方。

远处，那棵千年白果树枝叶茂密、笔直挺拔，尖尖的树枝插入苍穹，像一位手执利剑的勇士，保护着千里铁道线的安全。

那一片片的秦巴山兰，在温暖的阳光下，是多么的清新美丽，散发着一种让人沉醉的清香。朵朵盛开的花姿，有的简约，有的张扬，有的玲珑洁雅，看上去那么的弱不禁风，柔嫩得让人不忍触摸。可是那一片片向上的叶子，又显得那么坚强和富有生命力。兰花这种不艳丽也不张扬的个性，不正是秦巴山人的那种谦逊淡定、质朴顽强的性格吗？

望着满山淡雅的秦巴山兰，平萍不禁轻声吟道：婀娜花姿碧叶长，风来难隐谷中香。不因纫取堪为佩，纵使无人亦自芳。

“好一个纵使无人亦自芳啊。”平大伟轻声感慨道。

秦巴山静穆，从远方拂来了一阵清风，在这清风中平大伟清晰地听到了那首已与他的生命相融的老歌《正午阳光》。

随着一阵的汽笛声，一列天蓝色的客车缓缓地驰入了秦巴山车站。车门开了，安唯勇从车上走了下来，当他看见站台上迎接他的不仅是平萍，他的爸爸、妈妈，还有平大伟、王秀文时，安唯勇愣了一下。平萍欢快地跑了过来，脸色绯红地小声嗔怪道：“还愣着干吗啊，还不快点拜见我爸妈！”

安唯勇从平萍羞涩和喜悦的目光中，瞬间明白了，他一把拉住了平萍的手，兴奋地向平大伟、王秀文走去，脸上挂着幸福和憧憬……

尾 声

天，蓝得像刚刚水洗过一样，蓝得晶莹。松树坡上绿树繁茂，千年的白果树周围又种植上了一排排的白果树，形成了一片郁郁的绿。

秦巴山高铁站上，安卫东、孙小萌、吴工长，还有安唯勇、平萍等几个人兴高采烈地说笑着。

高铁建成后，风驰电掣的高速列车将北京与秦巴山间从过去的几天几夜的路程，一下缩短成了四五个小时，以前，走一趟要掉几斤肉的情景已是“黄鹤一去不复返，白云千载空悠悠了”。

没多久，一列银白色的列车飞速而至，车停稳后，车上走下来平大伟和王秀文两人。

“你们可真快啊，比土行孙还快，都成孙大圣了。”安卫东笑道。

“可不是啊，几个小时前我们还在北京呢，现在就站在你们面前了，跟做梦似的。就是从我家到天安门也没有这么快啊。”王秀文笑道。

这时，平大伟一眼看见了吴工长，连忙上前握住他的手，笑道：“吴工长，你怎么也来了。”

“我肯定要来了，今天是平萍、唯勇大喜的日子，我能不来吗？当年，你们结婚的情景就跟昨天一样。那时的条件差，把婚宴摆在了站台上……”

“在站台上咋了，站台上更热闹。”安卫东笑着打断了吴工长的话。

“那是，那是，有咱秦巴山做媒，你们从两对小鸳鸯变成了老鸳鸯。不管是啥鸳鸯，都是两对恩恩爱爱、不离不弃的好鸳鸯。”

“呵呵……”

吴工长的话把大家都逗乐了。

平大伟接过吴工长的话，感触颇深地对平萍和安唯勇说道：“你吴伯伯说得没错，什么是爱，爱就是不求轰轰烈烈，只求不离不弃。”

听了平大伟的话，平萍和安唯勇会心一笑，相拥的两人将身子贴得更紧了。

王秀文无意间看见有一群戴着旅游帽的人也从高铁列车上走了下来，跟着手打小彩旗的导游向出站口走去，不禁问道：“怎么，咱这里还有人来旅游啊？”

平萍和安唯勇相视一笑，说道：“可不是呢！我们有一位青工的女朋友是做导游的。有次她来玩，看咱这里天蓝云白的，无污染无雾霾，还有咱们的松树坡、老神树、黑水河，回去就给他们旅游公司建议——人家考察后，就把咱这里作为一个旅游点了。”

安唯勇也跟着补充道：“老神树的白果，现在也研制加工成了保健品了，不但降压降糖还降脂，特别有效，正准备打造成一个品牌呢。”

“真的啊？这老神树全身都是宝啊，太神奇了。”王秀文不禁感叹道。

“还有呢，我们这里还有白果酒、白果糖、白果饮料、白果点心……”平萍笑着说道。

“那么多！平萍，你说的是真的吗？”王秀文吃惊地问道。

“快成真的了。”平萍大笑道。

“你这个丫头，说梦话呢。”王秀文嗔道。

“才不是梦话，我们这是梦想必将成真，我二叔他们已经和镇上签约了，准备投资大干一场了。”

“是不是，你二叔就是有眼光，干啥成啥。”接着，王秀文又对平大伟说道，“大志越来越了不得了，跟他的名字一样，胸怀大志，壮志凌云。”

“行了吧，他还壮志凌云呢，也是个小老头了，还不好好歇歇，还以为自己是小伙呢。”平大伟不无心痛地说道。

不等平大伟说完，安卫东笑道：“咋了，不服气是吧，感觉有点酸，是吧？我看人家大志就是越活越年轻。刚才我还见了，精神得很哩。”

“我不服气他，你也太小瞧我了吧。我那肚量别人不知道，你能不知道？”平大伟嘴一撇说道。

“我肯定知道了，你那肚量也就是个针眼那么大，我才是宰相肚里能撑船。”

“你，你还宰相肚里能撑船——你咋不说你的肚子里能跑巡洋舰呢？”

“好了好了，你俩别再争了，赶紧去拜老神树吧，韩局长他们早就到了，在那儿等着呢。唯勇和平萍大喜的事儿一定要给老神树汇报一下啊。”吴工长接着又笑道，“你们俩啊，争吵了一辈子了，又争不出来个啥，还喜欢争。”

“吴工长，我早习惯了，他俩啊，狗皮袜子没反正，你就让他俩争吧。他俩要是不争我还不习惯了呢。”王秀文笑道。

“谁争了，我们这是讲道理。”平大伟很认真地说道。

“是，你们是讲道理，地球人都知道，你们俩以后慢慢讲。咱现在还是赶紧走吧，吴工长不是说了，韩局长他们还等着呢。再说了，咱们不但要给老神树汇报一下，也要给武连长他们汇报一下啊。”王秀文笑道。

王秀文话音刚落，平大伟一下来精神了，大声地说道：“对，你说得对，我们就是要把这个喜讯告诉他们，我们平安两家以后就是一家人了，平安一家平安树，平安树下保平安。保我们的铁路平安，百姓平安！”

在一阵鞭炮齐鸣声中，五彩六色的气球点缀在蓝天白云之间，安唯勇和平萍一对新人，在众人的簇拥中，幸福地笑着……

二〇一五年七月十七日完稿于西安

图书在版编目（CIP）数据

平·安 / 萧迹 著. -- 北京 : 作家出版社，2015.9
ISBN 978-7-5063-8309-7

Ⅰ. ①平… Ⅱ. ①萧… Ⅲ. ①长篇小说 - 中国 - 当代
Ⅳ. ①I247.5

中国版本图书馆CIP数据核字（2015）第224915号

平·安

出 品 人：葛笑政　扈文建
作　　者：萧　迹
责任编辑：丁文梅
总 策 划：江　涛　刘生荣
策　　划：严　琦　杜宝同　梁　波　胡煜君　郭琦菲
装帧设计：心意云设计 xinyiyun.com
出版发行：作家出版社
社　　址：北京农展馆南里10号　　　　邮　　编：100125
电话传真：86-10-65930756（出版发行部）
86-10-65004079（总编室）
86-10-65015116（邮购部）
E-mail:zuojia@zuojia.net.cn
http://www.haozuojia.com（作家在线）
印　　刷：三河市华业印务有限公司
成品尺寸：152×230
字　　数：260千
印　　张：20.5
版　　次：2015年9月第1版
印　　次：2015年9月第1次印刷
ISBN 978-7-5063-8309-7
定　　价：28.00元
